刺局 3 截杀局

圆太极 著

目 录

第一章　山水局 / 001

第二章　把自己做成兜子 / 024

第三章　玄妙迭出 / 044

第四章　飞走 / 064

第五章　灭佛取财 / 087

第六章　假痴不癫 / 109

第七章　猿夺卷 / 134

第八章　落鼠口 / 161

第九章　游龙吞珠 / 187

第十章　三重计 / 210

第十一章　密网拖虾 / 236

第一章　山水局

五朝压案截杀地。雾散人飞落。

我自为兜你成局。

药理丹道、言漏谁之错?

一卷乱战成血涡。灭佛无奈着。

再接叶令去金陵。

满地天眼、此关怎能过。

朝压案

天色已经过了午时，太阳变得更加火辣。远远望去，烟重津的山林变得有些恍惚，像是蒙上了一层不住晃动的透薄轻纱。这应该是水分被太阳晒得蒸发起来形成的现象。

齐君元带着所有人直接到了烟重津九座山岭的第三岭鱥鱼岭。这是一座长条形的山岭，在风水学八门九星的山形中属于巨门一类。

鱥鱼岭岭顶为狭长的密林，叫做归鸦林。顶上的山势极为窄削，无法形成路径通行。所以通过鳜鱼岭的道路是在北侧，半山偏下的位置，就像一条腰带围着山岭。道路一边是长满蒿草丛的陡坡，坡下便是湍急的凌上江。另一边是陡度比较小的缓坡，缓坡从路边可以直达上方的归鸦林。这条道路算是比较宽绰的，而且是烟重津范围内仅有的两条直道之一，足够侍卫和官兵排列防护队形保护车队通过。

"就是这里。"齐君元说完这句话便住了口，他是想先看看其他人的反应，看有没有一点英雄所见略同的共鸣。

楼凤山前后看了看，不算长的直道可以从路头看到路尾。然后又往远处看了看，远处是连绵山岭，绿色如被。最后他还举起手掌，用几种指形度量了一下，这才不急不缓地开口说道："由此过去还有六岭，山形分别为贪狼、破军、左辅，这样在分布上就形成了'五朝压一案'的风水格局，又叫'五行拱圣'，这种格局在视觉上很容易产生恍惚、错辨的情况。另外，由此往前覆盖的林木有不太明显的高低差和颜色差。所以在这个方向上只要稍作布设，就可以让行进到此地的人产生视觉上的误差，从而减缓行进的速度。"

"对了，前面路尾的一段有稍向外侧的斜度，然后外侧临江的坡势又特别陡峭。我们可以隐身在归鸦林中，待那车辆到了这一段突杀而出，即便不能找到准点子（江湖话，意思同"准确的"）的刺标，也可以设法将七辆车掀落江中。"楼凤山的一番话提醒了王炎霸，他很快也看出了一些窍门。

齐君元又等了一会儿，见其他人再没建议，这才开口说道："楼先生的功底真的不同一般，一下就看出'五朝压一案'的格局，并且由此想到外加布设来影响刺标车队的速度。但是我要求的恰恰相反，不是让车队的速度变慢，而是要加快。还要不知不觉中在方向上发生一点偏移，让他们往路边的下坡靠近。不知楼先生可有办法做到这一点？"

楼凤山听了这话后又看了一下路尾方向，低头稍稍思考了下后肯定地说道："可以，只要在前面这一路用颜色鲜亮的石块或树木设下几个明显的对照点，那么'五朝压一案'的格局便会让人产生距离的错觉。然后请王小哥帮忙，在前面做一个阴暗的虚影，让领队的以为前面有阴凉处。这么热的

第一章　山水局

天气，人都会急着往阴凉处赶。我则会在路边配个断续的下道线，让行走的人感觉是在下行，行进速度就会不断加快。另外，还要麻烦王小哥每隔二十步就在路边做个突出的假草叶，用惑目的色儿（有颜色的虚影，没有实际形状）也行。我相应地在合适的位置布下导向石，这就可以让行进的队伍在不知不觉中往一边偏移。而实际上路尾的一段有稍向外倾斜的实际坡度，加上假象诱导肯定会越走越快、越走越偏。"

说完这些，楼凤山停了下，突然间又想到些要补充的："可这些迷摄的虚招不像坎子家的颠扑道那样势出不收，最终是会被实景提示的。当偏移过大距离后，他们还是可以从其他参照物上发现并及时调整，不可能真就顺着陡坡走下去的。"

"我知道。"齐君元回答道，"所以你们只需要将虚招设到路尾那一段稍往外侧斜的位置就行了。到了那里，我们可以让他们的马匹推他们摔下坡去。"

"他们的马匹？"何必为感到很是惊讶。

"是的，此道路上面紧邻归鸦林，为防止林中有重型器物的突然冲击，护卫方式应该会将骑卒、骑卫安排在内侧。因为马匹的体型、力量都大，抗击打能力比人要强得多，可防止从上方冲下的突袭。我们就利用这些内侧的马匹将外侧的护卫推下坡去。"

"可那些马匹在别人的骑控中，怎么可能推自己人？"何必为依旧无法理解，他专心研习的技艺未曾涉及这范畴。

齐君元转头看着秦笙笙："临荆县中狂马拖死张县令，你用的药料应该可以办到吧？"

秦笙笙微微一笑："用临荆县中的那种药料反而麻烦，要提前给马下料，然后还要看好了位置、时机发出驱动信号。其实要达到你要的效果只需在那段道路内侧的草叶上布下'惊粉'就可以了。然后我自己还可以抽出身来在其他位置布局，根本不用管那些马。"

齐君元知道"惊粉"是怎么回事，它不是离恨谷中研制的药料，而是吐蕃牧民发明的。是专门用来训练牲口不食用外面的食料，以免被盗贼下套麻昏偷走。"惊粉"中的配料主要是倒椒粉、胡椒粉、油麻粉、刺鼻草，制成后远闻有股子咸香，能吸引牲口的食欲。但靠近闻时会有种呛刺的感觉直冲脑顶，牲口会不由自主地连续打嚏，惊跳开来。因为效果极佳，所以常被离恨谷的谷生、谷客拿来对付烈性的牲口，吓走凶猛的兽子。

"惊粉"的配方和作用与匠家的"线粉"非常接近，但它没有像"线粉"一样被《异开物》收录。只在北宋黄望东《望燕州骑》中有提到它的诗句："温驯卷尾掸红蝇，突觉惊粉翻四蹄。"

"可以，不过你撒'惊粉'的位置要配合好楼先生和阎王所设的兜形，要在使队速度达到最快、偏移方向最大的时候产生效果。"

"没问题。"秦笙笙很自信地回道。

"我已经完全清楚了，这是个好兜子。刚才那几个布设如果达到预期效果的话，应该可以将前半段使队的人马和车辆折损掉大部分，余下不多的人马和车辆再出手料理一下也不困难。但是后面半段的人马和车辆怎么办？"楼凤山又提出疑问。

"其实我是准备分三段下手，只要求你们两个将开路的兵卒和护卫解决了就行。七辆马车以及后面的兵卒和侍卫由我们来对付。"齐君元对楼凤山他们的要求一点也不高。

"后面的都由我们对付吗？剩下的还有七辆主车、贴身护队，以及押后的兵马。最重要的一点是所有的高手都集中在主车附近，凭我们五个人恐怕很难得手。"六指亲眼见过使队，所以知道真实的情形和难度。

"是很难，但是方法合适还是会有把握成功的。"齐君元是给大家打气，也是给自己打气。

没人再问什么，很明显他们都在等待，等齐君元说出合适的方法。

"地势、地形是固定的，这就像一个已经定下规矩的棋盘。既然前面一段需要利用'五朝压一案'和倾斜的路面，那后面的车辆和人马便压在了这段道路最安全的位置上，不可能再利用地势了。所以我们只能从自己的特长入手，将可利用的已有条件发挥到极致。"齐君元此时能感觉到凌上江吹来的凉风，他脸上的汗水已经干了。

第一章　山水局

"大家看下,当前队人马入兜并往坡下冲落时,押后的人马所处位置正好是在这一段。这一段往上一侧紧靠树林,而且这小块树林与前面大片归鸦林被一道山壁隔住,是个可以突然出击的好地方。而且出手之后,前面队伍担心另一侧会有埋伏,是不敢贸然回头救援的。而往下一侧紧靠蒿草丛,看不到坡下的情况,所以即便在遇袭的情况下,被袭的人一般只会坚守而不敢往下逃走。如果在这位置的两段设下两堵草墙,然后由上侧树林顶上滚落下几卷长草席。还有道路上方紧靠着的树林和下方的蒿草丛,全作用到一起可以将押后的人马尽数盖住……"

齐君元刚说到这里,唐三娘突然插了一句:"我知道了,你是想用'盖匣抖料'的法子(盖匣抖料的意思是制造一个封闭的或相对封闭的空间,然后在其中撒入毒药或迷药)。抖料这活儿我可以保证没问题,但是用作盖匣的草墙和草席却非得你这妙成阁的高手才行。"

"我不行,因为我还要对付七辆主车。不过六指兄应该可以的。"齐君元觉得六指有能力做出通体竹子的双连环"八俏头",做些草墙、草席更不在话下。

他的推论果然没有错,六指连连点头表示同意。

"最后就是七辆主车了,当使队前后发生状况时,它们应该是在这一段。"齐君元轻轻跺了两下脚,他此时正站在预料中七辆主车会停住的路段上。

大家往两边看去,所在位置的两侧全是缓势的坡度。往上一侧是整片的草地,直到与归鸦林相接。往下一侧为临江缓坡,除了零星草丛和孤树外就是石面,没有什么遮掩物。这个位置对于突袭来说不太有利,但对于车辆来说,不管避让还是逃遁都存在着很高的难度,这一点还是值得庆幸的。

"主车跟着前面的队伍。即便前面的队伍发生混乱往坡下冲落,那些护卫主车的高手也不一定会让车子停下。因为这些江湖高手知道,危险已经来临,停止只会让危险度进一步提高。只有继续移动才有可能摆脱危险。所以我会制作一些'滚木笼'来对七辆主车的护卫和高手进行第一轮攻击,同时

将七辆完全一样的车子定位。然后我从上侧杀出，但不滞留，而是一杀之后便落到下侧坡上。我使用的武器完全可以在下面的坡上找到个固定点挂住，不至于让我落入江中。冲杀的目的是将主车护卫和高手们吸引到另一边，而当高手和护卫被我吸引到另一侧时，裴大哥从隔断树林的那个石壁处出来，顺道路往前进行二轮攻击。'石破天惊'七块天惊牌正好一块摧毁一辆主车。砸完最后一辆车就直接和前段的楼先生、阎王两人会合。"

齐君元说完后看着大家，他估计会有人提出些疑问，而且他也想好了怎么回答他们。

但是没有，一个都没有，这让齐君元感到非常奇怪。

君至迟

整个兜子的布设虽然极为精妙，但是所有的步骤没有一个备用方案，所有的细节都要求一次成功。由七个人分三部分实施的一个刺局，难免会有衔接不到位或效果不理想的情况。布设杀局最大的难度是在出现意外后该怎么处理，怎么化劣势为优势。所以真正的刺客高手会更加关心万无一失过程中的万一。

"如果'石破天惊'未能将车辆尽数毁了，或者刺标装扮成护车侍卫或骑马而行，那也不要紧。因为我会在上边树林中安置好第二个爪子'火螭落云床'，只要裴大哥攻击结束，便由秦姑娘施放。将主车这一段所有剩下的人砸死、烧死。"

齐君元主动说出一个后备方案，想以此提醒其他人将疑问及时提出。但是依旧没有人说话，就连最喜欢说话的秦笙笙也没有说一句话。出现这种现象有两个可能，一个是他们完全相信齐君元，相信他布设的刺局会万无一失。还有一个可能就是他们全都已经知道出现万一后该怎么办，只是他齐君元不知道！

"对了，我差点忘记说了。这个兜子还有个难度，就是布局的时间。南唐使队通过这种凶险地带前，他们肯定会派前哨先巡察一遍。巡察的人中肯

第一章　山水局

定有能辨查兜爪的高手，所以我们所有的设置要在前哨走过之后才能动手布设，否则就有可能被辨出局相。一般而言前哨会提前一个时辰走过，那么我们的布设时间只有大半个时辰，这么短的时间大家没有问题吧？"

"只要今夜将材料备足，明早之前运到布设点位，然后将可制作的部分预先制作好，剩下布设到位有大半个时辰肯定够用。"几个人中只有六指回了一句。

六指的回答让齐君元彻底放心了。这些人中他最担心的就是六指，草墙加草席的工作量很大，而且要做得细密，否则达不到封匣的效果。六指巧力之技在细密度上应该没有问题，但是他的动手速度一直是齐君元担忧的。现在从六指自信满满的态度看，应该没有问题。

不过齐君元放心的同时又莫名其妙地生出些疑惑。自己查辨地势、地形也好，布置刺局也好，秦笙笙都是一反常态地在旁边默默地注视着。不问她话绝不会多说一句，眼中流露出的情感很是微妙。

秦笙笙这样的情形不但齐君元发现了，王炎霸、唐三娘、楼凤山也都发现了。但是对于秦笙笙这种状态每个人的理解并不一样，有人的理解是正确的，有人却可能想歪了。但不管正确与否都没一个人主动说破，只是各自在心中暗暗思考这状态可能会带来的后果。

所有人当即离开了鳜鱼岭，下山准备各种材料。其实能准备的材料也不多，也就是些绳子、火油、篾片之类的东西，还有一些可用的工具。其余像齐君元做滚木笼、火螭落云床，还有六指做的草墙、草席，都是需要就地取材的。

需用的材料和工具在第二天天没亮时就全部运到了鳜鱼岭，全部藏在了树林中。然后齐君元开始动手，锯砍树木、制作爪子。其实他的工作量比六指的还要大，而且都是些很费体力的事情。六指也开始动手，用枝叶、蒿草配以篾条制作草席。但是草墙却不能做，因为太大、太重移动不便，必须是在选定的位置附近现做，并配合好机栝、杆架才能准确堵住人马，所以他的工作量是最大的。

所有工作做好后，接下来便是等待。从等待的那一刻开始，齐君元心中又多出一个万一来。万一南唐使队没有采用前哨探路而是直接通过，或者探路的和后队间距拉得很近，那么自己的所有设想便不能实现了。

但这个万一很快就消除了，和齐君元预料的一样，南唐使队果然有前哨探路的。时间也对，前哨到鳜鱼岭正好是正巳时（上午10点多），估算下来前哨骑队差不多是在辰时初（早上7点到8点）出发的。这样使队应该在巳时初（上午9点到10点）出发，即便使队行速较慢，那也应该是在午时初到初时末（11点到下午2点）这段时间通过鳜鱼岭，和齐君元推算的时间是一致的。

但是仍然有些情况是齐君元意料之外的，就是前哨队伍中根本没有高等级的护卫和高手，全是南平界防营的兵卒。队列人数不多、松松散散，通过时速度很快。而且只是心不在焉地朝两边扫看了几眼，根本不像探路察看地势、地形的。

这情形让齐君元心中一惊，立刻想到秦笙笙在临荆县刺杀张松年的事情。张松年试图混在骑卒中间逃过杀劫，那么萧俨、顾子敬会不会也采用这种方法混在前哨中通过呢？

"应该不会。"齐君元在心中回答自己。神眼卜福曾亲自办理过张松年的案子，看出张松年是被刺杀而不是意外，并且能够找到线索在临荆县外堵住秦笙笙，虽未曾能将秦笙笙拿住，却被他套问出秦笙笙是如何辨出骑卒中的张松年的。所以卜福肯定会坚决反对再采用"浑水流珠"的方法，因为这方法对一些刺客非但起不到混淆的作用，反而可能会掩盖刺杀的真相。卜福未能抓住临荆县的真凶，那么肯定会将张松年案子的查侦结果详细汇报给顾子敬来邀功。所以这次使队中即便没有卜福相随，那顾子敬也断然不会采用这种方法。

齐君元转头看了一眼秦笙笙，而秦笙笙正微闭双目辨听着什么。不用问，她肯定也是怕张松年那种招法再用于此处，所以想辨出这些前哨骑卒中有没有异常。

秦笙笙睁眼后见齐君元正看着自己，立刻知道他担心的是什么，于是赶紧朝他摇了摇头，很明确地告诉齐君元那些前哨骑卒中没有丝毫的异常。

当前哨骑队过去后，大家立刻动手，按原来设计好的兜相开始布设。这一阵是忙碌的、紧张的。只要是有一处的兜子布设不到位发生破兜，那所有计划都将前功尽弃。

在大家的努力下，所有的布设都到位了，每个人也都到了各自的出击位，只等南唐使队到来。在这布设过程中最为不易的是六指，他巧力加大力，将草墙、草席全都制作完成并布设到位，不管是机栝设置和草席编织的精密程度，还是草墙架构制作和架设到位的重量，都不像他一个人完成的。还有就是齐君元，他这次做的全是大器物，而且要根据重量、大小精准计算出施放的距离再进行布设。当这些大器物都布设到位时，看着蔚为壮观，让他颇有些成就感。

不过老天似乎永远都是追求平衡的，当一件事让你惊喜时，总会出现另一件让人惊吓的事。而齐君元他们没预料到的事情不止是磨去了惊喜，那简直就是在煎熬他们的内心。前哨骑队已经过去了将近两个时辰，后面的使队迟迟未曾出现在鳜鱼岭，这就是那件没有预料到的事情。

天气依旧像昨天那么炎热。虽然今天所有的人都可以躲在树林的荫处，不用在太阳底下晒，但密不透风的树林中却是另一番难当的闷热，再加上等待的心焦，汗水很快再次湿透了所有人的衣裳。

齐君元的头上像在往下泼水，满脸的汗哗哗地往下流。午时已经过去了，南唐使队没有出现。虽然依旧在预算的时间段中，但是齐君元心中还是不由得犯嘀咕，设想各种可能出现的意外。他自己也不知道为何这次刺局做得会如此没有自信，一颗心始终沉稳不下来。

未时过去了一半，使队还是没到，这已经和前哨骑队差了有足足两个时辰（按现在的计时就是4个小时）。使队滞后一个时辰以内属于正常，速度过慢或临时有什么事情耽搁的话，最多再晚半个时辰。因为白天最安全的时间总共就那么几个时辰，耽搁得太久就有可能无法在最为安全的时间中通过，那么就得调头回去仍在之前的住所停留一晚。这做法是官家保护方式中的一条规定，只要是官家的侍卫、护卒都知道，在刺行之中这规定也是常识。那么，现在这情形会不会是南唐使队真的遇到了什么意外，重新退回界防营，今天不过烟重津了？

未时之后天气没有那么燥热了，而且他们的位置是在山阴侧，没了顶头的大太阳，山里的凉气一下就冒出来了。但齐君元的汗水依旧滴滴答答，如此热是因为他心中窝着一团燥火。会不会南唐使队今天根本就没准备通过烟重津？早上过去的前哨一路匆匆，其中没有护卫高手，也不像是在察看周围情形，也许他们本就不是前哨，而是另有事情经过此处？抑或自己提前躲在树林中做的一些事情让那些前哨看出了什么，然后发飞信或采用其他什么传讯方式让南唐使队不要通过此地。

申时也过了一半多了，南唐使队还是没来。烟重津是东行的必经之路，这是最凶险的路段，这么晚都没有通过，那么今天应该不会再过去了。

另两处伏波的阎王和六指先后用折射光影和"自飞蝶"（一种以弦簧力量发射短距离直线飞行的器具，有点像皮筋拉射的纸飞机，结构简单，可随手取材制作）询问齐君元下一步该怎么办，他们也早就等得不耐烦了。现在看着日头偏西天色渐晚，都觉得刺标今天不会再由此通过了。所以想知道眼下是不是先将兜子撤了，等明天重新布设再行截杀。

"再等等。"齐君元以"肢言"（一种以四肢的不同姿势来表达简单信息的方式）回复了那两个人。他是生怕自己刚刚撤出，而南唐使队又正好到了，那这一把就输得太懊恼了。既然已经等到这个时候了，索性就再等一等，只要过了申时，那就能确定刺标不会再来。因为到那时候就算顺利通过烟重津，他们也已经来不及赶到前面最近的州县、集镇，如不冒险连夜赶路就要露宿野外。这对于一个国家的使队是绝不可能做的事情，负责安全护卫的都尉和随身的高手也不会同意。

杀尽数

这时候太阳已经转到西面山岭的上方。山区之中比平原天黑得早，只要太阳往山背后一沉，那就有很多沟壑、角落和黑夜完全一样了。

第一章　山水局

树林的顶上此时升腾起一层迷雾，而且越来越厚、越来越浓。这是由于中午时段气温太高，将树林中的水汽晒得蒸发了上来。而现在太阳转西，山中气温快速下降，蒸发的水汽便凝结成了雾气。不单是那些树林，旁边的上凌江中也不断有袅袅的雾气升起，一起汇入凝结的雾层。山区之中出现这种现象非常正常，人们在崇山峻岭间观赏到云雾缭绕、云海翻涌就是这种原因形成的。而此地被叫做烟重津，很大可能就是因为依傍上凌江，周围环境多雾而取的这名字。

雾气在一个比树林高些的位置越聚越厚，就像是云层慢慢往下压着。虽然现在还没有影响到视线，但是照着这个速度下来，不用等到天黑，这里所有的一切都会浸没在一片混沌中。

也就在这时候，不断地有扑扇的声响穿过雾气层，落入到树林中。没等齐君元开口问怎么回事，秦笙笙已经主动告诉他："是鸟儿回巢。"

"该撤了。"齐君元心中对自己说了一句，"用不上等到天黑了，归鸟已经回巢了，说明再有一会儿这里将什么都看不见。"

齐君元走到树林边缘，准备用"肢言"让各点位的同伴拆掉设置、撤出刺局。可就在他迈出树林的脚将要落地时，眼前突然闪过一团乱光，让他不由汗毛惊竖。

乱光是阎王发来的折射光影，但是没有任何规律，不存在任何含义。只是紧急时的一种提醒，而这个时候最紧急的事情莫过于刺标出现！

刺标果然出现了！虽然周围环境中多出些蒸腾的雾气，但齐君元还是一眼就看出来是南唐使队。使队的仪仗规格、护卫的服饰、旗帜的标志都非常明显，七辆主车、前后双都尉、南平军负责开道和押后等情况，也都符合六指昨天探到的信息。

齐君元收回已经迈出却未落地的脚步，迅速回到施放"滚木笼"的点位上。其实他在收回脚步的一刹那，脑子里闪过一丝异样的感觉：南唐使队为何会这么晚才到？他们真的准备今夜在野外过夜或者连夜赶路吗？但是眼下的情形已经不允许他再仔细斟酌这些事情，布设刺局的实际目的其实就是在制造一个时机，一个利用一切条件来杀死目标的最佳时机。现在如果是要把所有附加的、相关的事情都想明白、弄清楚，那么自己制造的那个最佳时机将会一去不复返了。所以齐君元眼下唯一能做的也是最应该做的是放下一切杂念，聚气凝神，按步骤和计划收兜，杀死刺标！

随着队伍渐渐走近，齐君元的心跳也变得更加低缓、平稳。他的脑子里再一次构思了整个刺杀过程，最终确认自己所设刺局是成功的。所以在他的眼中现在仿佛是在看着一队几百个死人在朝自己这边走来。

事实也证明齐君元的构思是准确的，接下来所发生的一切都在按他的布置进行着，而且时机的把握、前后的衔接全都恰到好处。

"五朝压一案"的效果比齐君元要求的还要好。远处的山形景象在楼凤山所设对照物的作用下已经产生了极大的心理暗示，再配合上下道线，导致开路的队伍不停地加大脚步、加快步伐往前走。而王炎霸本来要以虚影做个假阴凉处的，当过了未时天气不再炎热之后，他立刻改变方案，将虚影变成折叠影，这样不但让人觉得前面的景物近在咫尺不断加快脚步，而且还让行进的脚步变得不稳，不时出现颠簸和磕绊。

另外，王炎霸本来每隔二十步就要在路边做个突出的假草叶来配合楼凤山布下的趋向石。但他没有这样做，而是直接搬弄了一些杂草种在道路边和路上的石缝中，并且每两步就有一处。这不但让行进的队伍在不知不觉中往一边偏移，而且为了避免被杂草绊到，使队的人在行进过程中还会大幅度避让或跨过，这样就会不可避免地将靠近下坡一侧的人强行往外逼推。所以当到了路尾那一段实际坡度稍向外倾斜的地方时，整个前队已经是紧贴着外侧的路边在走。而且队伍一片混乱，跌跌撞撞，磕磕绊绊。就算没有秦笙笙布下的"惊粉"让内侧骑卒的坐骑惊狂将人往外推挤，单单这么走也会让一些人在走出路尾之前跌向下面的陡坡。

而秦笙笙的"惊粉"也撒得恰到好处，那位置正好是整个前队速度最高、偏斜最大、碰撞最多又偏偏还没来得及进行调整的瞬间。马匹是一匹一匹按顺序跳撞出去的，就好像是排着队闻"惊粉"、排着队跳撞。这速度正好配合上外侧兵卒越走越快的步伐，配合上倾斜的路面。先是马撞人，然后是后马撞前马。人在冲跌翻滚，马匹也在冲跌翻滚。整个队伍就像往陡坡下倾倒的瀑布，一发便再不能收。

前队中只有最后几个骑卒勒住了马匹，没有随着前面的队伍栽下陡坡。但是他们刚勉强勒住马匹，还未从惊恐中理出一点正常的思维来，就已经被连续滚下的"滚木笼"砸落江里。即便没砸落江里的，也都被"滚木笼"钉死在了路面上。

"滚木笼"其实就是一人多高带斜撑的木头框子。框子包括斜撑都是用原木绑扎而成的，每根原木绑扎好之后两段都支出一尺多长，并且削成尖端。这种"滚木笼"最早是守城器具，由墨家发明。但最初守城用的"滚木笼"要小许多，绑扎得也更细密些。而且为了增加攻击力，还会在笼中装入石头和砖块。

制造"滚木笼"并没什么了不起的，一般的木匠、柴夫都能做。但齐君元制作的"滚木笼"却有着独到的妙处，这是一般木匠、柴夫无法办到的。

这独到的妙处就是"滚木笼"能从树林中滚出，滚冲下山坡并落在路上。这看似没有什么了不起，却是经过对坡度的测量、距离的测量，对木笼材质重量的测量，然后通过计算，确定木笼的大小、两段支出的长短、施放的角度和起始位置。否则一个四方的木框，而且所有角上都有支出部分，怎么可能一路滚下，中途不会停住？也不会滚得太急冲过路面继续往下，最后偏偏是恰到好处地钉在路面上？

一个"滚木笼"钉在路面上不足以挡住七辆主车，所以这些木笼是连续着滚滚而下。十几个"滚木笼"扎堆在一起，便将那路堵得死死的，不花费些工夫肯定打不通。

使队的护卫们反应很快，他们根本没有考虑怎么打通被堵的道路。因为就算打通道路前面等着的也可能是更大的杀机，否则开路的人马怎么会瞬间就折损得不剩一个。但是来路他们自己刚刚走过，可以确定是安全的，所以调头往回逃走才是上策。

马车的车头才调过来一半，又一堆"滚木笼"翻滚而下。这次砸下的位置是在七辆主车的后端，不但钉牢了路面、堵住了道路，而且还将在后面押住主车的副职都尉连人带马砸在了下面。七辆主车进不能进、退不能退，所有护卫只得收缩防守，将车辆团团围住。

就在齐君元施放"滚木笼"的同时，使队押后的那些兵卒正凄惨地低声哀号着，而且声音越来越低。除了哀号就再不曾有什么大的声响，就连拔出兵刃的声响都不曾响几声。

前后突然滑出的草墙就像是将押后的兵马关入了一个栏圈。还没等他们想好是鼓足勇气往上侧树林中冲入，还是冒险滑下下侧陡坡逃遁，紧接着又是几张又长又大的草席覆盖而下，他们立刻从栏圈转而被关入了一个棺材里。

六指设置的滑落草墙大小合适，定位准确，施放的时机也恰到好处。草席的覆盖是由旁边树冠顶上直接翻滚下来的，但是六指除了在草席上加了牵拉施放的丝线外还加了缆风线。这样草席在落下时就不会因为气流而飘到其他位置，而且还可以借此固定距离、高度，保证草席以需要的形态落在需要的位置上。

厚密的草席落下来，在那些已经惊恐无措的兵将们看来就仿佛是天塌了。它不仅带走了最后一丝光亮，而且还带来了异样的气息，如同地狱般的气息。

唐三娘在六指编制这些草席时就加入了一种毒料，叫"松肌散"。这种药粉一旦吸入，身体就会立刻松软不能做力。然后随着毒性深入，内腹器官也开始失去维持功能的动力，中毒者很快就会死于呼吸的骤停或心脏的骤停。

草席太轻太薄，被困之人只要反应及时，用长矛顶住草席便可从未落下的空隙中逃出，或者在落下时抽刀挥砍草席，那么没几下也可以破开口子脱身而出。但是采用了"松肌散"后，草席未到那药粉就已经抖洒下来了。即使反应再快，也是没有力气竖起长矛、拔快刀，只能任由草席覆盖而下。

而唐三娘除了"松肌散"外，还在草席上布下了"无常烟"。"无常烟"其实就是一种木盒子，盒子里面有硝石、烟苗做成的引燃装置。一旦草席覆

第一章　山水局

盖而下，盒子掉落下来发生撞击，盒子里的硝石和烟苗便会燃烧起来。盒子所用木材为"无常栎"，此木易燃，立刻就能烧成一个烟团。而"无常栎"的木料中还含有一种奇怪的毒素，燃烧产生的烟雾吸入后，会立刻让呼吸道灼伤起水泡。水泡堵住呼吸道，就像被一根无形的绳索勒死。最初人们并不知道"无常栎"的特性，有人在使用这种木材燃火后突然死亡却又不知是什么原因，便说这些人遇到了无常鬼。"无常栎"这树名就是这么得来的。

唐三娘加入"无常烟"是因为山间树林中潮湿，布设位置又紧邻着一条江水。生怕"松肌散"结块、黏附，不能尽数落下且洒落均匀。所以双杀齐下，以保万无一失。

结果比齐君元预料的还要好。后队的兵卒和护卫在"松肌散"药粉的弥漫之下，一个个只能瘫软在地，放声哀号，根本无力脱出草席的覆盖。而随即燃起的"无常烟"全都闷在草席下面，它的致命作用比"松肌散"更快，才吸入便让已经开始艰难的呼吸彻底阻断。只有一些靠近草席边缘的兵卒、护卫艰难地爬出了草席，没有吸入"无常烟"。但是最多也就爬出一两个人的身位便在"松肌散"的作用下固定了最后的姿势。

不识仙

按照计划，齐君元应该是在这个时候出击，直攻下去，冲到道路的另一侧，吸引护车高手的注意力，给裴盛制造攻击的机会。但是整个刺局就是从这个时候开始出现了意外，那裴盛根本未曾等到齐君元杀出就已经抢先行动，从山梁下的蒿草丛中径直冲出。

裴盛的速度很快，奔走的路线是事先勘察试走过的，攻击的位置、高度也预先设想过，所以这一轮攻杀依旧是肆无忌惮、畅行无阻，根本没有一个护卫能及时上坡拦阻。而那七辆主车虽然被众多护卫团团围住，却也没有任何措施能够阻挡裴盛霸道的"石破天惊"。

七块天惊牌，准确击中了七辆主车的车厢。看似结实的车厢被天惊牌的那片乌光撞上，顷刻中便化作了四散的碎片。所以杀局虽然出现意外，但结果仍是让人满意的。

齐君元虽然被裴盛抢了先，但他还是冲出了树林，往坡下杀去。他这是怕没有前面的攻击吸引那些侍卫和高手的注意力，那些侍卫和高手可能会及时反应过来，将裴盛包抄围堵住。所以他现在冲下去的目的已经不是为了吸引谁，而是为了救援裴盛。

但是齐君元只冲下去小一半的距离便强行控制住了自己的脚步。因为那些侍卫根本没有包抄围堵，而裴盛已经完成了对七辆主车的攻击。七辆主车的车厢尽碎，车板上只留下些零碎的支撑木柱和车厢壁板。

看到这些，齐君元立刻回身重新往上面奔去，边奔边高声给秦笙笙下达指令："快！下爪儿，放火螭！"

七辆特使乘坐的主车都空无一人，而且车厢一击即碎，根本没有内甲护网等设施，说明这些华丽的主车只是诱眼儿用的，两个刺标根本不在车里。

而那些护卫和贴身的高手只想到调转马车往回走，却不考虑抢攻坡上，阻截攻击的刺客。同时扩大防护范围，分散自己的被攻击面，这其中是存在问题的。而问题的可能性有两个，一个就是那些侍卫和高手名不副实，最多只是有些赶马车的高手在。这个可能性应该不大，毕竟是南唐皇家所遣的正规使队护卫。至于第二种可能性其实说出来也很难让人相信，就是刺标就在那些护卫和高手中间。他们是怕自己一旦抢攻坡上，扩大防护范围，就没人近距离保护刺标了。

但不管是哪一种可能，现在最好的方法就是趁着下面护卫主车的人没有散，把"火螭落云床"砸下去。不用分辨到底谁是刺标，只需一个不留全部杀死，那么刺标肯定也逃脱不了。

没等齐君元回到树林，第一根"火螭落云床"就已经滚下去了。这火螭是用整根树干做成的，粗细都超过铜盆直径。树干上浇了火油，点燃后滚下。

但如果只是点了火的树干滚下去，那和一般的檑木没什么区别，之所以会用火螭为名，那是因为这根看着平常的树干中还藏着三排"螭龙脊刺"。

"螭龙脊刺"可以用金属制作，也可以用木头、竹子制作，齐君元就

第一章　山水局

地取材用的是硬木。硬木削成尖刺状，然后在树干上钻眼，以竹片为簧，将硬木脊刺填入。一般一根树干装三排，然后根据树干的长短设定个数。正常情况下每隔两掌长（中指、拇指张开的距离，大约四十五厘米）就有一支。这是因为冷兵器时代并肩作战时，为了自己挥动武器方便，又不妨碍旁边的人，一般都会保持这样的距离。"螭龙脊刺"的机栝并非十分可靠，在滚动中会有少数脊刺触发射出，但绝大多数脊刺是在树干撞击停止的时候射出。

如此粗大沉重的树干，滚动冲击的杀伤力已经可观，然后冲击停止的刹那，三排硬木脊刺强力射出的杀伤力也是威力强大。最后还有随风窜动的火苗、火团，就像怪蛇一样到处乱游、乱咬、乱缠，这是很彻底的杀伤。所以当看到连续两组"螭龙脊刺"滚下山坡后，齐君元放心了。他能确定这一轮下来，坡下路上不会再留下什么存活的人和牲口。

齐君元的判断是准确的。当第一组火螭滚砸到路上时，只见木刺乱射、火团乱飞。七辆已经破碎的主车一下全被砸向了另外一侧的斜坡，有的直接掉入江中，有的翻倒在坡上。原来围在主车周围的护卫也被砸下去大半，在路面上、斜坡上留下一大片身上扎满木脊刺并且已经开始燃烧的尸体。

第二组火螭滚下后，将路面上剩下不多的人清扫得更加干净。包括使队领头的正职都尉也在这一轮打击中身中四五支木脊刺，连人带马滑摔到坡下。主车所在的这段路面连带两侧斜坡，满满当当全是火团、火苗，蔚为壮观。这些火焰、火苗有的是被引燃的主车残碎片和蒿草枯枝，有的是死去护卫的肢体和他们随身携带的物品，还有一些是未射中人的木脊刺。两轮的"火螭落云床"只有三根火螭砸到路面后被东西卡住没有滚下坡去，此时越烧越猛成了三堵火墙。

齐君元在树林边停住脚步，回身往下看去。满满一坡的火焰、火苗中，有人在滚跑嘶叫，这是几个很幸运地躲开火螭和木脊刺的护卫，却未能避开如雨如风的火团火苗。而被点燃痛苦远胜过瞬间被砸死或刺死，所以滚跑嘶叫的时间都不会持续太长，很快这些幸运者不是直接在昏乱中栽下山坡，就是滚撞到掉落在地的兵器和木脊刺，继续幸运地快速结束痛苦。还有一些被砸被刺后受伤未死的护卫也在火中挣扎，他们比那些滚跑嘶叫的护卫还不如。生生感觉着烧灼的痛苦,却没有自救的能力和释放痛苦的途径,只能用生命最后的本能做着些毫无意义的动作。

此时的雾气更加浓厚了,压得也更低了。特别是树林之中,雾气被枝叶阻挡不能完全蒸腾上去。再加上林中光线昏暗,能见度已经很低,看什么都影影绰绰。

鸟儿的叫声和翅膀的扑扇声变得更加喧嚣,应该是有更多的归鸟还巢了,难怪此处会取名归鸦林。但这喧嚣并不只是因为鸟儿太多,山坡下的火光、烟雾,还有尸体燃烧的焦臭,都是让它们难以安静的原因。

鸟叫声让齐君元很是心烦难安,面对这样大的杀场,眨眼间数百个大活人失去了生命,即便是个杀人不眨眼的刺客也会不安。身后就是归鸦林,这名字似乎预示着此处就该是个曝尸之地。那么多的鸟儿中肯定有很大一部分是林鸦,那么山下的这些尸体明早肯定会成为它们的一顿美餐。

虽然心中有些不适,但是齐君元还是决定趁着天色还能看清要下山确定一下,最好是能确定刺标已经死了,如果无法办到,那也得确定所有人都已经死了。

但是齐君元才走下去两步,就感觉出有些不对。他看到了裴盛直直地站在那里一动不动,就像一个朦胧而孤寂的孤魂野鬼。

裴盛击碎七辆主车顺利跑到路尾一段,但他却没有继续往前和王炎霸、楼凤山他们会合,而是立刻止住脚步,凝视道路的前方,全不管身后发生的一切。

道路的前方现在已经是烟雾朦胧,"五朝压一案"的格局已经变得模糊。但是龙吐雾、蛇吐瘴,朦胧了的、模糊了的景象中往往会掩藏着更多的危险。

一阵山风吹过,将燃烧的烟雾和上凌江中升腾的水雾吹散了些,齐君元除了裴盛之外又看到了更多的人,有二十几个人的样子。那些人和裴盛一样,站在路尾口子处一动不动。

齐君元虽然没有看得太清,但他可以肯定那些的确是人,而不是刚刚死去的那些护卫、兵卒的鬼魂。因为这些人穿的服饰和护卫、兵卒完全不同,基本都是便服或劲装。另外,那些人的站位也很奇怪,很像是"上三洞仙列位"的阵式。还有，就是这些人手中拿着的东西非常古怪，有一些都不知道到底如何使用。但齐君元能够确定，他们拿着的都是武器，可以比正常形状武器更加轻易夺取别人性命的武器。

突然在路尾出现这么多人已经是很奇怪的事情，但更奇怪的是为何楼凤山和王炎霸一点警示都没有？是他们自己也没有发现？或者是王炎霸的折射光影因太阳光线已弱再加上烟雾遮盖，没能传达到齐君元这里？

就在齐君元不知该如何应对路尾所发生的状况时，一只竹制"自飞蝶"从他眼前飞过。这是六指在提醒他有状况发生，于是齐君元赶紧朝路头那边望去，这一望不由得更加心惊胆战。

路头那边出现的人更加多。这些人衣甲鲜明、旌旗招展，还有很多马车、马匹，所以即便没有山风吹去雾气也一样可以看清。而齐君元心惊并非因为看到了这么多人，而是因为那些人竟然是南唐使队的护卫队。

又惊变

这是怎么回事？怎么会有南唐使队的护卫出现？齐君元的脑子里"轰"地一响，他立刻想到自己在灈州刺杀顾子敬失利的事情。难道这次又有人提前泄露刺局，然后提前获知信息的南唐使队反套一兜，将自己这些人尽数收了拢口（收入包围圈的意思）！

刚才裴盛抢先杀出，可能就是因为他的位置可以发现到路尾处有异常情况，所以才没按步骤进行。他这样做一则是为了刺活儿能够成功，再则也是想提前完成动作抢到脱身的机会。还有刚才那些护卫和高手之所以没有抢攻而上扩大防护范围，并非因为刺标在他们中间，而是他们真的名不副实，因为他们很可能都是假冒的。这些设想和怀疑眼下根本无法印证，但有些情况却是很快就可以确定。

新出现的南唐护卫队确实不是为了保护特使车辆通过烟重津，他们的队伍中根本没有车辆，也没有使队仪仗。所有护卫全副装备地缓缓逼近，是要围捕什么目标。而路尾的十几个人显然也不是过路的，他们摆出的阵势很奇妙。即便是已经开始行动，往坡上坡下四散开来，整个阵势布局依旧保持不变。从这几个人的阵形走向来看，他们是针对归鸦林这边的。所以不单是裴盛，齐君元、秦笙笙也是在对方的目标范围内。

裴盛也开始动了起来，他走得很慢，方向也很奇怪。但内行的人都知道，他这是极力在寻找对方阵形中的缝隙，然后抓住时机冲出去。不过事实证明这样的缝隙和时机都很难获取到，随着双方的不断移动，裴盛的趋势始终是被逼着往归鸦林这边退却。

"顺流！伏波！是九流侯府的硬刺儿！"有人在高声呼喊，听声音是楼凤山发出的。这种情况下他竟然直接发声示警，全不顾自己可能会暴露行踪，而且他呼喊的内容又是让顺流（逃跑）又是让伏波（躲藏），可见此时的楼凤山已经是一个非常慌乱无措的状态。

随着这声喊，路尾的高手瞬间化作闪电一般，各自往不同的方向疾奔。可以看出，他们奔出的路线有交叉、有迂回、有直冲，整个就像画出了一张纵横交错的符咒，上三洞的神仙们一起显神通捕获妖孽的符咒。

也是随着这声喊，"上三洞仙列位"阵式的背后出现五个也是便服装束的人，这些人也都手持奇形的武器，以配合有序的"五行生克"阵式朝楼凤山发出喊声的位置围堵过去。

与此同时，路头的南唐护卫们也动了，他们的行动明显是在高人的指点下进行的。一队入树林直上岭顶，这是将上行的退路给封住。一队沿树林边缘继续前奔，看样子是要占住隔断归鸦林和西边树林的石壁。还有一队扇面般斜向推进，扑向石壁西边的树林。这是官家护卫常用的搜索方式，迂回包围，滤网搜索。他们的目的是要将石壁西边树林中的六指和唐三娘兜堵逼迫到石壁下的角落里。

除了逼堵六指和唐三娘的三队人外，还有一队直接从下侧斜坡走过，绕过堵住道路的草墙、草席，以及草席下覆盖着的上百具尸体。这队人不多，动作却很快。能从斜坡上如此快速通过则说明这些人都是高手。

当这队高手过了第二堆滚木笼后，队形立刻单鞭展开，这是一个往上方归鸦林中横扫而来的架势。而这个架势正好和路尾摆开"上三洞仙列位"

第一章　山水局

阵式的九流侯府高手形成一下一斜、一南一东两个拦截面，再加上西侧石口，其实已经是将齐君元、秦笙笙、裴盛这三个人从三个方向合围住了。

"量骨裁命。"秦笙笙认出那队高手中领头人的兵刃。

"是神眼卜福？"齐君元问一句。他虽然和卜福较量过，但始终只听到声音未看清面容长相。

秦笙笙没有回答，因为这是个根本不用回答的问题。使用这种独门武器的高手，南唐的官家人，特使顾子敬的随身护卫，同时符合这几点的只有神眼卜福。

随着高手们不断逼近，齐君元也认出两个人来。这两人在濉州城时明着是为顾子敬牵拉马车和鸣锣开道的下等家仆，暗地里其实都是顾子敬私聘的贴身保镖。

卜福和这两个保镖的出现，更加说明这次的刺局又露底了。问题到底出在哪里了？为何每次顾子敬成为刺标时，他总能提前知道，而且还可以凭借得到的准确信息反设兜爪捕捉刺杀之人。

但是眼下的情形根本不允许齐君元思考。卜福带领着人已经逼到很近的距离了。

对于再次遭遇反扣兜爪，齐君元虽然感到非常的吃惊和意外，但却并没有慌乱，甚至还没有在濉州城那次慌乱。面对危险，他的心跳变得更加沉稳，心境也变得更加空灵。然后一点灵思迅速将周围的环境特点拢入其中，构思出一幅真假交合的场景，在场景之外再幻化出一种意境。他现在要做的就是从别人很难发现也很难理解的意境中找出条生路。

而裴盛此时的状况已经变得非常危急。这危急来得有些突然，让刚刚还能够从容应对的裴盛顷刻间就陷入包围之中，而且他都还没有看清楚这一切是怎么发生的。

裴盛是想从对方围堵阵形中找到漏洞脱身冲出的，但对方的阵形始终没有给他这种机会。所以他只能在不断被逼退的过程中左右急奔，想用这种方法牵制对方的阵形并拉扯开一个缺口。裴盛的方法是有效的，他的确是将对方阵形拉开了一个缺口。但就在他已经看到成功希望的瞬间，却突然发现自己很不可思议地被六个九流侯府的高手围住。

九流侯府的高手们。为了能挡住裴盛，他们的确也在将已经画好的符咒再拉伸，再扩展，再移动。阵形的各点位看着也的确是间距越来越大。但就在裴盛发现到一个最大间隙时，也是他奔向斜下侧准备将这间隙彻底冲破时，九流侯府的几个高手突然将"上三洞仙列位"阵式变成了"飞云流转式"。这个变化虽然因为地势原因没能将整个阵形转换过来，但"飞云流转式"最上端的六人却是恰好飞出，再顺坡度疾奔而下，呈一个六面形将裴盛圈住。

"出浪一面，往没影儿处顺流！"齐君元看到裴盛被困，却不能前去救援，只能是大声提醒。他的意思是让裴盛抓住六个合围面中的一面攻击，然后往归鸦林方向逃跑，与他和秦笙笙会合一处。

之所以这样指点裴盛，是因为齐君元刚刚构思出的意境是在他身后、在上边。身后是茂密的归鸦林，光线昏暗、雾气昭昭，适合与对方周旋。而上边是鳜鱼岭狭长形的岭脊，只要能摆脱追踪翻过岭脊，那么山峦连绵、沟谷纵横的复杂地形就能让他们如同鱼入大海。

现在天色正快速暗下来，雾气也在继续积聚下压，这些都是对他们非常有利的趋势。齐君元心里很是自信，他确定只要坚持到夜幕降临，然后从林间遁走，那么见识过他子牙钩的卜福绝不敢追着自己进入林中。再有林中的雾气变得浓厚之后，即便有很亮的光盏子（照明灯盏）也无法看得太远、太清楚。在这种状况下，就算卜福有双辨查踪迹的神眼，也无法很快找到他们翻越岭脊而去的行迹，只能任由他们从容离开。

但齐君元只能是出声指点而不能亲自去救援，因为一旦离开了归鸦林的边缘冲下去，就等于明告卜福林子前的坡面没有施放爪子。那么卜福他们只需斜插一道，就能将他挡在归鸦林之外，置身南唐使队的高手和九流侯府高手的夹击中。这种做法是愚蠢的，是主动断了退路。

齐君元当然不会这么做，就算裴盛的处境再危急十倍他都不会这样去做。不是因为他齐君元冷血无情，而是作为一个优秀的刺客就必须冷血无情。从开始学习成为一个刺客时起，执掌、前辈、同门都在反复教给他这个

常识。作为刺客，就应该有断肢喂虎以全其命的信念和意志，绝不能做于人无施、于己无益的愚蠢的事情。

现在去救援裴盛就是一件于人无施、于己无益的愚蠢的事情，现在的裴盛已是一个只能用来喂虎全命的断肢。所以齐君元提醒完裴盛后便再不看他一眼，而是径直朝卜福迎去，他要为自己争取最后一点时间，坚持到夜幕覆罩鳜鱼岭、雾气浸没归鸦林。

第二章　把自己做成兜子

蓦无踪

就在齐君元迎上卜福的时候，几百里外的潭州城中，范啸天也在做着他这辈子最勇敢的事情。这事情不是要他刺杀哪个难以得手的刺标，只是和一个陌生人面对面商量些事情。

范啸天是个常年在离恨谷中留守的谷生，平时很少与外人打交道。遇到同门中人还好，他知道只要对别人礼貌客气，别人也总会给他些面子。别人对他不客气时，他就算讥言讽语以对，那些同门也不能把他怎么样。但是每当和外界不相干的人打交道时，他便会心中虚慌、没有底气，思虑的狡狯、言辞的犀利全不见了。也正因为这种原因，当初他路过盘茶山时好奇地看了几眼，竟然会被几个恶奴给呵斥赶走，全无高手的形象。

而这一次确实与以往不大一样，因为他想找到并和他商量事情的陌生人不是个一般人，非常的不一般。这人可以在范啸天还未能说清楚一句话的时候，就用半句话要了范啸天的命。所以让范啸天和这样一个陌生人打交道，他愈发觉得心头发凉、嗓门发梗，脚步怎么都迈不向前，恨不得能强拉个什

第二章　把自己做成兜子

么人来替代他前往。

很不幸的是没有一个人能替代他。商量事情的活儿哑巴肯定做不了。倪稻花虽然装疯卖傻有一套，但她毕竟是个女子，而且又不是离恨谷门人，范啸天再怎么无赖、没风度，都不会让她替代自己往这凶险处去。所以哪怕到时候吓尿了裤子，他范啸天也只得自己硬着头皮去做这活儿。

范啸天要找的人是周行逢。周行逢是武定军节度使，楚地之主，唐德的老丈人。找他商量些事情也是没有办法的办法，因为实在是找不到唐德的踪迹。

那天接到黄快嘴传递的指示后，范啸天带着哑巴和倪稻花沿东贤庄、盘茶山一路追踪下来。

刚朝盘茶山方向追出不远，哑巴就已经发现到路上有大量车马和行人通过的痕迹。从痕迹特征分析，这是同一批人留下的，人群中有车有马也有步行的人。

接下来几天，范啸天也在沿途的州县官衙和军营中发现了大批人马驻扎留宿过的痕迹。从这些官家安置的规格上可以明显看出，这是一些身份等级很高的人在押解着一大群囚犯赶路。因为每次除了官驿、客营住满外，还都动用了狱牢或囚营。

等过了盘茶山，痕迹就更加明显了，倪稻花在路面上发现有人用石块画的"上"字印。这"上"字印是上德塬族里独有的标记，用作族人之间的留迹和指引。倪稻花发现的"上"字印画痕很新鲜，笔画边缘和尾端的浮土都堆起未散，说明画"上"字印的人离开不久。

奇怪的是一路上每次发现的痕迹都是离开不久，但就是追不上。唐德他们人数众多，还有车马辎重，再加上押着上德塬的那人，速度不可能太快。而范啸天他们三个人都是毫无累赘、轻步简装，怎么就偏偏追不上？

范啸天决定辛苦一下连夜赶路，一定要先瞄上准点子（真实目标、准确目标的代称），再决定下一步该如何操作。这连夜赶路还真的见了成效，差不多凌晨的时候他们终于追上了唐德的大队人马。

那一晚唐德的大队人马是在浏河大营歇息的，这种大型军营戒备森严，遍布远哨、近哨、明哨、暗哨。所以，范啸天虽然身具诡惊亭鬼神般的技艺，却也不敢就此潜入。因为在不清楚大营布设的情况下偷偷潜入，虽然可以随机应变躲过明哨，却很难躲过暗哨。往往还在自作聪明地躲躲藏藏，却不知自己已经被人盯上了。

另外，军中大营环境复杂而陌生，各部分功用设置的排布不像官府衙门，很是随机，要找到被关押的上德塬族人会颇费工夫。而此时天色已近凌晨，时间太过仓促，就算找到人也带不出来。而且范啸天他们觉得自己根本不必仓促行事。现在已经追上了、盯住了，早晚都可以找到更加合适的机会把事情办了。

但是当第二天唐德大队人马开始上路时，范啸天惊讶地发现自己已经没有了任何机会。理由很简单，这大队人马中根本没有上德塬的人。队伍的组合是御外营骑卒和步行的鬼卒，而唐德在不在其中更无从知道。

范啸天知道自己上当了，沿途所有痕迹的目的都是误导，误导自己朝着一个虚假的目标追踪。如果是齐君元在，他应该不会上这样的当，因为误导的假象其实是有很多破绽的。

的确如此，其实只要注意到一些细节他们就不会犯这错误了。一路上的痕迹显示有车有马有步行，但是可以看出步行的脚印是统一鞋纹，而且是以整齐队形行走的。由此很容易推断出步行的这些人不是被囚押的上德塬族人。

沿途官家招待安置虽然分为官驿和狱牢，军营中分客营和囚营，但是从唐德的角度看，他又怎么可能很随意地将这群重要的犯人交给地方官员或军校看押，而自己则在保护措施很难严密的官驿、客营中安心大睡。他难道就不怕这些已经变得非常重要的犯人丢了？他难道就不怕自己的脑袋丢了？

还有，不管什么人在押解重要的犯人时，都会将他们拢在队伍中间，而不会让他们拖在大队最后，那样有谁做点小动作或挣脱绳索逃跑都没人能发现。所以"上"字印如果是上德塬族人悄然留下的话，肯定会被后队的兵卒

第二章 把自己做成兜子

马匹踩踏得印形模糊甚至痕迹全消，而绝不可能像倪稻花发现的那样，连笔画边缘和尾端的浮土都没散乱。

按常理推测，如果"上"字印是要给自己的族人留下的暗号，那么应该在被押往东贤山庄的路上就已经留了，所以铃把头驱狂尸可能就是循着这标记找过去的。而狂尸群还未到东贤山庄，庄里就已经做好一切应对准备。肯定是有东贤庄高手早已经发现上德塬族人在沿途留迹，并由这"上"字印觉察到狂尸群追踪而来。东贤山庄的人学会这并不复杂的标记应该就是在那个时候，而他们逃出东贤山庄的时候正好可以将其利用为一个误导别人的伎俩。

最后范啸天还悟出自己一个更大的失误，自己带着哑巴和倪稻花滞后一天上的路，都能发现并紧追上唐德的队伍，那其他三个国家派遣的秘行组织一直盯着东贤山庄，追上唐德不是更没问题吗？可这一路连哑巴和穷唐都未曾发现三国秘行组织的痕迹，这说明他们根本没一个人是追上这路的。

确定自己上当的同时，范啸天也确定自己以后不会犯同样的错误。对于这点没人会怀疑，因为他在失败的过程中获取了许多的经验。这些经验是以往在书本上学不到的，比书本知识更难以忘却的，这也正是范啸天与齐君元相比所欠缺的。

发现到真相，问题也随之而来。唐德在哪里？上德塬的人在哪里？

唐德怕死，他更觉得自己没有必要死，但是眼下至少有五路人会要他的性命。那几个不知来历的刺客是一路，如果他们三天内没有死在东贤山庄设好的兜子里。然后就是三个国家的秘行组织，如果他们要的人和东西确实是在自己的手里。剩下就是上德塬残余的族人，如果还有活着的又没被自己擒获，如果他们知道了火烧上德塬是自己的指示。那么肯定会想方设法来要自己的性命，就像前几天那个当场以身为价要取自己性命的疯狂女子一样。

而现在唐德除了怕死还怕上德塬的人被救走，因为他还没有弄清楚上德塬到底藏着什么秘密。为什么连几个国家最高级别的秘密组织都蜂拥而至？为什么那个说三天内要取自己性命的刺客用两个看似无关紧要的信息，就能让三国秘行组织为他出力搏杀？虽然目前仍不知道缘由，但从这些异常现象可以看出那些人获取上德塬秘密的欲望是何等的强烈。从这强烈的欲望上又可知秘密中隐藏的价值是何等的巨大，与之相比或许就连他唐德的性命都显得微不足道。

唐德是急匆匆带领人马离开东贤山庄的，但才走出二十几里路，便得到消息，盘茶山被梁铁桥带领的南唐夜宴队攻占。于是他边发令调周围的州县驻军增援盘茶山，边带着御外营大队人马往盘茶山而来。但这次只走了十几里，便又有消息传来。说南唐夜宴队全数撤出，不知去向。

唐德顿时醒悟了，那三国力量追踪自己、抢夺上德塬的人是为了一个和钱财、宝藏有关的秘密。否则他们不会莫名其妙地去攻占盘茶山的，因为他们以为自己也和他们一样早就听说了上德塬的秘密，并以为自己盗挖盘茶山就和这秘密有关。

夜宴队是除了南平九流侯府外搜罗江湖奇异人才最多的秘行组织，他们中肯定有精通查辨宝藏墓穴的高人，自己费尽人力、物力挖开的盘茶山，他们或许只要进去看一眼便知道有没有自己要找的料。

从南唐夜宴队的这番折腾来判断，盘茶山没有宝藏，或者是所藏宝藏不知关键窍要便根本无法开启，否则他们不会拼死拼活地闯入看一眼就又走了。而不管是哪一种情况，从现在开始自己所掌握的上德塬族人就成了关键。虽然可能只是其中一人知道关于宝藏的秘密，虽然可能只有一人有能力启开宝藏。但在自己没有把这秘密撬出之前，这些人都是不能丢失的宝贝。

所以，唐德立刻改变计划，他给自己下了一个大赌注。以御外营的兵马和大量鬼卒来制造假象，拿着自己的金批令箭按原计划走州穿府，吸引三国秘行组织和追杀自己的刺客以及上德塬可能残余的族人。而他自己则和大悲咒、大天目，带着一些贴身的高手和不多的魈面人，押着上德塬的族人走入了荒山野路。

这真的是一个大赌注，是将他的性命和上德塬族人所携秘密一起押上了。按原计划那么走，最多是在前往潭州的过程中被人将上德塬的秘密偷走或抢走。而现在如果他的行踪被别人发现，没了御外营大队兵马的保护，那么丢失的不仅是上德塬的秘密，还有他的性命。但是只要御外营的兵马和鬼卒能将假象维持几天，那么他就能完全隐没在荒山野路之中。到那时就算有人发觉再寻痕迹追他，也来不及了。

自上门

唐德消失得真的就像黑夜中的影子，范啸天和哑巴想尽一切办法都没找到他们的一点蛛丝马迹。最后范啸天只能采取最后一招守株待兔，在潭州城里静心等待。因为他知道唐德最终是要到这里来找他老丈人的。

但是他们在潭州城里等了将近一个月，始终没有发现唐德的踪迹。万般无奈下，范啸天决定放弃这件事情，回离恨谷衡行庐领受处罚。但就在此时倪稻花的一句话让他改变了主意，让他决定冒死尝试一个连他自己都觉得有些匪夷所思的法子。

"天底下可能只有周行逢能把唐德找出来了。"倪稻花这话说得正中要害。

被提醒了的范啸天前前后后仔细盘算一番后，发现真有可能让周行逢把唐德找出来。于是他决定去找周行逢商量一下这个事情。

范啸天在节度使府的门前的大街上缓步走着，这已经是第三个来回了。虽然路两边有树如盖很是阴凉，但他仍是满头满脸排列着细密的汗珠。

有两次经过节度使府的大门时，他试图鼓足勇气走过去。但一看到门口守卫威严的气势、冷横的面孔，他便紧张得几乎要吐出来。

与呕吐相比，范啸天情愿流汗，所以他仍然在大街上来回走，等待周行逢自己出现在府门外面。

其实要见到周行逢真的并非难事，自从他掌控楚地的政权后，行事做派很是廉政亲民。即使公务繁重，他也总会抽些时间带几个亲随出来转转，体察一下民情，了解一下民愿。所以在潭州的农田间、街市上、茶肆里都有可能见到他。每当这个时候，你可以和他打招呼说家常，也可以拦街告状或献谋献策。而他总会很热情、很认真地回应你，并让手下把重要的事情记录在案。

有人说周行逢这做法是装模作样、收买民心，而事实上老百姓还真就吃这一套。楚地的民众都对周行逢很是臣服、爱戴，奉其为楚地的明主、真王。就从这点而言，不得不说周行逢是别具智慧的。

而周行逢另一个更具智慧之处是他虽据楚地却不称帝称王，而是以武定军节度使的名分屈尊于大周之下。这也是他能够随时便装简从随意出行的原因，因为不用怕别人对他不利也不会有人对他不利。

道理很简单，如果有人想谋取他的位置刺杀他，那最后也不能获取到什么。因为他上头还有个做主的大周，一旦周行逢出事，大周肯定会出面干预。最终谋位者肯定是不得善终，而楚地之主的位置仍会在周家子孙手中。所以对他所做的一切不利都没有什么意义，除非是谋取他位置的人夺权后能有强大的军事支撑，与大周抗衡。

当然，周行逢一代枭雄也是绝不可能甘心长久如此的，当他暗中积聚的能量足以摧毁一个或几个邻国，足以来与大周分庭抗礼时，那么他肯定会有所行动。也正是因为心存这样的目的，他才会让唐德暗中做些挖墓掘财的缺德事情来充实府库的军资。

范啸天已经走第四个来回了，节度使府大门口的外值护、内旗牌都早就盯上了他。由于周行逢掌权后明令官家不得无据拿人，所以他们不能贸然将范啸天擒住。不过在范啸天走了第二个来回时，他们已经将情况通知了府中的一众聚义处。

一众聚义处就相当于南唐的夜宴队、蜀国的不问源馆。因为其中成员都是周行逢占据楚地之后招安平寨网罗来的江湖高手，所以才取了这么个名字，意思是将原来各处山头的聚义堂都集中在他这里了。

一众聚义处的高手虽然觉得事情蹊跷，但也未立刻将范啸天拿下。不过在范啸天从门前路上走第三、第四个来回时，每一趟都会有不同的几个人陪他一起走过。这些人都是穿的便服，行走时有意无意隐在其他行人间、树木后。但不管是快走慢踱，他们始终是以有远有近的一个不规则的圈子将范啸天围住。而这个情况范啸天却未曾觉察，因为他缺少这方面的经验，因为他的注意力过于集中在周行逢的出现上了。

第二章　把自己做成兜子

周行逢终于出现了，而且一出府门便径直朝着范啸天走来。

范啸天并不认识周行逢，但节度使府中出来一个气势不凡之人，并且带着几个护卫径直朝他而来，这让他脸上满布的细密汗珠开始流动起来。

周行逢今天本来是要去盐粮市上转转的。南唐提高税率后，对楚地还是有一定影响的。楚地虽然是粮食高产的地方，但是受大周粮价暴涨的影响，楚地的粮价也增长了不少。另外，楚地的大部分食盐都是从南唐购入的，所以这两样价格一波动，楚地民众不可避免地出现些慌乱。

针对这种形势，周行逢让楚地的一些特产货物也小幅上调了税率。这样做既可降低南唐提税的影响，又可以不对其他邻国造成太大冲击。所以最近这些日子他一直都注意着这方面的动态，其他一些不太重要的奏报他都让手下人替他处理了。

刚要出门，有人报知周行逢，说门外有鬼祟之人，似乎有不轨的企图。

听到这情况后周行逢的看法和别人倒是不一样。他觉得自己经常外出，真要有什么不轨企图的话，完全可以选择其他更隐蔽的地方下手，根本没有必要在大门口来回踱步暴露自己。所以周行逢觉得这个在门口转悠的人应该是找自己谋富贵前程的，但又惧于府门守卫的威严，不敢求见。

周行逢迎着范啸天走去，就在距离范啸天差不多十步的时候，周围顿时身蹿影闪，几个人如同鬼魅般将范啸天围在了中间。每个人都离范啸天不足三步，对于练家子来说，这么近的距离已经相当于贴靠在了一起。这种又围又贴的做法是为了防止范啸天有什么隐秘的小动作，所以此时范啸天就算想抬手擦个汗、挠个痒都会被断然制止。

"我是周行逢，你是在等我？"周行逢很坦然，语气也很委婉。能做到这样子是因为他确信自己不会受到伤害。面前这个已趋老年的男人一副很窝囊的样子，根本不像个能伤害别人的人。再有周行逢很了解围住范啸天那几个高手的本事，再加上自己身边身后的几个内卫高手，不要说这个老男人，即便出现的是一队强悍兵将，要想伤害到他也是很难的。

范啸天脸上的汗珠不再一粒粒排列着了，当听到"我是周行逢"时，所

有汗珠全黏糊在了一起，变成几片水面儿满头满脸地披挂下来。那个瞬间他脑子里一片空白，虽然没有听清"我是周行逢"后面的话，但他还是下意识地点了点头。

"你是什么人？"周行逢问道。如此饶有兴趣，是因为他从范啸天的神态看出了自己的判断是准确的，所以想进一步证实其他的判断。

范啸天嘴唇哆嗦两下，然后脱口而出："我是个刺客。"

周行逢也出汗了，但他出汗的感觉有些凉飕飕的。这个回答完全出乎他意料。虽然明知周围众多高手绝不会让面前的刺客有对自己下手的机会，但如此近距离地面对一个刺客他还是第一次，所以陡然出些冷汗并不奇怪。

围住范啸天的几个人听到"刺客"两字立刻同时再进一步，这下范啸天就连试图抬起根手指都非常困难。

反倒是周行逢转瞬间便缓过神来，将收紧的心脏舒放开来。他想到了一点，如果这真是个来刺杀他的刺客，又怎么会如此坦白地将自己的身份告诉他？

"你是来刺杀我的？"虽然知道不会是，但周行逢还是问了一句。

"当然不是，否则我怎么会面对面地告诉你我是刺客。"范啸天感觉自己的口舌和思想都开始灵活起来，汗也不怎么流了。人都是这样，没接触的事物总有怯惧之意，但是真正接触过了，最怯惧的那一刻熬过去了，他就会觉得也就那么回事。

"那你来找我干什么？"

"我要刺杀的目标不见了，我想可能你会知道他在哪里。"

"我知道？那你要刺杀的是谁？"

"唐德。"

周行逢的眉头猛地挑起，他再一次仔细打量了下面前的这个人。这人可能有些窝囊、有些猥琐，但绝不狂妄也不呆傻。可是他为何会告诉自己他要刺杀的目标是唐德？难道他不知道唐德和自己的关系？不对，如果不知道的话他干吗要来找自己？也不对，就算不知道他也不该把刺杀的目标告诉自己呀。

第二章　把自己做成兜子

周行逢感觉自己的思维有些乱了，他的额头再次沁出汗来，这次不是冷汗，也不是因为天气热。

"为什么要刺杀唐德？"周行逢又问，他觉得要想理清思路就必须把这个问题弄清。

"你不知道为什么？"范啸天很认真地反问一句。

"我不知道。"虽然周行逢对范啸天的反问满是不解，但还是同样认真地回答了这个反问。

"那就不对了。"范啸天再次显出慌乱来，"我以为你也要杀他，但因为他是你女婿你不好下手，所以我才来找你合作的。这样你解决了自己的麻烦，而我也可以顺利地做成刺活儿。我还想呢，说不定大人慷慨，到时候还能多赏我一份刺金。"范啸天完全卸下了心理负担，话越说越顺溜。

"我又为何要杀他？"周行逢感觉更加混乱了，面前这人看神情、听语气都是非常正常的，可说的话却奇怪之极，就像疯语和梦呓。

"你真的不想杀他？"范啸天再次问道。

周行逢平静地摇摇头，但其实此刻他心中已经不平静了。这个人的话绝不是空穴来风，怪异之事必有叵测源头。

"看来最近楚境之中那些闹得翻天覆地的事情你全都不知道，这可能是有些人刻意对你隐瞒了。这样的话我就只能告诉你我为何要刺杀唐德，以及刺杀过程中见到的一些事情。"

"行，回府里细说。"周行逢说完转身往府门里走。而范啸天在一众高手的围逼下，也只能跟在后面。

言合实

武定军节度使府的一个僻静小厅中，很难得的一下聚来这么多的护卫高手。不过人虽然很多，小厅却依旧和平时一样安静，只有一两个人的说话声。

范啸天此时彻底没了负担，所以在对周行逢叙述事情时显得非常的正常。单从他的神态、语气上判断，没有一个人怀疑他在说谎。

其实范啸天也真没有说什么谎，整个叙述过程中他只在两个点上稍微扭曲了下事实。一个是范啸天最初的任务应该是去上德塬找到倪大丫交给他一件东西，而范啸天告诉给周行逢的是去上德塬刺杀倪大丫拿到一件东西。还有一个是东贤山庄逃出后再次接到的任务是追踪唐德，找到被他擒获的倪大丫，把尚未交到他手中的东西交给他，而范啸天告诉周行逢自己的任务是刺杀唐德，拿到一件东西。

范啸天在叙述到这两个扭曲事实的段落时，每次都吸气缓吐，腹胸微弹。这是运用了"全吸含虚送实法"，色诱属"掩字诱语"技法中的第三法。与他去呼壶里船上窥破秦笙笙所用的"掩字诱语"第四法"吸吐余一送一"功用相近，可以让别人从声调、音量、语速、节奏上都觉得以此技法说出的谎话比真话还真。

除去这两点，其他所有情况范啸天都是据实相告。从唐德遣人抢在他和三国秘行组织之前灭族上德塬，将所有青壮男性全部抓走；然后东贤山庄动用全庄力量和御外营兵马与三国秘行组织对敌；后来又调动周边州府的驻军聚集到盘茶山；再后来又指使御外营兵马和鬼卒快速往潭州进发，而这个时候唐德自己却和一批高手带着被俘获的上德塬族人消失了。

周行逢很认真地听着，范啸天的叙述方式很对他的口味。他只需要别人叙述事情的过程，而不需要带有主观意识的分析。因为周行逢并不是一个从别人说话的语气上来判断真实性的人，而是一个综合了内容、做法、动作等条件进行判断的人。他相信自己能比别人更好地分析出真相，而且他也只相信自己分析出来的真相。

在范啸天整个叙述过程中，周行逢只问了一个问题："你要拿到的是一件什么东西？"

范啸天也回答得很是诚恳："其实我也不清楚那是件什么东西，接到活儿时只说是件从墓里挖出的老东西，但是刺标自己知道是什么。所以这活儿有点麻烦，在杀死刺标之前还必须从刺标那里要到东西。不过我也觉得面对生死，不管什么人都会将真东西交出来的。后来做活儿过程中，从那三国秘行组织口中才知道,那东西应该是个皮囊,至于皮囊里面是什么却不知道,但可以肯定的是那里面的东西关系到一个巨大的宝藏。"

就算范啸天的表现再诚恳几倍,周行逢也不会轻易相信他的。好在以周行逢的权力和能力证实一些事情并不费事,他的手下在很短时间内就把一些可靠的证据递交了上来。

上德塬灭族惨案的奏折早就由当地衙门经过里、县、州、府几级周转递交到刑部。而那几级衙门在转递时的批注其实都是在告知刑部,此事是唐德所为,不能查也不必查。于是这份奏折的周转行程便在刑部的密柜中终结了。不过好在是锁入了密柜而没有毁掉,所以今天才能有机会转到周行逢的手上。

与东贤山庄大战有关的奏折兵部、户部都有,那一战折损了不少兵卒,抚恤的事情需要上报兵部和户部拨款办理。另外,东贤山庄平时需用的供给都由当地官府负责,每隔几日都要运送大量消耗品过去。而现在庄里突然间只剩下寥寥几人,出现了这种异常情况当地官府肯定也会急报户部的。但由于这些事情都与唐德有关,而且以往也曾有类似的事情发生,所以都压下没有报到周行逢这里。

调动周边驻军聚集盘茶山的奏折兵部和吏部都有,而关于御外营和大批鬼卒往潭州快速行进的奏折更多。他们过关、过卡的批报,借住沿途军营、府衙的花费,还有从沿途官家料场、器场、草场等地方提领补充器具物资,等等,所涉及的方方面面很多,所以从这些渠道都有奏折报上来。

范啸天说的事情都一一被证实了,那么再将这些事实连贯起来,就能明显发现其中有内情、有企图。周行逢的心中开始忐忑不安起来。

"有没有查到御外营的那支兵马现在在哪里?"周行逢问手下人。

"查到了,就在潭州城外湘江边上,紧靠岳麓山安的营。他们驻扎那里快有一个月了。"手下人回道。

周行逢眉头打起了结,御外营加上鬼卒人数不算少,这一路浩浩荡荡地跑到潭州,然后就在潭州城外驻扎了近一个月,自己竟然丝毫不知。

"他们有没有向兵部和潭州防御使报知移营至此的目的?"周行逢

又问。

"没有，刚才前往兵部和防御使处调看奏折时问过，他们都说不知道御外营驻扎此处的事情。反倒是工部的器作坊有人知道，因为御外营曾有人持金批令箭调他们的人前去营中给他们打制器械。但因为是驸马的手下拿金批令箭叫的差，他们也就和以往一样归在暗活（秘密的工作）中没有上报。"

"有没有问都做了些什么器械？"

"那些工匠自己也说不出名称，但从器械形状上看，应该是用来挖石毁墙的工具。"

周行逢又开始冒冷汗了，而且不止额头上在冒，背脊上也在冒。之前近距离面对范啸天这个刺客时，他只是因下意识的心惊而冒出些冷汗。而现在不止是心惊，他还从心底感到恐惧和后怕。楚地境内连续发生这么多惊天动地的大事他都不知道，而一支虎狼之师离开原驻地，急驰数百里驻扎到自己的睡榻之旁，自己竟然也毫不知晓。

周行逢没有要身边人提供一点参考意见，他自己将所有现象和细节仔细梳理了一遍，然后在脑子里构思出整个事情发生的布局以及将会继续带来的后果。

最开始时周行逢对三国秘行组织出现在楚地境内还心存怀疑，但范啸天只大概说出些人的名字、长相和他们的行动特点，他身边的高手便立刻确定这些人的确是大周禁军鹰狼队、南唐夜宴队和蜀国的不问源馆。

肯定了这一点，便可知几方面争夺的那件东西的重要性了。虽然到现在为止还没有任何证据证明那件东西确实关系着一个大宝藏，但大周、南唐、蜀国这三方力量都参与争夺，其中利益就可想而知。

而从上德塬灭族一案的奏折上获知，上德塬倪姓半族擅长挖地盗墓，那么从古人墓穴中获取一些秘密的可能性便极大。而如果他们真的得到了一个关于巨大宝藏的秘密的话，那么居身之处离上德塬不远而且也同样在做挖墓寻财事情的唐德肯定会最先获得消息。这样他能抢在那三国秘行组织和其他觊觎之人的前面袭击上德塬也就不奇怪了。而为了防止关于宝藏的秘密落入

第二章　把自己做成兜子

他手里的事情被传出，不惜火烧上德塬灭口、灭迹的这种事唐德也是做得出来的。唐德不但获取了秘密，而且俘获上德塬大量男性族人。不用说，他肯定是要利用这些人去开启那个大宝藏。这些人有本事发现宝藏秘密，那么也应该有本事开启宝藏。

不过从后面发生的事情来看，唐德灭口、灭迹做得并不成功，很快就被别人发现了。于是狂尸群追过去了、刺客追过去了、三国秘行组织也追过去了，这便有了东贤山庄大战。而且从此开始，别人的刺杀目标也由倪大丫转为唐德。而唐德也意识到自己成为了众矢之的，于是决定立刻行动，带领人马和上德塬族人前去开启宝藏。

而事情发展到这地步，唐德都没有将关于宝藏的事情密报周行逢。所以周行逢很坚定地相信，唐德做的所有事情不是为了周家基业，而是要为了他自己开启宝藏。而关键处也就在这里，就唐德现在的地位，还有手中掌握的权力，周行逢手下的所有官员没有一个可以和他相比。特别是周行逢还赐给唐德金批令箭，可以随意调动地方驻军，让他直接掌握了大量的军事力量。唯一有些缺憾的就是他所做的都是暗中的事情，无法在大庭广众面前张扬。

身居尊贵却不能张扬，这其实是一件很难过的事情，所以唐德如果试图改变这种状况还是有极大可能的，但是一个贵为驸马的人，一个掌握了大量军事力量的人，还想不为人知地获取到敌国的财富，那么他试图改变的东西就值得怀疑了。

周行逢想到这里时，他心中感到十分后悔。这后悔是因为唐德可能就是因为不能人前显赫才会有其他想法的，这后悔也是因为给了唐德金批令箭才让他敢于有其他想法的。

唐德对盘茶山下了很大工夫，明说是在挖掘山中古墓，暗地里说不定是在营建他的老巢。而这么几年都说挖墓财徒劳无功，说不定是将挖到的墓财全隐藏在盘茶山中。所以他才会将周边驻军召集到盘茶山，那是要用以往的墓财收买他们，以便在他行不轨之事时听从他的号令。

的确，他周行逢屈尊于大周之下，别人想谋取他的位置替代他很难，因为他上头还有个做主的大周会出面干预。除非是谋取他位置的人一旦夺权就

有强大的后盾支撑可与大周抗衡,而唐德如果开启了那个巨大的宝藏,他便有了强大的后盾支撑。

所以召集驻军到盘茶山,派遣御外营和鬼卒暗驻潭州城外,都是为他的下一步在做准备。一旦他开启了宝藏,紧接着要做的就是将楚地之主的姓改了。

所有现象和细节组合合理,所有的分析严丝合缝。如果说齐君元的构思是要体现一种留白意境,那么周行逢的构思则是完全的工笔写实。而工笔写实最容易犯下的错误就是在描绘许多几乎完全一样的羽片、叶片时,不经意间会有变形。而且随着描绘的数量增多,变形会越来越大。而当整个画面画完后,呈现的效果可能就和设想中完全不一样了。

在将整个事情完全想通之后,周行逢双手撑住桌案长叹口气:"千防万防家贼难防,最厉害的暗算总是最信任的人做的。"

范啸天一直都在旁边关切地注视着周行逢,这在谁看来都很正常,因为周行逢现在思考的结果将关系着他的命运和生死。当听到一直冥思苦想的周行逢说出这句话时,一向故作文雅的他在心中得意地对自己说了一句话:"你成功了!"

冲封杀

赵匡胤在刘总寨煎熬了二十二天,所带的手下和刘总寨军营中的兵卒死伤了近一半。那天板鹞下蛋扔下来的"平地火雷铁横雨",就杀伤了二十几人。而堵在外面的刺客看来是不杀赵匡胤誓不罢休,他们这些天对刘总寨的攻击就没有停止过。穿空火蛇矛、铁猴子、筋斗碌碡、雪刃蜻蜓,等等,各种不同技法的血爪、闷爪、皮爪层出不穷。每天都变着花样招呼,有时一天还会换几种。

如此密集的攻击节奏,如此繁多的高超杀技,如此精妙的攻杀器具,和最初几次的刺局有着极大的差别。单从规模上判断,组织这次大型攻杀的应该是个庞大的团体。人数众多,配合有序,后备充足,否则不会这样肆无忌

第二章 把自己做成兜子

惮地围住兵营攻击。而且看起来他们并不在意周边官府发现到这里的情况后会赶来救援，始终以很稳的节奏压制军营，逼迫他们往北面的黑松林子和西边的光石坡逃离。

种种迹象在不断证实着赵匡胤的推断，实施这场刺杀的不可能是什么江湖组织，而应该是哪个国家重金请了南平的九流侯府。而之前所说刺行中的高额暗金也只是个幌子，这些天外面的刺客连围带攻，已经花费了极大的人力、物力。如果再这样持续下去，就会得不偿失。

也就在第二十二天的晚上，赵匡胤决定突围，启栅从北面的黑松林或西面的光石坡逃出。没错，他明知道外面的刺客一直是在逼迫他往这两个方向走，也知道这两个方向可能布设着更多、更厉害的必杀兜爪，但还是决定冒险突围。因为不走不行了，白天外面的刺客已经动用了"毒火龙头撞"，不但将刘总寨的几处大屋子砸撞得一触即塌，而且那些毒火还将寨子中的水源给污染了。虽然寨子里的粮食也快耗尽了，但是就算一粒粮食都没了，再撑几天也是可以的。现在水不能喝了，两天之内便会完全失去体力。那么，与其熬到任人宰割的地步，还不如趁着还有一定的战斗力拼命冲杀一回。

赵匡胤决定在黎明前的时候突围，因为那时的天色最为黑暗。他将寨子里能够自由行动的人分作两队，禁军护卫和刘总寨兵卒混搭。一队将从西面光石坡突围，一队则向北边的黑松林中突围。而他自己既不会走光石山也不会走黑松林，他和张锦岱带着五个最得力的亲信依旧留在寨子里。

赵匡胤已经想好了，当寨外正面围堵的刺客察觉寨子里的人已经突围后，肯定会将力量调动转移到其他两个方位。或松开围堵的兜子直接进入刘总寨，然后继续在那两路背后追杀。这个时候，他们几个人就可以直接从正面突杀出去。

所有的计划都安排好了，黎明时那两队悄悄撬开北面和西面的栅杆。但是刚出去没走多远，两队中刘总寨的兵卒便再难控制。这么多天被堵在寨子中，不断被杀伤力极大的武器攻击，每一刻都有死亡的可能。所以积聚的恐惧和急于逃离危险的欲望一下释放了，兵卒也不管方向路径便拼命奔逃，并且边跑边不由自主地发出连串惊恐的尖叫声。

出现这种情况完全在赵匡胤意料之外，这样一来很有可能就完全打乱了他原来的计划，让对方刺客提前知道突围企图，然后从各方位一起围堵收缩。到时候非但一个都逃不出，就连他想诱开正面兜形的计划也泡汤了。

很奇怪的是，虽然四散奔逃的兵卒都在尖叫，但从声音上判断，他们并没有遇到任何截杀。尖叫声音是渐渐地远了、渐渐地小了的，没有一处出现断音。赵匡胤不由得心中嘀咕，难道外面的刺客已经看出自己的计策，根本就不搭理那些兵卒和护卫，于是将他们全数放走，而把所有力量依旧集中在对自己的围堵和刺杀上？但是事情既然已经到了这份上，赵匡胤这几人只能躲在刘总寨的隐蔽处耐心等待，等待寨子外的刺客对他们施行刺杀。

天色已经大亮了，寨子外的刺客始终是一点动静都没有。他们好像也在等待，等赵匡胤这几个人熬不住了主动冲出去。

又等了一个时辰，仍然没有任何反应。以往这时候外面的刺客应该已经开始对寨子进行攻袭了，可今天却没有。可能已经知道里面只剩下几个人，不想再浪费那些厉害的血爪杀器了。

当相持到了午时之后，张锦岱和那几个人再也熬不过去了，都向赵匡胤请求要冲杀出去。说实话，此时再要不冲他们也真的就没有体力再冲了，从昨晚开始他们就已经水米未进。现在差不多已经是躺着等死还一时死不了，站起来搏杀却也使不出全身力气了。

赵匡胤坚决阻止了他们，因为现在就算是躺着等死都不能往外冲。如果外面的刺客已经看出声东击西的策略，那么此刻外面的兜爪会布设得更加严密以防自己突围。而且今天刺客未再往营中施放爪子攻击，可能就是认为他们会找机会突围，所以将这些爪子用来做后手的防御或直接杀伤突围的人。另外，还有很重要的一点，就是现在已经用不着再冒险突围了。那两队人已经冲出去了，他们应该很快就从附近的州县搬来救兵，自己只需耐心坚持到救兵到来的那一刻。

但是张锦岱却认为救兵不会那么容易来。二十几天了，刘总寨未曾传出一丝音讯，周边州县早就该有觉察，也早就应该派人过来问讯。即便是周边州县疏忽了，但刘总寨并非地处极偏僻之地，就是路人也应该看到寨门被堵、寨里被袭，并将这消息传播出去。可是一直未曾来救兵，这说明外面也在发生着他们想象不到的异常情况，没人顾及他们。

赵匡胤觉得张锦岱的说法也很有道理，就在他犹豫是坚持等待还是就此冲出时，寨门外传来一阵喧闹声，救兵到了！

救兵到了，但是没有遇到一个刺客，也不知道刺客是什么时候撤走的，但可以肯定不是在救兵来了之后。他们应该很早就走了，而且是在更早的时候就做好了撤走的准备。

门口的兜子虽然还在，但是走入之后便会发现用草垛、草把做出的杀兜早就撤了布局，只留了个最靠里的面儿。带硬壳虫蛹的竹枝也都被换了，现在的竹枝上真的都是竹瘤竹节而非竹浆虫。而一般像这么大型的围堵，又连续施放了那么多天不同的爪子攻寨，外围参与和协助的人数肯定不会少。但是非常奇怪，这兜子周围却没有什么遗留物和施放的痕迹，更没有车马的痕迹。是根本没有留下还是被扫除干净了？没人能回答这个问题。

救兵是赵匡胤手下的护卫从前面归德府调来的。而根据归德府所录文案和附近几个县衙抄录官文来看，早在二十几天前，就有一纸军文调刘总寨官兵保护殿前都点检赵匡胤返回京都。所以包括泗阳县在内的几个衙门都已经将刘总寨军营归于停遣机构，暂时撤在可调用和常规联系的范围之外。那纸军文竟然是禁军白虎堂下的，用的是很正规的军文印鉴，不是假冒。推算了下时日，这份军文差不多是在赵匡胤进刘总寨那天到达周边州县衙门的。

知道这情况后赵匡胤的脑筋猛地一涨，虽然他已经意识到刺杀自己的事情是个大兜子，但现在看来这个兜局比他原来推测的还要大。

从运用的兜形、爪子已经半路刺杀的次数来看，从使用杀器的凶狠程度来看，要赵匡胤的命是肯定的。但是赵匡胤冒险入江中洲时，在淮南走暗道偷运私粮、私盐时，为何不借机刺杀他？为何偏偏选择在这个时候下手，而且杀他又何必做那么多的铺垫？所以这其中肯定还有其他重要的用意和目的。

赵匡胤已经渐渐悟出些现象。布设兜子的人是早就算计好自己不会绕其他路径回京，所以才一环扣一环、一杀接一杀地用连续的低劣刺杀勾起自己的斗志。最后却突然间将最厉害的兜子布在刘总寨，将自己困在其中。而与此同时外围的事情也做好了，首先发军文让周边州县都与刘总寨失去联系。让人心惊的是这一手段竟然用的是正规的禁军军文，这就说明办这事情的人就在禁军中，而且有较高的职位，可以接触到军中印鉴。具备这样身份的人要想让刘总寨这一段路没有过客、路人也是很简单的事情，所以刘总寨被困之事外界始终无人知道。

从现在残余的兜子来看，围困自己的刺客早就做好了两手准备，杀了自己后及时撤离，没有杀得了自己也及时撤离。这一点说明他们虽然有非常想杀死自己的欲望，但更怕自己从各种蛛丝马迹发现到他们的真实身份。所以刺客们才会暗中将绞兜、困兜撤了，只留下些假象，这是怕从布设的手法特点上看出他们的底细。而现场的所有遗留痕迹也都消除得干干净净，这是怕从刺客本身的诸多细节发现到他们的底细。

另外，从北面黑松林、西面光石坡根本没有布设兜子的情况来看。这些人杀死自己的目的还是次要的，将自己困在这里才是主要目的。但是将自己困在此处的用意和目的是什么呢？花这么大手笔不会仅仅是为了让自己不能及时应召回京而被周世宗责罪吧？赵匡胤隐隐觉得要有大事发生。

如果赵匡胤、张锦岱能在归德府多留几天，再到周围几个县衙盘查一番，凭着他们的经验和能力，或许能找到一些有价值的线索，或许能顺藤摸瓜将主使这场刺局的幕后人查出来。但是赵匡胤没有时间这么做，金龙御牌拿到手已经足有一个月了，要不是在刘总寨被困住，差不多半月之前就已经回到汴京了。现在就算日夜兼程往回赶，也得走个六七日才能赶到，而且再往后可能还有刺杀自己的兜子，必须步步小心，急赶不得。唉，其实一路凶险、艰辛倒无所谓，赵匡胤怕只怕是要误了皇上的大事。

听说赵匡胤急于赶回京师，归德府派出了一支两百人的革甲骑卒一路保护。赵匡胤因为前面的教训，也不再托大推辞，带着大队人马立刻上路。

就在赵匡胤刚纵马奔出北城门的时候,西城门外一队御前禁军快骑保护着皇殿传令使进了归德府。他们这趟所传谕旨归结起来其实就四个字:"灭佛取财。"

第三章　玄妙迭出

且莫走

蜀国皇宫里，孟昶在一群太监内卫的簇拥下迈着轻松的脚步往后宫而去。今天他心中很是愉悦，于是连轿辇也不坐了，自己步行往后宫中走。

南唐和大周使者都走了，不管怎么样，各种误会都解释清楚了，各种冲突蜀国也都置身事外。而且自己一直担心的边界易货之事成了援助大周的好事。

王昭远提出的官商易货真可以说是一举多得。大周的态度是主动要求易货，而南唐李弘冀密使传达的消息也是要促成此事进行，并且还派人赴蜀帮忙，将易货价格定在比南唐提税后的价格略低。这样大周可以接受但难得大惠，而蜀国则能获取最大利益。

孟昶很是佩服自己当初的眼光，这王昭远真是个人才，这次终于有机会展现出他的真知远见。而最为可贵的是王昭远还不好大喜功，今天在朝堂上主动提出这次易货之事以太子玄喆为主，而他作为辅助。这样可以为太子累聚功绩威望，为以后君临天下打下基础。

第三章 玄妙迭出

就在孟昶一路喜滋滋地往花蕊夫人的慧明园走去时，申道人一路小跑从后面追上来。

"皇上，这是小道近来特地给你炼制的'梦仙丹'。耗费了我半库的珍贵药材，六炉总共才出了这九十粒丹。皇上试服下，片刻便会有如仙卧云般的妙处。此丹虽不能真让皇上成了仙，但长久服用，定然可让皇上延寿安康。"

"好！这甚好，又辛苦大德仙师了。"孟昶来本就心情大好，又遇申道人进献灵丹，不由得更加开怀。

但就在申道人要将药壶递送到孟昶手中时，旁边一阵清脆的"叮当"声响，一个高大的黑色身影挟带着股怪异味道闪出，伸手直奔那药壶而去。

所有侍卫都没有出手阻挡，因为他们都对这个黑色身影太熟悉了，就是孟昶出于对花蕊夫人的宠爱，所以对这黑衣女人也总是容忍几分。

另外，那突然出现的黑色身影曾经用异药将自己身体的潜能提升出来，变得身轻如燕、力量过人。因此就算那些侍卫想阻拦，出手也不一定有她快。而出手速度即便赶上了，也不一定有力道能将她拦住。

来的人是阮薏苡，她出现得突然，吓了孟昶一跳。而她的举止则更加莽撞，一把将申道人正要递到孟昶手中的药壶给抢了过去。

"皇上，是药三分毒，这灵丹还是让我试验无害后再服用吧。"阮薏苡说话时身上驮架所挂各种瓶子犹在相互碰撞、叮当作响。

"大胆阮薏苡，你要是惊了皇驾，十条命都不够抵的。"申道人未等孟昶说话，抢先声色俱厉地斥责阮薏苡。从这情形看刚才他也被狠吓了一把。

阮薏苡没有说话，但这绝不是因为申道人的斥责让她意识到自己行为的不妥而感到后怕。而是因为在这后宫之中，她也就和孟昶、花蕊夫人能正常交谈。其他人她都不愿意搭理，也或者是觉得没有必要搭理。

阮薏苡原为交趾国人，生在偏僻蛮夷之地不知中华礼数，更不懂皇宫、官家的众多规矩，所以她对自己突然闯出抢夺药壶的行为并不以为是冲撞冒犯，反认为这是护主之举。

孟昶也没有说话，他真的不知道说些什么合适。对这个阮薏苡他其实打心底里烦她，不只是因为她不懂规矩，而是因为她太不懂规矩。平时的唐突、失礼也就算了，后宫之中乱闯乱逛也就算了，在内宫药院乱拿珍稀药材也算了，可这阮薏苡竟然有几次在他和花蕊夫人欢愉之时偷偷闯入，并且还在旁边专注地看。而且每次在将自己和花蕊夫人惊吓得已经没了快感后还不离开，不等两人穿戴收拾干净，便不停地在旁边追问各种细节。

一个没有婚配过的女人，没有尝过男女之欢的女人，却经常在别人夫妻交合时进去细看，而且还细问感觉、感受，这也太变态了。不过细想之下她这样很可能是对此种事情极有兴趣却又没有男人共行阴阳事，所以孟昶几次都想以此为理由将这女人赶出后宫，随便发给哪个小官吏给婚配了。

但是这个决定花蕊夫人却坚决制止，用她的话来说，这是阮薏苡在关心他们、保护他们。因为她觉得孟昶近来食用的一些补药很奇怪，所以想查出究竟，不要被人药伤了身体。

孟昶此时想了起来，阮薏苡怀疑的药就是申道人给自己定制的"培元养精露"。自己第一次使用此药便神勇无比，但可能是用量不对而始终守元不泄。此事正好被阮薏苡碰上，便觉得此药有害。于是她将药拿走细查了其中的药性成分，查出的都是有益无害的大补药物，而且各种配料恰到好处，绝不会对身体造成伤害。如若结果不是这样，她又怎会将"培元养精露"还给花蕊夫人？

今日申道人献丹恰巧被阮薏苡撞上，她将丹药抢走不知又是出于何种目的。而申道人见自己的药壶被抢，表现出难得一见的愤怒，不顾大德天师的仪态而大声呵斥，这样子看来应该早就听说了阮薏苡怀疑他药中有害的事情。

不过孟昶也是懒得和这女人啰唆，见药壶被她突然间抢走虽然面现愠怒，但还是一言未发挥了挥手转身走了，把个阮薏苡和申道人晾在了那里。

孟昶一走，申道人立刻脚底抹油也要溜。他看出来了，连皇上都不愿意

第三章 玄妙迭出

和这女人多说一句话，自己就不要自找麻烦了。

阮薏苡不仅生于蛮夷之地，还因为无意中学会了辨药、用药而被无知乡人诬为长发鬼，平时没人敢接近交流，后来还差点被烧死。所以她在性格上、处世交往上很是偏执、拗直，根本不会什么言语婉转暗示。虽然后来在徐国璋府上学了流利的中土官话文言，但在表达内容时仍是直来直往、有疑必问，不留丝毫情面。

"申老道，这就走了？"阮薏苡很难得和不熟悉的人说话，但是今天却冷冷地叫住了申道人。这其实也不算很奇怪，虽然她只偶然见过申道人一两次，但心里可能已经将他当做一个非常熟悉的敌人了。

"阮姑叫住贫道有何指教？"申道人也冷冷地。虽然嘴上很客气地学着后宫的人唤阮薏苡为阮姑，但语气中却很是不忿。这蜀宫之中当面很不客气地管他叫老道的到今天为止恐怕也就只有这个奇怪的女人。

"申老道，你我都知道，有些成药的药性是会随着时间的推移快速变异或消亡的。今天我好不容易抓住个机会拿到你刚递给皇上的药，何不趁着药性未散、未变我们一起来辨辨其中的药性和药理？"阮薏苡很明显是在挑衅。

申道人没有回话，但脸色却是在很短时间里连变两次。

"怎么？不敢了？这不奇怪，下暗手的人最怕的就是被别人掌握到最原始的实物。而今天你却偏偏被我拿住了，是不是要杀我的心都有了？"阮薏苡不仅是挑衅，而且是步步紧逼，将申道人逼到无法回旋的地步。

"阮姑，我得了个大德国师的名头可能是因皇上错爱。但前后都未曾行阿谀奉承之法，也未曾走裙带富贵的路子。如今做些事情也都是为了回报皇上的分内所为，与人无争，于己心安。如若哪里做得偏差碍隔了谁的所图所祈，先还请谅解贫道无知冒失。我想阮姑必不会让贫道在混沌之中踏绝境，还望指个明处、让个生路，我自苟存一隅，不碍他人海阔天空。"申道人虽然话里含沙射影指阮姑是凭花蕊夫人的裙带关系才张扬放肆，但其实是越说气势越弱，很明显是惧怕了阮薏苡。

"申国师似乎是误会了，我才真正是在后宫中苟存一隅的，万不及得国师人前神仙、人后妖鬼。今日斗胆请国师留步是想讨教药理玄妙，怎么国师反倒像心中惧怕了，莫非这丹药中真有毒性杀机？"阮薏苡突然改换称呼，尊称申道人为国师。但这称呼不改还好，一改之后直接将申道人指作人前人后各使一套的奸邪之徒，而且还直截了当地怀疑他敬奉蜀皇的丹药是害人的毒物。

"阮姑，此话不当乱讲！要是传到皇上耳中恐怕会给我带来大劫。"申道人再次声色俱厉。

"是因为我所说的印证为事实后会给你带来大劫，还是你认为皇上昏朽不辨会带给你大劫？"阮薏苡给出的是个双落扣的选择，不管申道人选择哪个于己都是不利。

申道人没回答，他在这一刻间突然明白，与这个女人纠缠下去最终吃亏的肯定是自己。难怪孟昶见到这女人后挥挥手一言不发就走了，这说明他还是非常了解阮薏苡的。所以自己现在最应该做的事情是离开，而不是继续争口舌之利。于是，他没再反驳阮薏苡的话，而是一言不发快步往后宫侧门走去。

换了别人，申道人走了也就走了。但是今天遇到的是阮薏苡，她没有把心中的疑问都搬出来之前是绝不会罢休的，更何况面前这个人是个她认为绝对有问题的人。所以她紧跟在申道人身后，快步走动中摇响了一驮架的药瓶。

连串的"叮当"声响在后宫的静谧环境中很是招摇，很快就惹得一大群宫女、太监跟在后面看。在后宫中，难得有这样戏剧性的场面可以看到。即便是在成都的大街上，一个中年女子追着一个老道走的事情肯定也会被传为奇闻逸事。

"老道不实诚啊，壶里是炒丹而不是炼丹。"阮薏苡边走边摇了摇刚刚抢来的药壶，然后很确定地说道。只凭丹药在壶中摇动发出的声音就能辨别出丹药种类和制作方法，这说明阮薏苡不仅了解各种药料药性特征，而且对制作出的各种成药在密度、硬度、弹性上的差别也是了如指掌。

听到阮薏苡的话，申道人的脚步稍稍缓了下，他的心中也在暗暗称奇。

第三章　玄妙迭出

一直都听说后宫阮姑精通药道，但从未曾亲眼见识过，所以申道人一直以为是后宫中人讨好花蕊夫人编传的虚言。但今日这一手听声辨药的技法已经可见其功底之深。

"炒丹只是以药糖、蜜油等物化浆成壳后包裹其他药料，与炼丹的药料质变完全不同。炒丹可控制药性、药理来达到制丹者的意图，而炼丹却是如同制瓷窑变得于偶成。炼好了则为天垂怜得成的灵丹仙药，炼不好则为一堆废物甚至是毒物。"

申道人的脚步变得更慢了，但他的脸色却变化得非常快、非常厉害。

辨斗药

"但是！"阮薏苡很果断、很突然地折转了结论方向，"但是我刚才明明听见你对皇上说你炼了六炉只得九十粒成丹。你将炒丹冒充炼丹，首先就是一个欺君之罪。而炒丹可控制药性、药理，那么就可在其中加入一些诡道药物来控制皇上的状态，以此达到自己某些无法正取的目的，这就是挟君之罪。再者如果其中不是诡道药物而是些慢慢沉积于体内的毒药、毒料，那可就是弑君之罪了。"

申道人站住了，他知道自己必须表明自己的清白，否则绝不能走。要只是根本不予搭理甩袖而去，那阮薏苡转身将刚才这些话再到孟昶面前说一遍，自己的后果真的会很严重。

"炒丹性温，少极端作用，虽以药性为先、仙性为后，但更能缓补慢治。如骤以大补强势入体入腹，反而会增加脏器的负担，身体会出现抵抗排斥的现象。各种药物不能及时吸收化解，滞存物反会留于脏器角落成为毒害。"申道人停下后马上对自己采用炒丹的意图加以说明。

"道理确实如此，但缓补慢治也可成为缓毒慢释。一般缓慢释放逐渐见效的毒药也是以炒丹为媒物最为合适。"阮薏苡针锋相对，依旧很明确地表达自己对申道人的怀疑。

"看来阮姑不把加害皇上的罪名强扣在我身上是绝不罢休的。"

"强扣罪名和查找罪名是两个完全不同的概念,这两个概念下的好与坏是完全颠倒的。"

"是强扣还是查找只有阮姑自己心中最清楚。"申道人语气中带着恨意。

"奴家愚笨难以清楚,倒是你自己做的心中最是清楚的。但只要我将这丹药配方查清了,真相大白于天下,那就谁都清楚了。"阮薏苡的话里带狠劲,她之所以这样是因为之前的"培元养精露"。虽然到现在为止她还是没有解出"培元养精露"中的秘密在哪里,但从孟昶房事时的异常表现来看,她基本可以确定申道人的制药手段并非正统,而是暗含着旁门技法。

申道人的脸色真的很不好看,但是他此刻到底是一种什么样的心情也无法从脸色上看出,这就是早期道家修炼中所谓的"心不控相,则以非常相藏掩心境"之法。

在与阮薏苡凝目对视片刻后,申道人不怒反笑:"呵呵呵!那今天我便领教一下阮姑的绝妙药道,看你能从这灵丹中辨出几味有毒有害的配料来定我好坏和生死。"

"那倒是真好,我也正想听听大德国师行药的依据和目的。或许从中能辨出玄机。"阮薏苡似乎正中下怀。

申道人端正面容,暗走气息、调匀呼吸,摒弃所有的他想杂念,将注意力都集中到耳目反应之上。这做法已经和江湖人的对决相近,是要抓住每个可利用的细节来堵住自己的漏洞、豁开别人的缺口。

阮薏苡的表情变得凝重,身形则变得更加凝重。驮架上的各种瓶子再不发出碰撞声,一个个悬挂着一动不动仿佛凝固了一般。这是一种将自身所有的感觉融为一体的状态,这种状态不单是将心境、心意投入,而且是将整个身体的内外感觉都投入其中。

申道人先打了个稽首,然后顺势竖单手玄指诀缓缓朝前一点。这是示意阮薏苡开始。

阮薏苡拔掉药壶的壶塞,倒了一粒丹药在掌心,然后先空握拳以掌心热量烘焐一下丹药,再在鼻子下倏然张开手掌,迅速地抽动鼻翼嗅闻两下。

"有温甜味,沉落却不混,温、抚、提、按四用各守一功。是由朱芋、滚果、鹿血片、龟趾四味药走了一线往下的药性。另有清爽味，升腾却不散，点、刺、和、阔四觉各见一效，是榕顶露、鹂啄、珑胧片、犀角粉四味药走一线往上药性。"只是嗅闻一下，阮薏苡便辨出其中八味药料，并且能说出其功效特点。这似乎是在明告申道人一切尽在她的掌握中，不要试图以欺诈应对。

"皇上身体平时的耗费主要在两大方面，化食与男阳。皇上多食荤腻，此类食材性存腥毒，质地又韧。入肠胃后难化，滞体时间长。再加上酒水麻痹，脏腹动力低，使得毒素不能及时排出。我以朱芋、滚果两味药助化食通便，及时排出体外。男阳多耗之事，阮姑在后宫中应该知道得比我更清楚，丹药中加入鹿血片和龟趾，它们的好处是具有锁阳守元之功，却又不会促欲泄阳，可给皇上的房事调缓周期。至于榕顶露、鹂啄、珑胧片、犀角粉四味上行，乃是舒胸积、顺咽塞、去口火，清气、食两道。"申道人应对自如。

阮薏苡没有说话，只是凝眉思索一下。但这思索的时间极短，随即她便将手掌中的丹药用指甲切开两半，仔细查看其中的成分。

"质沉散，粘不结，有丹赤、流金色，是有朱砂、金粉两味为料。粒不规，色有白褐，缠絮丝，触则化，是有决明、彩螺灰、通窍草三味料。朱砂、金粉质重难消，正是与你刚才所说以朱芋、滚果两味药促化食、排腥毒相悖。决明、彩螺灰、通窍草清窍、开穴、走气，这又与你用鹿血片和龟趾锁阳守元相悖。这些与丹药中相生相克、君臣主辅之道完全不合。"阮薏苡一下就抓住了丹药中的问题。

"阮姑果然药道高明，但我这朱砂、金粉两味是用作安神定魂用的，与肠胃消排无关。而决明、彩螺灰、通窍草是用来开七窍的，明目、提鼻、洗舌、通耳，疏出脑中郁气。皇上军国大事劳累伤神，脑气郁结，用这几味药正好可以调整改善，以便五觉敏、才思舒，运筹无误谬。"申道人的说法依旧是正道的精妙药理。

但阮薏苡却是在微笑，因为她觉得自己已经找到关键。如果申道人索性将几种药很含糊地合在一起说明其用药目的和功效，她倒真不能将疑点直接落在申道人要害皇上的罪名上，但现在申道人明明知道各类药的组合都必须各行其道，他还偏偏将这些药做成一种丹药让皇上长期服用，其心就叵测了。

"那几味药的药性要想见效必须各行其道。但是丹药只在腹中所化，药性不行则滞留成害。据我所知，龟趾、犀角粉的药性相溶便可形成堵肠食石，滚果、珑胧片可形成严重腹泻，榕顶露、金粉、彩螺灰则可形成毒素，锁肝闭胆，使人无力并慢慢垂死。"阮薏苡索性直言以对看申道人还能说些什么。

"呵呵，阮姑这样问是因为还有一味药料没有辨出来。如这药料辨出来了，那么就不会再问我这问题。"申道人的表情反越发地轻松，这可能是因为他发现阮薏苡比自己还是差了一着。

阮薏苡的眉头猛地一怂，心中微微一颤。一般的丹药她只需要通过闻看便能查出所有成分的药料，怎么这一枚配方并不复杂的丹药自己却少辨出了一味？

于是她再次嗅闻了下丹药，并且将已经一半的丹药捻碎了查看，始终看不出最后一味药来。

"要不还是我来告诉你吧。"申道人的语气已经显出些不屑。

"慢！"阮薏苡只说了这一个字，然后果断将一些已经捻成碎粒的丹药沫儿扔进嘴里。

品药是一种危险的辨药方法，但品药也是一种最有效、最直接的辨药方法，所以神农氏是尝百草而不是看百草、闻百草。

"柴仙草，还有一味柴仙草。"阮薏苡此时反不显得得意和兴奋，反而很凝重，这凝重一般是在确定对手是真正的敌人时才表现出来。也就是说，在他们辨药开始时，阮薏苡便认定申道人是个要对孟昶不利的敌人，而随后药理论辩中申道人的解释让她逐渐转变这个念头。但是现在阮薏苡品出最后一味是柴仙草时，她再次确定申道人是真正的敌人。

"柴仙草在此无补无疗，但它却有引性助行的功效，可引导药性随血脉气息而行，促进药疗生效。"申道人看出阮薏苡的脸色突变，突然也意识到这场药理对辨中自己太过认真，已经将辨点引到离不能告人的关键技法不远。于是赶紧抢着说明柴仙草的特性，希望能利用它将这番对决告一段落。

"柴仙草虽然可借以引气行血，携药性游走内腑直至全身穴窍，但是此药力如何与其他药性相溶携行？又如何控制其携行之力不会与药性原来该达到的治疗处产生偏移？再有柴仙草最大的特质其实是带毒透肤直散体表，丹药中不管哪一味药料见效都是需要时间的，同样不管哪一味药都会带三分毒性。如直散体表将药性快速导出体外，又如何取得药效？"阮薏苡突然以极快的语速连续发问，就像一阵狂风暴雨劈头盖脸砸向申道人。

申道人这次想都没想便也快速回道："草木为药后均成死物，而将其制成丹药是要它们重具活性。所谓仙草、仙果除百种病延百岁寿，都是刚刚摘取时便为用，目的是要保持其活性未散，有自主的辨识力和运行力。道家药理中管这叫'命在'。而炼丹之目的就是要让药中有命，死药注生，以使得药料达到最大效果。"

"柴仙草有气无命，无法达到你所说的效果。"

"我说的不是柴仙草。"

"那是什么？"

连续快速的一问一答突然间戛然而止，申道人坚定地抿紧嘴巴再不发一言。他知道自己真的说得太多，原来还只是离一些秘密不远，现在则已经涉及某些不该对外透露的部分。

"怎么了，国师不能自圆乱坠天花之说了，还是信口而言药中带命邪论已然词穷？其实狡辩越多漏洞也越多，你口口声声称这丹药为炼丹，还说炼丹的目的是要在药中注入活性生命。你难道是欺我生于僻国夷地，未见过中土之地如何炼丹？"

"哪敢哪敢？阮姑博学多识，对我们这些微末之技如何能不知。"申道人敷衍两句，脚下却是徘徊着又想走。

"那我倒想再问一句，高温炉火不断地炼制几日乃至几十日，那丹药之中还能有何种活性生命存在？"

申道人不说话，脸上全是纠结不安之色。他根本没有想到一番药理论道，最后竟然会被阮薏苡逼问到这个问题上。这个问题不能回答，因为这是道家丹法的最大机密,是近些年结合多个道家高人所悟刚刚得出的绝妙玄机。

"国师很是为难了,是因为有些东西不能说,说了害皇上之心便昭然若揭。这样看来就只好由我自己慢慢判断真相了。"阮薏苡依旧认为申道人心怀叵测。

申道人则松了口气,他觉得阮薏苡这下应该会放自己走了,然后拿着丹药回她的药庐慢慢研究。而自己只要能先蒙混过眼前,之后可以再想其他种种说法来应对责难、含糊推诿。

但是申道人很快发现自己错了,阮薏苡根本没有要走的意思。与申道人的药理论道还不曾有个结果,她是绝不会就此罢休的。

觉细微

阮薏苡所谓的慢慢判断指的是自己的动作,与时间概念完全没有关系。此时的她依旧站立原地未动,只是慢慢地抬起右手,再慢慢地落下。很小心地用小指上最长、最尖细的指甲从切开的丹药中挑出一药料,将其黏附在自己的耳垂上。

阮薏苡的举动就连申道人也无法理解。刚才阮薏苡先后采用了听、看、闻、品四种方法鉴定丹药配料,可以说已经将辨药技艺发挥到了极致。而现在她又很不可思议地将药料黏在耳垂上,这难道是要再次以更细微的听觉来判别丹药中未曾暴露的细节吗?

药料黏上耳垂后,阮薏苡的动作没有就此停止。她先慢慢地将右手食指在口中蘸了少许唾液,然后用拇指和食指轻轻捏住耳垂。那只蘸了唾液的食指指肚则按住黏在耳垂上的药料,然后很轻微、很柔和地慢慢旋转捻动指头。此时的阮薏苡似乎完全忘记周围的一切,只是微眯着眼睛,很像是在仔细聆听着什么。

过了好一会儿,申道人依旧看不出阮薏苡这样做的目的,但他却觉得阮薏苡通过这种方式肯定得不到她想要的结论。就像刚才摇药壶辨别丹药种类一样，听辨只能对大体的质地形态进行判断，从而推导出一些其他的信息。阮薏苡在耳垂处用指头研磨药料，如果听觉足够灵敏的话，的确可以辨别一些质地较粗的药料成分，但一些质地细腻或原本就以液态混入的药料却是无法辨出的。而自己隐瞒不说的那部分成分质地应该比液态的更加细微难觉，所以以听辨的方法根本无法查出。

"除非……除非她不是在听！"想到这里申道人心中一阵狂跳。"如果不是听，那就是传说中的那种技法，难道这阮薏苡是会那种技法的？"申道人发出这种疑问其实代表他已经发现自己再次判断错误，因为阮薏苡正是以一种只有传说中才有的辨药技法在进行辨药。

的确，阮薏苡不是在听药，听药是最初级的阶段。而她现在用的是最高等级的辨药技法：触药，是以自身的触觉来辨别丹药中的药料成分。

一般人都以为直接品尝辨药是除了实验器具加辅料外辨别药料最直接、最可靠的方法。其实不对，人的味觉其实非常局限。味蕾分布在四个区域，舌尖品甜，舌根品苦，舌的两侧前面部分品咸，后面的部分品酸。所以一种药料入口要经过四区的鉴别，这本身就会出现味觉上的冲突和怀疑。而如果是含有多种药料的成药入口，则更加容易混淆。

但是触觉则不一样，小块范围内的肌肤触觉几乎完全一致。这样将丹药揉捻在上面后，可以根据不同药料对皮肤不同的刺激进行准确辨别。而且辨别的过程中还可以相互间进行比对，更加有利于最终结果的准确性。阮薏苡选择将药料放在耳垂上揉捻，是因为这部位的毛细血管最丰富，感觉也更灵敏。

清康熙年间工部编撰的《天工神授公列》中就收录了一个"蒙目配百方"的奇人。此人无名，民间唤其"药老子"，他就能完全不靠眼睛只凭手感辨出药铺中的所有常用药料，并且能以黑布蒙住眼睛，配出一百个方子的药料来而绝不会有一味出错。

"药虫！你用的是药虫！"阮薏苡突然睁开微眯的眼睛发出一声大喝。

"不对！不是药虫！"申道人的脑袋里嗡的一声，脚下一软差点没跪在地上。当他觉得阮薏苡是在以触觉辨药时，已经很是担心会出现这样的误会。

阮薏苡根本不理会申道人的辩驳，只管自己将所发现的情况大声说出："国师所谓的注入活性生命原来是在丹成之后加入药虫！看来我最初的判断并没有错，你不是要害皇上，害了皇上你也什么都得不到。你是采用的诡道做法，是想用药虫控制皇上！"

阮薏苡的这种说法其实是申道人最为害怕的事情，比被她逼出自己丹药中所藏秘密更加害怕。他清楚如果自己被别人误会在所炼丹药中加入药虫，那么从此便会声名扫地。而如果让孟昶误会自己在所炼丹药中加入药虫，那么便会脑袋落地。

根据贵州罗源发现的碑石碎片记载，药虫是一种古老的医疗法。就是直接捕捉一些可利用的虫子或者是自己用药物喂育虫子，以达到针对性的治疗作用。这种方法现在我们又重新在尝试，比如用毒蜂叮咬来治疗关节炎，利用水蛭吸取肿胀的脓血，用蚂蚁治疗银屑病，等等。

其实自然界中可直接利用的虫子极少。另外，因为不同的虫子、不同的功用所采用的喂育方法和药料都不相同，过程极为繁复，成功率极低。所以药虫的种类也非常少，而且形态大小各不相同，行药功用很单一。

药虫有利有害。有利者可将药性直接带入人体的病症部位，或者以药虫自身所带特质来对症治疗，个别种类还可以直接啃食、去除病变部位。有古医学研究者说，它的作用其实就相当于现在的挂水，是以活着的虫子作为药物运行到全身需要部位的媒介。

有害者是药虫入体比较艰难，需吞入或破切身体钻入。这过程比较痛苦，特别是一些个体较大的药虫，过程中会损坏病人完好的身体部分。还有就是药虫入体之后，施药者手段高的话，可让其排出。但如果控制手段不够，药虫不能为药反噬其身。更有饲养者在过程中就会不小心被不受控制的药虫进入身体，那就会生不如死，备受煎熬。

所以这虽然是行药救人的技法，如是善良人为之，可以说是自己冒着危险来救别人的性命，但如果是被奸恶之人掌握，却是害人害己的妖邪之术。

"我用的是虫药而并非药虫！"申道人虽然心中纠结，但在眼下这种情况他只能断然否认，将不能泄漏的秘密脱口说出。

"有什么不同吗？"阮薏苡觉得这只是申道人的狡辩而已。

"有，大小不一样，形态不一样，使用途径也不完全一样。"

阮薏苡眉头皱了一下，从申道人的语气和态度来看，他应该不是在说谎。而且从她自己以耳垂触觉对药料的判断来看，这丹药中所含药虫也真的是自己从未见识过的。莫不是真像申道人所说，不是药虫而是虫药？可这虫药的概念又是从何而来？自己怎么从未曾听说过。

阮薏苡许多年前曾遇到过一个乞讨阿婆，那阿婆饿极了趴在路边啃食野草。阮薏苡心善，便将乞讨的阿婆搀扶到附近一个土洞里，然后每天从家中偷些米团、薯根给她吃。而那阿婆为了回报阮薏苡，便口授给她一些药理之道。

阿婆在土洞里待了一个多月，终究还是因为体衰而未能活下来。她临终前最后传授给阮薏苡的就是药虫之道，但是却告诫阮薏苡此法只能万不得已时自救之用，切不可随意育培药虫，更不能显露于世。她还告诉阮薏苡，自己就是因为育培药虫失误导致虫不能控被侵入身体反噬内腑，自己一直感到饥饿并非真的饥饿而是药虫损坏了五脏，而且此种煎熬直到死都无法可治。

一个多月的时间很短，阿婆虽然口授了许多药理之道却未曾来得及解释。但阮薏苡似乎对药理有着特别的天赋，然后对于此道又十分着迷。她觉得这些都是医人救人的好技法，于是很努力地通过各种尝试来印证和破解阿婆口授药理中的奥妙。加上交趾国多产可入药的奇花异草，这就让阮薏苡很快自学成一门别树一帜的药理医道。但入迷者往往会醉心于更深度的研习，所以阮薏苡忘记了阿婆的告诫，找个私密地方养了几只药虫。

就在阮薏苡养的药虫快要成功时，有几个顽皮的孩子闯进了她养药虫的私密地方。药虫被惊，入了孩子们的身体，将几个孩子折磨得根本没有人样。但是还未完全成功的惊虫阮薏苡没有办法将其排出体外，于是又养了几种虫子，想以虫治虫。新培育成的虫子入体后，果然有一番两虫争斗，但争斗的过程本身就会对孩子造成更大伤害。而两虫争斗胜的虫子吞噬了败的虫子会变得更加强大,这样一来阮薏苡便更加无法将其排出体外,直至将孩子折磨至死。也就是因为这件事情,阮薏苡才会被当地人当做长发鬼要烧死她,幸亏遇到徐国嶂将其救下。

因为有这样的经历,所以阮薏苡对药虫非常熟悉。刚才那些药料在耳垂上稍稍一捻揉,她便觉出其中有活物。但阮薏苡也承认,这活物比最小的药虫都要小得多,如果不是有一定数量,根本无法觉出。而且这种活物虽然黏于皮肤却没有侵入欲望,活动性很弱,只是沿着皮肤汗毛有微微地推伸和扩展,就像是植物的生长。但是只要是活物,阮薏苡便认定这是药虫,否则在她所知道的药理范围内没有其他概念可以解释。

申道人心中现在很后悔,后悔自己不该和阮薏苡来一场药理论道。将事情发展到现在的地步其实自己也有责任,如果不是一定要在药理上论出自己的清白来,也不会将对方引导到这一步的辨别和追究。他看着阮薏苡皱着的眉头,便知道自己的说法根本无法使对方相信,所以必须继续解释,哪怕是将整个的秘密和盘托出。

"这个丹药真的是炼丹而不是炒丹。只是你还不知道,如今道家的炼丹不再是单一的火炼,而是有很多种方法。我炼的这个丹是用的菌炉,也就是以各种植物菌种为添炉物。过程不用火,而是用温暖的水汽促进药料和菌种的融合质变。这其实也是由原来的火炉悟出的,火炉炼丹,经常会有一些丹药会发霉或质变,用高火长时间炼制本不该出现这种情况的。后来发现这情况不是出现在炼制过程中,而是在抽火冷却过程中。这过程中有一段时间炉温温和、水汽蒸发,所以容易发霉和变质。于是我道家前辈索性另辟蹊径,创出新炼丹方法。以合适的温度、合适的水分将有用的菌种加入药料,让其融合质变成丹。"申道人所说这种活性菌种入丹药的技法可能是中国最早的生物科技。

"这样就能在丹药成型的同时加入活性物种,而且随着丹药的存放周期,这些物种会有一个生长过程。所以你只给九十粒的丹药,就是控制好了这个过程。而这个过程中服下丹药,就如同服下刚刚采摘的灵芝仙果一般。"到底是行家，阮薏苡一点即通。

"对，不但可以控制过程，还可以通过菌种的不同、所融药物的不同，以及包裹蜜壳的厚薄来控制生长的开始时间，或者是进入人体后的生效时间。"申道人看似和盘托出，但其实控制什么温度、多少水分、适合什么菌种却一样没说。他只是尽量往其神奇度、功用效果上扯，尽量远离带来这种神奇和效果的方法。

阮薏苡没有再问，虽然她心中有许多想问的内容，但是她性格冷傲从不求人，另外，她也估计自己就算问了，别人也不会再多说出什么来。因为此刻双方心中都已经清楚，话说到这一步已经足够洗脱对申道人的怀疑。至于申道人所说的方法是否真实可行，那就只能阮薏苡自己去印证了。

阮薏苡确实是个药理奇才，她不但印证了申道人所说菌炉炼丹的真实性，而且还依照这方法再作拓展和创新。将它与自己的药虫之法相结合，创出了蛊咒技法。而且用下蛊之法制造出一桩历史谜案，几千年来无人知道其中的内情，但这些都是后话。

早知悉

萧俨和顾子敬是在已经快出蜀国国境时才收到鸽信的，这是通过南唐在各国安插的密探道转过来的。南唐的官员中能随意利用密探道转站换鸽快速传信的人不多，但韩熙载肯定是其中之一。

据送信来的坐探解释，这鸽信是三封同发，通过密探道各站点直达成都。但是没有想到信到之时萧俨他们已经离开成都，另择一途径往南唐赶回。虽然成都密探站点当机立断再用其他线路的密探道转鸽信追赶他们，但由于萧俨他们一路行程匆忙，所以比正常情况下还是多用了好几天才送达。

鸽信上的印鉴是韩熙载的，而且是秘用印鉴，并且还采用了三封同发的方式，由此可见此信的重要性。

打开信后才看个开头，萧俨便吓了一大跳。他虽然早在成都获知了字画暗藏杀技的秘密后，就已经预料到自己可能会因为怀璧之罪成为被刺杀的目标，但当看到韩熙载的信件明确告知刺客已经设局要刺杀他时，还是禁不住地一阵心惊肉跳。这也难怪，不管是谁知道有人要杀自己时，肯定是会被恐惧和不安所笼罩的。更何况萧俨一介文官，任职以来从未遇到过这种事情。不过萧俨在恐惧和不安的同时却也有着庆幸和感激，幸好韩熙载神通广大获悉了这个讯息，幸好是密探道的鸽信及时送到，否则他将茫然无知地就此踏入丧身之地。

信中除了告知有刺客阻杀他们，而且还明确刺客选择刺杀的位置是在南平境内的烟重津。这样的话事情就简单多了，他们可以采取另择路径躲避刺客，也可以加强防御应对刺客。但具体是避是防萧俨却不敢做主，这一套他全然不懂，因此他只能将这事情全权交给顾子敬和卜福来做主。

顾子敬见到鸽信之后的反应和萧俨截然不同，首先他没有一点害怕，竟然在心中生出一阵狂喜。

作为鬼党成员，顾子敬被别人当做刺杀目标的事情没有少遇。要是没有这些经历和经验，在灉州时他知晓有人刺杀自己后，也不会那么从容地设虚局捉拿刺客。

而一般遭遇刺客次数多的人都会知道，被刺杀这件事情是不应该感到害怕的。如果刺客布设合适，以意外突杀转瞬间要了你性命，那被刺的人可能连怎么回事都不知道就魂归六道轮回，根本没有机会感到害怕。而如果像今天这样提前知道了有人刺杀，那么也就意味着自己不会有危险，更用不上害怕。可以让人替自己死，也可以让人杀死刺客，总之接下来的事情可以说与自己根本没有关系了。

但是今天顾子敬却立刻确定接下来的事情和自己有关系，极大的关系。这应该是一个危机转换成的利好，运作得当的话可以让自己从鬼党成员升至真正位高权重的堂皇职位。

有人要刺杀他们，这目的其实已经很明显，是害怕他们将字画里暗藏的秘密带回去。

其实之前顾子敬听萧俨说蜀宫门口见到德总管后，就已经揣测以诡异字

第三章　玄妙迭出

画对元宗不利的人是太子李弘冀。而德总管的到来，说明李弘冀已经觉出他们突然出使蜀国可能存有其他目的，所以才派人追赶至此来核实真实情况。也正是因为德总管的出现，顾子敬才会急切地要萧俨不顾礼数匆忙赶回南唐。而且还不走原路、另择新路返回，就是怕他们已经知晓字画秘密的事情被透露出去，然后会有人对他们不利。

从现在的情形来看，他们获悉字画秘密的事情肯定已经被透露，但背后具体运作的到底是不是太子李弘冀却无法确定。而揣测之事特别是对太子的揣测只能是在心眼中转转，没有真凭实据是万万不能说出口的。这可是涉及皇家内务、皇位传承，一句没有实据的话触碰的可能是方方面面，不单是太子。

原来想着将字画的秘密带回去就是大功一件，但那只能是让皇上有所防范，对周围人多加小心，而幕后之人却不一定能查出来。这件功劳的效果还不足以让他顾子敬一步从暗到明，从奴才到栋梁。说不定大部分功劳还得是在最早怀疑字画、取下字画、追查字画的韩熙载身上。

但是幕后之人派刺客阻杀自己和萧俨的消息漏出，而且还有具体地点。如果能够反设一局拿住刺客，再顺藤摸瓜查出幕后操纵的人，到时候只要将探出的结果往元宗面前一放，那自己就真的踩到一步登天的梯子了。

而完成这件事情所冒的风险却是一样的，在将秘密告知给元宗之前他们始终会是被刺杀的目标。至于反设一局对于顾子敬来说是轻车熟路，只需将他在灌州城里玩的那一套故伎重演一下就行。但是灌州那次做得并不成功，所以就算是再玩一把，也需要吸取上次的教训，弥补其中的漏洞。

经过灌州那一次之后，顾子敬已经意识到，要想擒住这些刺客高手，仅凭官兵的力量是不够的。要有很多像卜福那样的六扇门高手，或者很多江湖道的技击高手，但最有把握的应该是比那些刺客更厉害的刺客高手。

比刺客厉害的高手这世上肯定不少，但问题是自己在短时间中能从哪里找来这种厉害的高手？顾子敬想来想去只有韩熙载手下的夜宴队。但是夜宴队这个机构即便对于南唐高层来说也是个谜，很少有人能知道其运作是怎样一个模式。而且夜宴队除了韩熙载外没人能插手进去，所以要调动这方面的高手肯定手续复杂，甚至可能要通过元宗才行。

对于动用夜宴队的做法卜福也极不赞成。因为他们虽然不清楚夜宴队的力量的分布，但可以肯定大部分的主力应该是集中在金陵城中和周边。从那里到南平烟重津路途遥远，并非一两天能赶到的，所以远水解不了近渴。

当然了，夜宴队在附近或许也有暗藏的据点可以调动人手，但是这样的外驻据点所能调动的人数和实力不一定能满足需要。布兜截杀的刺客是要从大批人马和护卫高手中刺杀目标，所以这一趟来做刺活儿的刺客人数不会少，能力方面也应该是最上乘的。而且对方能提前知道使队行走路径，选择必经的烟重津设兜，说明他们获取讯息的能力也很强。韩熙载能在金陵城中获知刺客的行动，那么刺客方面也完全有可能探到夜宴队的调动。所以要想下反兜捉住这些刺客，最好还是不要动用南唐范围内的力量，特别是夜宴队，否则可能会打草惊蛇。

不过卜福不是那种只会泼凉水而不加柴添火的人，在否定了夜宴队之后，他提出可以临时借用南唐势力范围以外的高手组织，比如说南平的九流侯府。九流侯府网罗的都是身具绝技的奇人异士，秘密行事的能力更在夜宴队之上。而且刺客就是在南平境内动手，用九流侯府的人手名正言顺、调动隐蔽。

九流侯府的办事门槛很低，只需给予可观的费用或邻国的优惠承诺，他们便可以为任何一国解决别人不便出面的事情。因为那些身具绝技的奇人异士根本无法判断出是哪一国人，所以做完事情后不会留下任何后遗迹象，更不会被人认为是南平所为。但其实其他几国都心知肚明，只是必要时有些事情是要九流侯府做的，也就不便戳穿。

顾子敬身在鬼党，知道皇家很多隐秘的事情，所以也听说过皇家一些不便出面的事情会委托九流侯府办理。现在见卜福也主张借用九流侯府力量，于是当机立断，让萧俨以特使的名义行文南平礼部，请九流侯府的高手秘密协助。行文中虽然没有谈及费用，但在顾子敬的授意下也先许了个不确定能实现的好处，说此事办成后，将奏请元宗李璟降低对南平方面的出境、过境税率作为回报。

行文发出后，南平方面很快有了反应。其实即便没有顾子敬开的空头支票，他们在知道这情况后也不会袖手旁观。因为南唐使队从他们境内通行，如果在自己势力的范围内发生了什么事情，他们怕会因此事得罪南唐，授人发兵讨伐自己的由头。他一个小国置身强国之中，哪一国都不敢得罪。除非是有一日积攒了足够的财力和军力或得到哪一强国的支持，能突然出兵在短时间里占领别国的大幅领土，那才有翻身崛起的机会。这也是南平为何会贪图小利为各方摆平尴尬事情的原因之一。

九流侯府派人与南唐使队进行了沟通，并且相互间建立起可快速传递信息的途径。两三次的意见互换之后，便定下了全盘的反兜计划。

第一步先任由刺客布设，让他们放松发生意外情况的警惕。第二步再故意拖延通过的时间，让刺客失去耐心，以为使队不会通过而准备撤出刺局，而这个时候再让假使队通过，诱刺客出手。这样就使得他们出手仓促，不能完全达到预期效果。最后在假使队人马与刺客纠缠之时，由九流侯府的高手和卜福所带使队的高手前后围堵，力求生擒全部刺客或主持刺活儿的首要刺客。

但是九流侯府的计划却是大意了，他们根本没有想到刺客出手之后竟然一举将假使队全数歼灭。而他们之前以为会有假使队人马可用，所以只派出了十几个高手。当发现状况与他们预想的大相径庭后，这十几个高手立刻将大部分力量用在目标最明显的裴盛身上，力求将其生擒。只余下少数几人以"五行生克连"阵式循楼凤山发出告警声的位置而去，但其目的也只是威慑和逼退，防止其他人突破阵形救援裴盛。

相比之下，倒是卜福的做法更加谨慎。他用大量护卫和兵卒围捕六指和唐三娘，而自己则带高手直扑归鸦林。因为他判断此趟刺活儿的主事刺客应该是在最重要的部位上，也就是在施放兜爪击毁中段七辆车的控制位置上。

第四章　飞走

再比锋

　　齐君元虽然看见裴盛被困，但根本没有考虑过要去救援。那样不理智的行为不但救不了裴盛，反而可能连自己都会陷进去。一个优秀的刺客是绝不会犯这种错误的，虽然这显得很是无情和冷血。所以，裴盛要想逃出，只能靠自己。

　　齐君元看清周边形势，以暗语提醒他攻破六边的一边，然后往归鸦林中逃跑。而齐君元自己则从林中出来，径直迎着卜福而去。他这样做虽然是为了帮自己和秦笙笙争取时间，让天色再暗些、雾气再浓些好借势逃遁，但这同时也是在帮裴盛。如果他能击破围堵的一面突出包围，那么暮色和雾气对他的脱出也是极为有利的。由这些可见，齐君元似乎又不是那么无情和冷血的。

　　当看到齐君元独自一人迎面而来时，卜福顿时愕然了，快速移动的步伐也一下停住，对方竟然敢独自出来面对，这说明对方在周围一定有着可靠的设置。所以表面上虽然是自己这边逼住了对方，但其实更需要小心的也应该

第四章　飞走

是自己这边。于是他自己在停住脚步之后又赶紧抬手示意，让其他人也都立刻停止逼近。

齐君元在距离卜福还有二十步的样子停住了脚步。再往前的话就进入到对方弧线阵形的有效运用范围内了。如果对方突然启动展开阵形的话，自己转身会有个时间差，再起步往上奔逃还有一段初速度。两个滞怠加在一起，有很大可能会被对方包抄在阵形之中。

齐君元和卜福面对面地站着，他仔细打量了下卜福。上一回他们两个在深山黑夜之中有过一番对决，并没能看清对方的面容。如果不是卜福手中的"量骨裁命"显示了他的身份，齐君元很难确定这个形体健壮、面相猥琐的人会是神眼卜福。

"来了。"齐君元说话淡淡的，就像熟得都有些厌烦的老朋友。

"我们见过。"卜福的眼皮跳动了一下，这是在暗自按捺心中的意外和兴奋。

"听出来了？"齐君元依旧淡淡的。

"对，听出来了。"卜福说这话时也仔细打量了一下齐君元，这回他信了灌州城里那些证人的话，面前这人真的是什么特点也没有，转身就会让你忘记他的长相。这是刺客高手才会有的特质，是需要天赋加训练才能拥有的特质。

而齐君元在和卜福对视的刹那，便知道自己已经被这个六扇门高手的记忆捕捉了。神眼真的名不虚传，他并不是完全从外表长相来记住一个人的，而是从一个人的目光。都说目中藏神，而每个人眼中的神都不一样，卜福记住的就是齐君元的眼神。虽然这个记忆只有卜福自己能用来辨认，无法转诉给别人。但作为一个刺客来讲，如果自己唯一可用来辨认的特点让一个六扇门高手的记忆捕捉住，这总是一件极不舒服的事情。

卜福似乎并不因为自己能够抓住齐君元的特点而得意，因为他觉得这已经不重要了。这个别人认不出的人、自己曾经抓不住的人，今天再不能让他逃脱掉。

"上次我不该放你走的，否则今天也不会有这样的杀场。"卜福这句话倒是真心的，对方几个人转瞬间便杀掉数百兵卒。今天即便将其拿下也是损失惨重，算不得自己计高谋全。

"错了，上一次是我放你走的。"

"不管上一次谁放的谁，今天我都不会放过你。"卜福一下打断齐君元的话头，他是怕说得太多让自己带领的人听了背后笑话。

"你又错了，是我不会放过你。"齐君元语气冷傲，让人感觉有种锋利刺刃上发出的寒意。

"你不会放过我？你是在说笑吧？"卜福眼珠乱转，感觉齐君元所说很不可思议。

"不是说笑，而是在吓唬你。将你唬在这里，那么我的同伴便有时间逃出了。"齐君元语气虽冷，但神情却很诚恳。

卜福感觉要么齐君元已经语无伦次，要么就是自己思维乱了。先说不会放过自己，然后又明告是吓唬自己。他这是故弄玄虚还是欲盖弥彰？是在唱空城计还是在请君入瓮？

"不过我知道神眼卜福不是轻易被唬的角色，所以你如果现在决定要去追赶我的同伴我也不拦。"齐君元说这话很自然地退了两步，并侧身做让开状，这姿态其实是将自己随时快速退逃的准备做得更加有利。

卜福没有动，他觉得齐君元这一招太过拙劣了。自己即便要去追拿林中的其他人，既不用从他身边走过，也不是他能拦得住的。他故意说这话做这种姿态，只是想让自己这边的人下意识间以他所暗示的范围行动，那就会正入他所布设的兜子中。所以卜福根本不理会齐君元的所说所做，而是将一双神眼在周围不停地搜索，寻找是否有透露真相的细节。

覆盖树林的雾气没有异常的起伏流动，树林中栖落的鸟雀没有惊乱叫扑，这说明树林中没有人在快速奔跑。对方的同伴没有逃走，即便逃走也是慢慢地在移动，也或许林子里根本就没有他的什么同伴。

"没有关系，走就走了吧，只要你还在就行。"卜福知道自己现在不能表现出一点烟火气，一念之间的焦躁可能就会让自己落入对方的兜爪，整个形势随时都会发生逆转。

第四章 飞走

"我也不会待得太久，等能走的都走了，你恐怕就要犯难了。"这一次齐君元的声音放得很高，他这是在提醒不远处的裴盛。因为此时太阳在山脚后只留出一个窄片，而归鸦林中已经有雾气顺着山坡流下。天就要黑了，树林中的雾气已经满了。

"你的难题很多，谁能走，怎么走，往哪里走。而我的难题只有一个，怎么拿。"要想在气势上压住对手，那么就要比对手更加笃定，并点出对手的弱点。卜福正在这么做。

"你还是错了，其实我可以将所有难题简化成一个。"

"一个？"

"对，就是杀光你们。只要杀光你们，我爱怎么走就怎么走。"齐君元此时反没了那种锐利的寒意，言语间轻松得就像是在开玩笑。

但就是这如同玩笑的话让卜福心尖猛颤一下。他突然意识到一件事情，自己获知对方在烟重津布刺局，那对方会不会也知道自己设反兜的计划。这件事情并非绝无可能，因为涉及南平礼部、九流侯府，使队中众多高手和护卫，还有界防营头领，哪个环节都有泄露计划的可能。假冒使队的兵卒全部被杀死不就在预料之外吗，那么会不会还有后续的刺局是要杀光真使队和九流侯府高手的？抑或前面的一轮杀伐只是将计就计的诱儿，实际是将自己的全部实力引出，然后在某处暗伏刺客趁隙对萧俨和顾子敬不利？

"云旗左护卫长，立刻让西侧围捕人马撤回一半，护着使队往回退走。阴阳手、铁砥柱，你们各带三人撤出，回队协助保护两位特使的安全。"卜福其实只是顾子敬身边的亲信，官职等级比那些护卫长小许多。但是他的话却无人不听，而且当即执行。

但是还没等那几个人各自行动，归鸦林中突然传来了一个女子清脆的喊声："天要黑了，雾气浓了！锐凿，快动手！"

有些人当然可以听出那是秦笙笙的声音，而且马上知道她说的是什么意思。有人虽然不知道喊话的女子是谁，但揣摩下也能马上明白这话里的意思。

卜福连揣摩一下都没用，他听到那话之后只是用眼角瞟了一下山脚处只剩一个亮点的太阳和已经将树林覆盖得看不出模样的浓雾，然后便当机立断:"先不回去了,他们玩的全是虚幌子,是在拖延时间呢。鬼流星带人拿那女子,其余人把当面的点子圈住。"

秦笙笙喊声刚起,齐君元便心中暗骂一声:"这个没脑的白标儿又弄巧成拙,把自己的明相儿(真实状况)给漏了。"但现在已经没有任何弥补措施,他自己能做的只有立刻纵步而上,往归鸦林中逃入。

而裴盛几乎同时也动了,朝"飞云流转式"中六面云头中的一面冲去。他知道自己要冲出这个六面云头只需要十个大纵步,所以之前已经在心中完全计算好了。两个纵步用来积蓄起跑速度,然后七个纵步为攻击步。七步连发七块天惊牌,最后一步正好完全脱出"飞云流转式"六面的包围。

这是裴盛唯一的机会,这次攻击使队主车他只带了两套天惊牌,因为天惊牌分量较重会影响行动。一套七块天惊牌击碎七辆主车用掉了,之后他立刻将第二套装入"石破天惊"。但如果这七块天惊牌不能帮他突出包围的话,他就只能束手就擒了。

秦笙笙喊完话之后竟然还在归鸦林边缘上浮面了,直瞪瞪地在那里看裴盛如何脱出。就连与卜福一起的几个高手朝她直扑而来都没有注意到。

齐君元非常清楚地看到了秦笙笙的处境,但是他却过不去。因为秦笙笙所在位置和他呈一斜线,如果自己过去的话不但有可能会被卜福的弧形阵式包抄其中,而且扑向秦笙笙的高手还可以分出两个围堵自己。

不过秦笙笙眼下只是看着危险,还没有到完全被困的地步。而裴盛的危险则是实实在在的,而且在射出第一块天惊牌后已经有人确定,他连唯一的机会也没有了。

五指罩

天惊牌的攻击力道是无与伦比的,更何况裴盛是对一个人连续发出了七块天惊牌。这种攻势即便是大丽菊、哑巴都会应对困难,难免不被逼得连续后退卸开攻势,或直接避开攻势让出路径。所以单从策略上讲,裴盛的方法是完全正确的,专攻一人,强取一面。

第四章 飞走

当第一块天惊牌狂飙般呼啸着飞出时，"飞云流转式"六面云头上所有占位阻挡的人却没有一个表现出意外和慌乱。可能是之前已经看到裴盛连击七辆主车了，也或者早就知道袭击使队的刺客中有个会用"石破天惊"的高手。特别是正对裴盛攻击那一面的高手，直直地挺立着身体，不躲也不让。任凭天惊牌朝他飞射而来，样子就像在等死。

但是就在天惊牌的那团乌光射出有大半距离时，旁边突然又闪出一团乌光。那团乌光比天惊牌的乌光要大出许多，乌色要淡许多，也是呈旋转状飞行的。当那团乌光与天惊牌的乌光相互间接近到一定距离时，两团乌光突然收缩，同时往一处贴近，然后裹在一处偏转到极为意外的方向，翻滚着掉落地上。

裴盛设计好的出手动作连贯不能收，所以也来不及反应到底出了什么事情，只管射出了所有的天惊牌。最后差点面对面撞到阻挡的高手，因为那高手并没有像他预料中那样退却和避让，而是始终一动不动地站在原地，等待着裴盛的到来。

直到这时裴盛才知道自己应该避让。如果一个高手面对你的攻击可以肆无忌惮地一动不动地等着你，那就意味着他已经有足够的把握对你采取任何行动。但是裴盛已经来不及避让了，蓄势而发的全力攻击如果不能对目标起到作用，那么导致的反作用就是将自己送入别人的攻击范围内。

阻击高手能够挺立原地一动不动，那是因为他知道旁边会有人用最合适的武器阻击裴盛的天惊牌，也是因为他要抓准裴盛连续攻击的余势，一举将其拿下。

裴胜将固定在断臂上的精钢简板斜挥而出，这是近搏的招数。但是那个高手更早地挥手，撒出了一片缥缈，似雾似纱。但如果真的只是雾和纱的话，那他就不会撒向裴盛了。裴盛想躲，但是余势未消的他此刻根本无法调整身形。想挡，精钢简板却挡不开雾纱。于是只能无可奈何地将自己扔进了那一片缥缈。

裹住裴盛的是一张比雾比纱还轻还淡的网，最初应该是收叠在高手掌心中的，然后以五指弹射之力呈五角形兜头撒出，迎面罩下。被网裹住的裴盛跌落在地，正好是跌在一块被乌光裹挟落下的天惊牌旁边。

"乌钢镯，五指山罩，原来是黄河九神合力拿我。"裴盛一眼便认出击败自己的两件武器，并由此获知围住自己的是何等厉害的人物。

乌钢镯，江湖中也有叫乌钢圈、乌金琢。虽然是一种独门异形武器，但从唐朝往后便一直为江湖中人所熟知。好多江湖兵器排行谱上都将其列入，明朝时有两个声名不是太响亮的谱子竟然还将其排在前三位中。

乌钢镯这种兵器沉重，质硬，无坚不摧，既可当明器格斗又可当暗器飞射。而且乌钢镯最大的特别之处是所选用的制作材料带有强磁性，这样再加上它的重量和硬度，还有使用时的力道，几乎成为所有霸道暗器的克星。因为霸道暗器都是铁制、钢制的，在乌钢镯旋转发射力和本身磁力、重力的影响下，只要霸道暗器与它接近到一定距离内，都会被它吸附、撞击导致偏向掉落。

乌钢镯一般是成对的，而且会是由大到小的多对乌钢镯。使用者将其套在左右手臂上非常隐蔽，套得越多说明使用者的功力越高。

五指山罩则知道的人不多，因为这东西原本只是一件猎人捕猎用的工具，是一种以机栝触发弹射的捕网。但是有些江湖人看了它的设计精绝巧妙，便按照其原理用玉麻丝编制出极为轻薄却不失牢固的网罩，藏在手心以五指之力弹射而出。这个估计就和现在警察用的抓捕网枪有些相似。

至今为止，与五指山罩有关内容的只有元末安徽桐县人王遇所著的《惊见记》，此书中提到一个"行脚僧捉猴夺金"的典故。说是一只山中的猴子将过路商客的银囊给偷走了，怎么都抢不回来。恰好遇到一个行脚僧人，他手中拿几个果子诱猴子接近，然后突然五指一弹，便撒出一张网将猴子罩住。安徽桐县为吴承恩的祖籍，他创作《西游记》中孙悟空被如来佛压在五指山下一段，不知道是不是就从这典故中获取的灵感。

乌钢镯和五指山罩都是绝妙的器物，但它们却又都是以人力发出的。所以能将这两件东西用好的人都不是一般人，非得有极为强劲的臂力和指力才行。

黄河九神就是不一般的人，而且有些方面也确实很神。他们并非真的

第四章 飞走

住在黄河边上，被称作黄河九神除了因为是九个人外，最主要的还因为他们是曲姓同宗，正好应合了黄河九曲由天入海的寓意。这九个人之间的关系很复杂，有父子，有亲兄弟，有叔伯兄弟，辈分最高的是族里的爷爷。他们的本事也很杂乱，每个人都有自己特别的绝技，应该全是外学的技艺而并非祖传。还有，他们的配合也很复杂，这是考虑到各自不同技艺的特点后组合而成的最佳配合，而且已经经过无数次的训练和实战。这种配合是其他群体组合很难做到的。试想，如果不是父子兄弟的关系，谁敢放心将自己暴露在别人强势的攻击下，不躲不闪，完全信任旁边其他人给予自己的保护。而自己则全身心地辨看对手的每个动作细节，抓住最佳时机给予对手最有效的一击。

会"上三洞仙列位"、"飞云流转式"这些阵式的组合很多，但是没有一个组合能像黄河九神那样将这些阵式的威力发挥到极致并拓展到极致之外。裴盛被网住之后没有试图挣脱和反抗，手脚完全自由时采取各种方法都没能逃出黄河九神的围困，现在被网住了就更不必枉费力气了。

秦笙笙是确认裴盛被网住后才转身逃脱的，此刻正好是太阳最后的一点亮点被山脚遮掩。而归鸦林也是在这个时候再也蕴含不住那些浓雾，就如同吸满水的海绵被压挤了一把。

浓雾从树木间的空当里翻滚而下，就像被放慢了的山洪。而江里升腾的雾气此刻也已经积聚到了半坡的高度，于是与上面滚落的雾气翻卷融合到一起，眨眼之间便将岭头、岭谷全浸入混沌之中。

齐君元的逃脱很顺利，当他往翻滚而下的雾气中一钻，后面便再无人敢追了。两边包抄他的人倒是差不多和他一同钻进了浓雾，但只几步的时间，有一侧包抄的两个高手便重重摔落，顺着山坡滚了下来，连惊叫都没来得及发一声。谁都不知道浓雾里发生了什么，可能就算把这两个人救活他们自己也不见得知道。

"止步，找光盏子，招子不清爽不要追近。"卜福立刻发出警告和指示，但这个指示却并不十分有效。如果只是天黑了找光盏子有用，但现在是黑暗与浓雾搅和在一起，就算有光盏子也难以冲破周围的混沌。

秦笙笙的起步还是晚了些，卜福安排的鬼流星和另外几个高手离她已经没有几步了。所以秦笙笙虽然暂时没有被他们擒拿住,但她背后却是坠上了几个摆不脱的尾儿。虽然雾气很浓,但是有秦笙笙在前面快速奔逃的身体划破雾气,那么跟在她身后几步的人过去时,那些雾气还来不及重新拢合。还有太阳虽然下去,树林中虽然更黑,但在这里面奔逃的声响也很大。所以一个模糊的背影和许多清楚的声音是秦笙笙摆脱不了后面几人的最大原因,并且原来六七步的距离很快就缩短到了四五步。

秦笙笙可能真的是惊慌了,她奔逃的动作连续变形,几个跌撞跟跄的步子之后差点就摔倒了。而这对于背后追赶的鬼流星他们却是个机会,于是几人猛然提气大纵步往前想一举将秦笙笙拿下。

差点跌倒的秦笙笙站稳了、停下了,并且平静地转身了。就那么一个刹那,背后追赶的人全都不见了。或者应该说,背后追赶的那些人变得更多,只是腿是腿、头是头、手是手……想要再进行那样快速协调的组合动作已经没有可能。

离恨谷的刺客做刺活儿中有一条宗旨就是首先要保住自己的性命,这也是他们祖师爷要离所遗五恨之一。所以就算秦笙笙是个白标,但如果没有可靠的方法摆脱追赶的高手,那她是绝不会坚持到确定裴盛被擒才开始奔逃的。

秦笙笙摆脱高手追赶的方法很简单,就是杀死他们。但是技法却很绝,和齐君元的灰银扁弦扣刃网异曲同工,叫"洪流几线阻"。差别之处是,齐君元的扁弦扣刃网动作之后可将多个已经被定位挂住的目标变成一堆碎肉,而"洪流几线阻"则可以将快速运动中的目标分割成许多块。

"洪流几线阻"是预先将几根坚韧的带有切割力的弦线以一定规律牵拉在固定物之间。秦笙笙用的弦线不用想肯定是天母蚕神五色丝,而在归鸦林中当然也会利用几棵树牵拉的固定物。

弦线只用寥寥几根,并且按一定规律牵拉,其目的是让前面奔逃的布设者知道自己应该以什么样的姿势和步伐从几根弦线的空隙中钻跨过去。所以秦笙笙的动作才会突然连续变形,步子才会跌撞、跟跄,因为这是通过那些空隙最好的姿势。而后面那些快速前冲的高手就没有那么幸运了,虽然只有

几根五色丝，但是足以将他们的肉体勒割成好几块。

秦笙笙这次使用的是预先固定的"洪流几线阻"兜子，其实这兜子还可以一边奔逃一边在身后布设。但那需要和追赶的高手拉开至少十步以上的距离，而且只可以用天母蚕神五色丝来布设。因为五色丝是有灵性的，能随着使用人的心情、气息、血脉而动，只有用它才能在快速奔跑中布设到位。

秦笙笙的手指像弹奏古琴一样在五色丝上拨弄了一下，于是大树间牵拉的那些五色丝上黏附的血液全都弹落下来，再指头微捻，所有布设的五色丝便全收回到了袖中。然后她顺势从袖中拿出一支竹哨，这是乌坪小镇上齐君元做的竹哨。

雾中哨

秦笙笙吹响了竹哨，她这是想知道齐君元在什么地方。很快，林子的另一侧也传来哨声。秦笙笙一下就确认这声音和自己的竹哨是同一种声调，于是立刻往那方向移动过去。这时已经不像刚才，刚才是她早就预先熟悉过的路，所以可以在前面领头一路奔逃。而现在是没走过的路，只能是在黑暗和迷雾中摸索前进。

齐君元削了一个竹哨回应秦笙笙的做法其实很容易暴露自己，之所以还敢如此大胆地做，是因为他知道卜福他们就算听到哨声也不敢靠近。像卜福那么谨慎小心的人会认为这是故意在诱骗他们过去。胆子小、不冒险是供职于官家的高手们共同的特点，因为他们不是为自己搏命，所以没有必要太拼命。再有，齐君元他们之前不可思议地杀光了假使队所有的人，而且还放言要杀死卜福。所以现在随便这哨声怎么吹，在没有可靠防护措施之前，卜福是绝不会往那方向接近半步的。

卜福最终下定决心要将齐君元拿下是在知道了萧俨被袭之后。萧俨被袭的事情让卜福觉得自己又上当了。之前已经看出对手是在拖住自己，也觉出对手的布局有可能会是个大的诱子，而且自己都已经决定分派人手回去加强对萧俨和顾子敬的保护。结果就是被那女的一声喊，让自己又觉得对手用的全是虚招，果断放弃了回防的安排。

不过还算好，虽然死了两个贴身护卫和一个私聘高手，但萧俨本人只是迷昏，算是有惊无险。但出了这样的意外之后，顾子敬立刻让人将围住石壁西侧的所有护卫和兵卒调回，全力保护使队。这样一来石壁西侧的刺客就都放走了，而道路尾端的两个刺客也没找到。除了被九流侯府抓到的那个，就只剩往林子里逃的一男一女了。

卜福决心下得很大，他竟然将自己身边的大部分高手撤回去保护萧俨和顾子敬，而将使队那边的刀盾队调过来搜索。暗夜的树林，沉浸在浓雾里，在这种环境下搜索的最佳力量不是高手，而是全副盔甲，手持盾牌快刀的刀盾队。他们可以组合成攻守兼备的阵势慢慢推进，直到将要找的人逼到绝境。

另外，卜福虽然将自己的高手调回去了，但他知道自己还有九流侯府的高手可以使用。在裴盛被擒之后，九流侯府的人便和卜福他们汇作一处了。有这些高手协助，生擒那一男一女应该不算难事。

齐君元根本没有想到鳜鱼岭上还有绝境。之前他观察过，过了岭顶虽然是比较陡峭的坡势，但手脚并用还是可以下去的，只是从这里下去速度无法太快。所以唯一的问题就是不能让对方的高手在背后逼得太紧，那样的话从陡坡上下去时如果对方高手正好赶到，对于他们的杀招就无法招架了。也正是因为有这个问题，齐君元才会下去拖延时间的。拖到天色尽黑雾气最浓，那么使队的高手就不敢跟进林子紧紧追逼了。

但是当他和秦笙笙会合之后一路往上到达岭顶后，却发现自己所处的这一段从岭顶过去后不是陡坡而是悬崖。

"快，沿岭顶往东边走，我记得那边是陡坡的。"从齐君元的语气里可以听出，他已经有些急躁慌乱了。

可才摸索着走出十几步秦笙笙便停住了，并且"嘘"的一声示意齐君元安静："不能往前走，前面岭顶已经被好几个高手占住。"秦笙笙灵敏的听觉没人能怀疑，在眼下的环境里，她比别人要多出一双不用看的"眼睛"。

"往西呢？"齐君元赶紧问。

秦笙笙先是微眯着眼睛没有说话，过了一小会儿才轻轻地摇了摇头。

第四章　飞走

"有没有办法从堵圈上找点缝钻出去？哪怕找个可用的戳点（可以采取小动作突破而不会惊动其他大队人马的位置）。"齐君元觉得哪怕是再严密的封锁，在黑夜浓雾、密林山岭等众多因素的影响下，难免不会出现漏洞和薄弱点，但要找到漏洞和薄弱点必须是依靠秦笙笙灵敏的听觉。

"你先别急，我试试看。"秦笙笙说完立刻弯腰伏身，凝神聆听。此时的她显得格外的镇静，言语和行动上没有丝毫慌乱，就像完全进入了另一个境界，又像早就胸有成竹。

过了好一会儿，秦笙笙仍然是伏身聆听状，这让齐君元不得不着急起来。如果刚才往东往西的路都被别人占了，那就意味着正面围捕自己的人也已经离得很近了。可是为什么秦笙笙听了这么长时间却一点反应都没有，难道卜福已经知道自己在找缝和戳点，所以采取全体静默的方法，以静制动等待自己往他的圈子上撞？

齐君元的汗下来了，不单有汗，还有水。水和汗一起将衣服浸透，水还顺着发梢流到脸上。凉凉的水滴从齐君元的面颊上滑过，让齐君元一下蓦然惊觉到一件事情，雾气在凝露、在化水。

其实当雾气将整个林子覆盖住并开始往林子外滚落时，其浓度已经是达到了最高点。而随后因为太阳落山，山间的气温快速降低，这就使得因水分蒸发而形成的浓雾快速附着在物体上凝结成露水。也就是说，借以遮掩行迹的雾气很快就会没了。夜色虽然越发黑暗，但这却是可以借助高效光盏子解决的问题，然后再加上寻踪辨迹高手的搜索，秦笙笙和自己两个人恐怕再难脱身而出了。

"雾气化水，卜福和九流侯府的高手肯定也发现了。所以他们采取静默的方法应对，如果我们撞堵圈冲出那正中他们的圈套。如果我们不采取任何行动，一旦雾气全消，仍是落入他们兜中不能逃脱。"齐君元心中在着急地盘算着。"所以不采取行动相当于束手就擒，但如果是要冲出去的话，也就必须是在现在这个时候，越晚越对自己不利。"

"不找了，冲下去，就从正面冲，那是他们最意想不到的位置。"齐君元在秦笙笙耳边轻声说一句后便率先起身要往下走。

秦笙笙一把抓住了齐君元："再等等，我想我可以找到缝儿。"

齐君元的眉头皱了一下。虽然他很相信秦笙笙听音方面的能力，但是从对方静默的状态下找出封堵圈上的缝儿他还是有些怀疑。

又等了好一会儿，身边的树干已经一抹一层水珠了，而上边的树叶也开始往下滴水。雾气真的很淡了，秦笙笙闪动的眼睛齐君元已经看得清清楚楚，所以他也看清了这眼睛中并不晶莹的光泽。

不对，齐君元突然感觉不对，自己的身边似乎有什么东西比黑夜和迷雾更加混沌，就像一个永远坠不到底的黑洞。

齐君元还没来得及细想什么，秦笙笙已经悄然行动了。她没有说话，只轻轻牵拉了一下齐君元的手臂，然后像只灵猫一样斜着往西侧的下方移动。

齐君元紧跟在秦笙笙的身后，身形就像条鱼一样在树林中绕来绕去。这种密林在别人未发现行踪时潜行、躲藏都极为有利的，而一旦被别人发现后逃跑的话，那就会影响行动的迅捷度。

"等等！"齐君元突然觉得有什么不对，立刻制止秦笙笙继续往前。他的特质之一就是能构思意境、发现意境，然后从意境中领悟出真正的含义，特别是危险。而此刻他正是从黑暗、淡雾和密林构成的画面意境中发现到了铜墙铁壁、刀光剑影。

周围的光盏子亮起得很突兀，而这么多光盏子的亮起能让人有突兀感，说明这是计划好的，也是有人统一指挥的。

哨子响起得也很突兀，开始只是单调的一声哨音，但随即便此起彼伏，四面八方都有哨声呼应。那些应该是一种扁圆体薄气口的铁哨，否则声音不会这么尖利刺耳，让人听着毛骨悚然。

光盏子亮起后，齐君元立刻双眼对地，以眼角四顾周围，这是怕在被灯火晃闪了眼睛之际遭人偷袭。

没人偷袭，但也没有人可以走的路。那么多树木间的空隙随着光盏子的亮起一下全被堵住了。堵住空隙的是大半个人高的盾牌，还有盾牌后面舞动的刀光。

哨子响起后，树林中继而骚乱起来。有人们快速奔跑的声音，有树木枝叶摇晃的声音，还有树上宿鸟惊叫和翅膀扑扇的声音。

这是确定目标后发出哨音讯号，于是围堵圈子开始移动收缩，所有参与围堵的护卫和高手都往这方向聚拢过来。看来用哨音在黑夜和雾气中相互联系还是很实用的方法，但卜福他们使用铁哨子不知道是不是受到秦笙笙和齐君元竹哨召唤的启发，还是他们早就有所准备。

"回去！还往上走。"齐君元对前面的秦笙笙大喊道。现在这种情况唯一能做的就是逃离灯火，然后从其他未曾完全聚拢的方向杀出。

御鸟飞

但是秦笙笙这时却好像收不住下冲之势了，依旧直不愣登地往那光盏子的中心冲去。齐君元想要赶过去拉住已经来不及了，只能在原地跺脚拍腿毫无办法。他估计眨眼之间秦笙笙就会像裴盛一样被别人锁拿住。

秦笙笙似乎也在竭力改变自己的状态，边往下冲边不断挥舞手臂，那样子就像在跳一种奇怪的舞蹈。而且越到后面挥舞手臂的动作越快，脚步反倒开始变得虚晃起来。

与此同时，树林中宿鸟的惊叫和扑扇声更加嘈杂了，同时枝叶的摇动也更加纷乱，就好像有很多鸟在树冠顶上拍打挣扎。

所有能看到秦笙笙的人全都目瞪口呆，包括齐君元。谁都没有想到一个已经陷入围堵圈子正中的人，一个根本再无路可走的人，竟然突然间飞了起来。从林木中拔出，掠过树冠，飞越岭顶，往远处无尽的、墨邃的连绵山林飞去。

归鸦林之所以起这么个名字，就是因为其中宿鸟无数。林中突然亮起的灯火和四起的尖利哨声将这些宿鸟惊起，全都从巢中扑扇而出，欲逃离这个让它们惊恐不堪的环境。

夜鸟惊飞，而且大多是山林中的大鸟，于是轻易便在树林中搅起了一阵喧嚣，扑腾起了一团纷乱。而秦笙笙似乎就是在这喧嚣纷乱中灵光忽闪、奇想突发，果断撒出一根根天母蚕神五色丝。

五色丝随心意而动，准确缠住那些鸟的腿爪。已经受惊的鸟儿腿爪被缠住后便越发拼命地往上飞。如果只是几只鸟、十几只鸟，那也就被秦笙笙拽落下来了。但是她手中两大把的五色丝一路缠住了近两百只的鸟雀，每只鸟雀只需平均带起个四五两的重量，便能将秦笙笙带得飞起来。而这些山林大鸟的扑飞力道能带起的重量远远超出四五两，所以不单是将秦笙笙吊起，而且还按它们平常受惊后逃离的方向飞走。以惊鸟悬飞而逃，不管是精心设计还是即兴创意，都已然是惊世骇俗之举，甚至可以列入奇闻、志异的范畴。

不知道为什么，眼见着秦笙笙以惊世之举顺利脱出生天，齐君元这次却没有感到丝毫欣慰。这倒不是他之前护送秦笙笙的任务已经交卸，而是蓦然觉得自己主持的这趟刺活儿中有太多诧异之处。似乎暗中有其他手段参与，并非完全由自己控制。而且暗中参与的人应该预见的更多、预知的更多，以至于最后局势是在按另一种方式进行。在这种方式中，裴盛被捉、秦笙笙逃走好像都在情理之中，却无法知道自己情理中的结局应该是怎样的。

但此时不是思考问题的时候，围堵的圈子外面连续有人纵入。刀盾护卫的作用只是堵路围困，而真正擒捕或杀死齐君元的事情还是需要高手来做。

齐君元只环视了一眼，便从各种纵跃、落地的姿势上看出，卜福这一路的高手和九流侯府的高手基本都到齐了。面对这些高手，不要说冲出去了，就是动作稍慢些都会马上被缠住再无法脱身。所以齐君元不敢有丝毫迟疑，转身便往唯一可走却又无路可走的岭顶奔去。

对方高手们的动作也很快，一起往齐君元背后追来。现在雾气已极淡，又有大量极好的光盏子照明，所以齐君元的身影再快也已无法脱离高手们的视线。而且齐君元的身影也不是最快的，那些高手中有比他更快的。这样一来不仅是逃不过别人的视线，只需稍给别人一点时间，他还逃不过别人的手心。

到岭顶的距离并不长，齐君元几纵几落就到了。但是到了这里又能怎样？虽然他们是往西走出了几十步，但依旧没有走出悬崖的范围到达可下去的陡坡。背后的高手已经追到了，可做出的选择只有拼命、被擒和跳下悬崖。

齐君元这次又是想都没想就做出决定，毅然纵身飞出了悬崖。这一幕虽

第四章　飞走

然没有刚才秦笙笙那样让人目瞪口呆，但紧追其后的高手们看到如此毫不迟滞、动作顺畅自然的纵身跃出还是感到惊诧不已。

其实不管是从刺行的一般规则还是离恨谷的特殊规则来说，刺客都没有必要如此舍身赴死。因为他只是个杀人的工具，与刺标没有丝毫恩怨，所以就算被擒，只要配合地说出全部知道的信息，还是有活命的机会的。而且即便不说出知道的信息，也可期盼有人来营救，或者自己找机会逃出去。所以齐君元选择跳崖有些欠考虑了，或者正是因为跳下时根本没有时间考虑。

最先追到岭顶的高手刚到悬崖边上就将手中的一支"千里明火"（一种江湖人常带的照明火筒，是用木煤子捂火星，以磷粉、火油引燃高亮度照明的小巧器具）甩手掷下悬崖。这是要用照明追上齐君元，确认他是坠下了悬崖而并非采取其他手段挂在悬崖壁的什么位置上。

"千里明火"掷下后，在其快速坠下的光亮中隐约可以看到齐君元的身体在半截崖壁处往外侧高高荡起了一下，估计应该是身体在崖壁上什么突出部位撞击了下。当齐君元的身影再次比较明显地出现在光亮不远处时，已经是直直地往山底坠落下去。

追在最前面的几个高手全都到达岭顶时，他们刚好可以听到一声长长的惨呼从山底传来，与惨呼一起的似乎还有树木枝叶的连续断裂声。而所有这些声音是在一记沉闷的重音之后全部消失掉的，这沉闷的重音应该是人体坠落到地的声响。

此时那"千里明火"也已经落到山底，变成一个黯淡的亮点，扑闪几下便熄灭了，就像一条鲜活且脆弱的生命，那么快、那么不经意地就消失了。

李弘冀最近很不安，但他的这种不安即便采取了一定措施也无法彻底消除，因为很多的主动权和控制权都在别人手里。就比如说德总管蜀国之行，自己的打算能否如愿就全要看孟昶是否给面子，以及具体办事的人是否能遵照德总管核算的价格与大周进行易货。

但是李弘冀心中最强烈的不安和蜀国配合控制易货价格无关。虽然那也的确是为了转而给南唐、给元宗施加外界压力，然后让自己有机会跨过李景遂这个障碍直接登上皇位的大事情，但与造成他此刻心中强烈不安的缘由相比那还算不了什么。

要想从太子成为皇上，最重要的一个前提是要国家还是你李家的。但是最近纷纷而来的边界军报和境外密报显示，周围邻国大有对南唐动手的可能。这是李弘冀最为担心的事情，如果最后连国家都破了，那明争暗斗抢位子的事情就全部失去了意义。

李弘冀知道，出现这种危机是父皇元宗贪小利提高税率惹的祸。但事情已经到了这个地步，就算马上降低税收也无法弥补其他国家已经造成的损失，特别是大周。他让德总管去蜀国促成边界易货之事，除了是为了自己争夺皇位预留伏笔外，还有一个目的就是要让大周觉得目前的困境犹能支撑，除去战争的方式外还有其他可行的办法。所以他才让德总管将易货的价格控制在让大周感觉有利、能够承受的点上。但同时还要让他们真切感觉到损失确实太大，就算不采用战争方式来解决，也必须以其他渠道、方式对南唐施加压力和惩戒，并获取到一定补偿。这样一来，提税的优势便荡然无存，继而造成南唐内部政治、经济上的混乱和恐慌。到那个时候他便可以暗中运用些手段让驻外州道和各路大营的将领发檄文逼元宗退位，让李景遂不敢继位，这样自己就能顺其自然地登上皇位了。

这整个计划应该没有大的问题，唯一可能会出差错的就是大周周世宗这一处。周世宗向来金刚性格、霹雳手段，繁文缛节式的一套玩不来，他最擅长给别人的压力都是打到服。而且他也是最有理由打的，大周因南唐提税造成的损失最大，而大周与下属臣国吴越国中间就隔着南唐。所以他们只要两边夹击打开一条通道或者直接吃掉南唐一部分地界，那么大周所有的困境都会迎刃而解。临海靠山、物产丰富的吴越国可以给大周粮盐上的可靠支持，而占领了南唐的地界也可以获取到大量粮盐钱财。

刚刚送来的几份军报、密报也显示出这方面的迹象。大周在淮南边界开始积聚粮草，并且利用一江三湖十八山的力量打通几条快速连接南唐与大周间的暗道。虽然军报上只说这些暗道是从南唐境内偷偷运送出无税的低价粮盐，但李弘冀却一眼看出了真正的症结。如果只是为了一些低价粮盐那根

第四章　飞走

本不足为患，而且偷运数量大的话，这甚至可以作为缓解大周出兵需求的理由。怕就怕大周方面在完全掌握和熟悉了这些暗道后，可以利用它们快速出兵攻占南唐的兵家重地。而最可怕的是南唐边关驻军虽然知道存在这些暗道，也知道大周不停地在偷运并积聚粮草，自己却始终没有摸清这些暗道的具体路线和走法。这样一旦真的开战了，这些边关守防就只有挨打的份儿了。

从吴越那边送来的密报则说，吴越国在濯州龙游一带秘密开挖大量的地宫。虽然不能实地近探，但从外围规模和动用的人力来看工程十分浩大。而且最近已经有一些军需辎重和兵马零星地往那边运动，估计这些地宫是用来囤积兵马粮草的。

开挖地宫，然后一点点地往那里面藏兵马和粮草，不用多少时间，那里藏入的兵马数量就可想而知了。这样除了附近州府常规驻军之外，在地下还暗藏了一支庞大的军队。而一支可以突然从地下冒出的军队，其目的只有可能是为了快速地出击和突破。

李弘冀翻开了自己桌案上的地图，对照那些军报、密报上所写的地点查看起来。当他将那些地点都圈定之后，再联系其他路线一看，冷汗不由得滴落下来。

腹背敌

军报上所说大周在淮南储存粮草的三个点，分别是颖下、涡口、楚阳三处。这三处两边虽不是军事要地，但是颖下临近南唐境内的光州（今潢川），如果此处有一条捷径暗道，那么可以出奇兵经光州入庐州（今合肥）直扑金陵城。涡口与南唐濠州（今蚌埠境内）相对，如有暗道可运兵入濠州，继而便会突破滁州（今滁县）直逼金陵。楚阳与寿州（今淮安）相邻，这一处如果有暗行的水道，可突袭拿下寿州，再顺流直下江都府（今扬州江都县），然后过扬子江从东面围逼金陵城。

而吴越国是在濯州龙游秘密开挖地宫储备兵马粮草。由此处出兵，入南唐境后走景德镇，然后再一路从饶州（今鄱阳）、洪州（今南昌）、筠州（今高安）过去，那么就相当于将南唐国拦腰截断了。如果吴越兵力足够，还可以兵分两路。南一路从信州（今上饶），由贵溪入抚州、吉州（今吉安），北一路从歙州（今歙县），然后从祁门入池州（今贵池）、舒州（今潜山）。这样就将南唐截成了三段。

由此可以看出，大周和吴越的意图是要将南唐北部的淮南、金陵这一区域单独隔出，由大周三路同进发起攻击。而吴越国的兵力则将南唐南部的兵力尽数阻挡，让其不能对金陵实施救援。同时，也是防止金陵城中的李家皇室往南逃跑，以防立稳脚跟后再组织反击。

李弘冀熟知兵法战略，只大概看一下，他便知道采用这种战法策略是要在短时间内就拿下南唐控制的金陵。而这种战法策略正是与大周国内粮盐紧缺、军需粮草不足的状况相吻合的。

虽然看出了这种不利状况，但是李弘冀却无法化解。他能做的只有心中的两个愿望和一个切实的自我保护。

一是希望蜀国与大周易货之事能够顺利，并且能确实解决大周目前所处的困境。二是希望大周能有其他化解国内困境的办法，从而放弃对南唐用兵的计划。而自我保护的方法他直接写在了手令上，让淮南道（对大周一线）和永安道（对吴越一线）所有界防营守军撤到就近的州道重镇，加固城防，以城为守。

李弘冀的这种方法是完全正确的。如果判断正确，那么大周最初的攻击途径是要从江湖暗道潜入南唐境发起突袭的。而界防驻军根本都不知道他们从什么地方突破，又如何实现边界防御？所以还不如直接归入州城之中，以城防为依仗，阻止大周快速突破。这样用不了几日，当大周军中的粮草耗尽，他们便会自己退回。至于吴越等国兵马以截断为目的的攻击，他们要形成拦截，必须是沿官道拿下沿途的州府重镇，这样才能实现连线式的阻隔。所以对付他们更是应该将界防集结到州城之中，免得外围的小军营被逐块吃掉，而城中的守备力量又不够充足。

在发出这个手令之后，李弘冀又想了想，觉得还应该增加金陵城周边的防卫力量，以免被那两国用一支快队单线突入。而一旦金陵城的皇室被控制，外围所有的固守抵抗都将灰飞烟灭。于是他立刻又下令让崇安大营、宜春大营、广昌大营、修水大营、举水大营、乐安大营各调五千兵马驻扎采石（今马鞍山西南）。这样一旦大周突袭，这三万兵马可以就近由水陆两道直接赶到金陵城，加强金陵的守卫，或者保护李家皇室快速南迁。

李弘冀确实是个难得的统治者人选，他有敏锐的政治嗅觉和军事洞察力，而且能够果敢决策并且立刻付诸实施。但是这次他根据种种迹象而断然调动军队，重新排布军事防卫模式，对南唐来说却不知是福是祸，对他本人来说也不知是福是祸。

韩熙载这些日子心中也一直忐忑，自从他知道李弘冀府中的德总管前往蜀国之后，心里就一直觉得有事情要发生，而且会是惊天动地的大事。

最近他在各处州道、驻军安插的暗点连续发来密件，说淮南一带和歙州、信州一带有兵马调动。调动的方式是外驻兵营尽量往州府重镇集结，将原来边界的一线守防改换成以点守防。另外，六大营也各调兵五千往金陵附近集结，现在这三万人马就驻扎在上游距金陵城只几十里的采石。

这是个危险的信号。放弃外防，收缩据守州府重镇，可以快速以点扩面占据局部地域。也可以在各重镇之间以官道构成联防，形成自己可以快速通行的线路，而这线路对别人却可以分段合作阻击。抽调出的三万人马驻扎采石，一旦金陵有事，立刻可以水陆同进，顺水直下快速进逼金陵城。

这种情况让韩熙载感觉到金陵城的岌岌可危。改换的防守方式如果继续延伸过来，就可以从多方向与金陵城形成快速通行线路，在需要时将驻外州道的兵马很快调回金陵城。而三万兵马的威胁则更加直接，金陵城现在内外城所有的防卫力量加起来也不比三万人马多多少。

获知了这些情况，韩熙载并没有马上奏报元宗李璟，因为现象虽然如此，但原因却只是揣测。如果没有弄清真实原因就奏报元宗，那是会引起皇家内乱纷争的。再有，就算是有着什么不能告人的原因，韩熙载仍是希望能够平静地化解此事。南唐提税之后已成众矢之的，万不可再有萧墙之乱让别国乘虚而入。

所以最近这段时间韩熙载让王屋山暗中将夜宴队在金陵附近的力量全安排到城里，一些平时与他交好的兵部要员、城防统领也都事先通气，以防金陵城中有何异变。再有就是周边州府的一些官员和驻军，他也提前提出要求，一旦金陵城中有变，要立刻派兵救援。

但即便做到这地步，韩熙载依旧没有一点把握可以平息可能会发生的大事，也不能保证到时候所有人都来救援并能为元宗誓死而战。因为这一次他要面对的对手是太子李弘冀。

李弘冀是南唐李皇家少有的杰出人才，性格、行事都颇具王者之风。军事战略上也很有手段，年少之时便主守润州、收复常州，破格升柴克宏为前敌主将，大败吴越军队。所以除了吴王、东宫太子的身份外，他还兼领沿东边境道总调度使、淮南道防卫督察使之职。南唐军队这一块有不少将领都信服于他，外派的州道官员也有很多是他的拥戴者。但是元宗李璟虽立他为太子，皇储之位却是要传给李景遂，李弘冀对此肯定不服。而他的辖下和拥戴者们更是蠢蠢欲动，要为李弘冀争个公道。

虽然之前查出的众多信息已经逐渐表明诡秘字画的事情和李弘冀有着关联，但韩熙载一直都认为这应该是他的手下或拥戴者瞒着他所为，所以想尽各种办法要查清真相。这是为了杜绝后患，也是为了替李弘冀脱清干系。

但是当知道太子府德总管去往蜀国后，韩熙载立刻便觉得此中事情并非那么简单，猜测之事很有可能就是李弘冀在亲自操纵。否则他不会让自己最亲信的手下突然赶往蜀国，而且选择的时间正好是南唐特使暗中带着那三幅字画前往蜀国的时候。这只能说明字画中所含秘密极为重大，而且与李弘冀有直接关系。

现在韩熙载很矛盾也很后悔。矛盾是因为他非常想弄清那三幅字画中的真相，但又害怕真相暴露出来。后悔则是因为他觉得自己不应该发出那封鸽信，让萧俨提前将结果和字画潜送回来。其实到了这个地步有些该知道的差不多已经知道，不该知道的还是不知道的好。早知道是这种尴尬情形的话，他都不会设法将字画送去蜀国找无脸神仙求解。但世事往往就是这样，你不

第四章 飞走

查到这一步，真相也就不会暴露出来。不知道真相是什么，那你也无法知道到底该不该追查。

如果那字画中的秘密没有暴露，或者德总管及时赶到，让蜀王孟昶制止无脸神仙将画中秘密泄出或将字画扣留在蜀国，再或者德总管采取非常手段将知情者灭口或将字画盗出销毁，那么一场皇室争储的异变便可以消于无形，南唐目前至少还可以暂时保持平稳的现状。

但是一旦字画中的秘密顺利送回南唐，交到元宗李璟的手上，而这秘密又确实证明了是李弘冀暗中忤逆夺位的话，那么为了自己不会顷刻间被治罪贬罚，李弘冀肯定会被迫立刻动手。就现在李弘冀所拥有的实力，以及南唐对太子所辖根本没有任何提防的状态，一旦内乱起来李弘冀应该是占了大多数的先机和胜算。

韩熙载真的很焦虑，他心中的这种不安又不能对任何人说，没有拿到罪证不能说，拿到了罪证更不能说。只能是自己伺机从中周旋，将这件事情平复化解掉，这样才能保住南唐内廷不乱、基业不颓。

为防止再有其他变故，韩熙载下令让各处密探道打听使队到达的位置，预计他们回到金陵的时间。他准备在萧俨他们回来朝见元宗之前将字画取回，并且提醒他们此真相后果的严重性。让他们不要在元宗面前提及字画鉴别之事，就当什么都没有发生过。至于其后续事宜他自己会妥善处理。

但是密探道发回的两个密报让他觉得自己已经晚了一步，事情的发展比他预料的要快得多。一个密报是萧俨他们仓促离开成都，并且改变回程路线。还有一个密报是使队在南平境内遇到刺客阻杀，但是使队借助南平九流侯府的力量反将刺客生拿一人。

从第一封密报不难推断出，萧俨他们已经获知字画中的真相，所以才仓促赶回南唐。可能是因为接到自己鸽信提醒或者是他们自己遇到了德总管，于是改变路线以防有对其不利的事情发生。而第二封密报更加明显，是李弘冀或德总管从萧俨他们仓促离开的情况上推断字画中秘密已经被窥破，所以派人下手灭口夺证物。而李弘冀和孟昶暗中交好，所以不给蜀国为难，将刺杀点选在蜀国之外的南平境内。但是不知道其中什么关节出了差错，这次刺杀并不成功，反给使队拿住一个活口。

这两个情况让韩熙载觉得自己必须马上行动，李弘冀所遣刺客做不了的事情自己就替他做了。让夜宴队派高手将萧俨手中的三幅字画偷出，再将那一个被擒的刺客杀死。这样一来物证、人证都没了，即便萧俨向元宗汇报了字画中掩藏的秘密，元宗也无法轻易相信，并不能治罪于李弘冀，最多只能是严加询问和警告。这样的话李弘冀不会因为处境窘迫而立刻逼宫夺位，但他又可以从询问和警告中感觉到自己所为都在元宗的掌控中，之后肯定要收敛许多，不敢再轻举妄动。这其实是最恰到好处的结局，也是韩熙载想看到的结局。

韩熙载真的派出了夜宴队的高手去替李弘冀擦屁股。但是最终的结果却在他的意料之外。夜宴队的那些高手也未能将这事情彻底摆平，他们既没能把字画拿回，也没能把被俘刺客杀死。

第五章 灭佛取财

佛遭难

赵匡胤没等赶回京都便知道太晚了,虽然他到现在还不知道周世宗急召自己回京师是什么事情,但他知道如果自己是在京师的话,肯定会阻止周世宗做某些事情。

从刘总寨出来后才走一天,他便在一个小县城里见到了周世宗所下的诏书,其中提到"寺院其无敕额(国家批准的名额、指标)者,并仰停废","今后不得创造寺院兰若",并"禁私变僧尼"。

从唐朝以后,世人信奉佛教者极多,寺庙遍布天下。但是能以国家名义批准建造的寺庙却是寥寥无几,更何况到了五代十国时战争不断、纷乱不息,更没有哪个国家能抽出时间、人力来管理这些寺庙。皇家之中有地位极尊的人是信佛的,才有可能以国家名义指定建造一两座寺庙,其他则多为民间信徒集资所建。所以周世宗所提三点说白了,就是第一要将大周境内百分之九十九的寺庙给拆除了,第二是从此以后就算国家指定的寺庙也不会有了,第三是没有国家政策允许不准再有人出家为僧。这做法其实是逼迫全国百姓再不要信奉佛教，也无途径信佛奉佛，只有国家高级阶层才享有这样的特权。

然后赵匡胤一路上还亲眼见到地方府衙和军队一起出动，强征庙产，拉倒佛像，逼迫僧侣还俗为工为耕，必须躬身劳作才能果腹存身。而这些僧侣很多都是从小就进入寺庙，一直都在奉佛研经做法事。现在突然让他们去种田做工，他们又如何有能力存活下去。另外，那些佛家信徒们因为失去了信仰和寄托也是心慌情愤，处处可见与官家人发生冲突的情况。赵匡胤一路所到之处尽可见哀怨嚎啕，僧怨民恨。

赵匡胤原本受赵普提示，留密折与世宗，让其在万不得已时可用取佛财一策解决周国目前的困境。而且为了此举稳妥，并且不会让笃信佛家的符皇后因此事大受打击，赵匡胤已经筹划好一个大力施压、慢慢挤榨的办法。具体做法是让北伐归来的将士以超度阵亡同伴入驻寺庙。然后可在寺中采用搅乱僧人清修、妨碍信徒进香、破坏佛规戒律等方法暗中逼迫，让寺庙主动捐出钱财。这样的话钱财归了国有，僧侣继续研经拜佛，信徒继续敬奉香资。而且一旦有变故或需要，还可以再次从佛家逼榨些钱财为国所用。

但是现在周世宗的做法与自己的想法大相径庭，完全是杀鸡取卵。不，不仅是杀鸡取卵，而且是抢了别人的鸡杀了，还让别人从此再不吃鸡肉。赵匡胤现在非常担心，担心周国会出现内乱；担心邻国会借此机会突袭周国；还担心有小人故意为祸朝纲，制造出更加难以收拾的局面。也是直到这个时候，他心中基本确定自己被一路杀兜阻挡，最后被困刘家寨的原因可能就与此事有关。而刘总寨出来后再没遇到一次刺杀，所说的十几处兜子就此终结，这种情形也在证明着赵匡胤这个想法。

心急火燎的赵匡胤一路纵马，往京师汴梁奔去。当他到达京师时，已经有一些临近的州府开始往户部押送收缴来的庙产。虽然在汴梁四门外专门迎他的官员一再催促他紧急进宫见周世宗，但赵匡胤还是决定先到户部的收缴点看一下。既然不该做的事情已经做了，自己再早去两三个时辰见周世宗也已经于事无补了。还不如将正在发生的情况多了解一些，然后及时采取相应的补救措施。

第五章 灭佛取财

大周的财政制度很严，像这种突然性的财物上缴和特种征收都是要由地方官府派人押送并带有呈报。然后必须有地方户部的文凭以确定数量，还有所在地参与收缴的驻军的军折作为佐证。而且押送运输的人当中还必须有当地百姓代表随行，接受户部入库前的盘问。只要在来源和数量上稍有出入，便立刻会转至吏部或刑部彻查。所以地方上要想借此机会骚扰百姓、巧取豪夺不是没有可能，但没谁敢这么做。因为只要其中一个环节出了岔子被捅出来，那么就会付出身家性命的代价，得不偿失。

临时征缴的情况过去也有过，由于各个环节控制得当，理由充分，额度合适，所以征缴的过程都非常顺利，百姓也没太多怨言。但这次赵匡胤却发现气氛很是不对，运送庙产的那些百姓都满脸怨愤，与押送的官府衙役不断会有口舌冲撞。百姓代表接受户部盘问时也是有一搭没一搭地，不予配合。

赵匡胤知道出现这种情况很正常，这些百姓中不乏信佛之人，让他们陪着押送灭佛毁庙获取的佛财来上缴，心中肯定是极不情愿。而且这还是在京师之中，地方官府和拆庙取财现场的情况更可想而知。或许有些地方已经出现官民之间的冲突，随着实施的范围扩大，冲突还可能不断升级。但这种情绪的蔓延现在一定要进行控制，一旦军中部分信奉佛家的兵将也怨愤难泄，很有可能就会闹出内乱来。

离开收缴点，赵匡胤还是没有去往宫里进见周世宗，而是顺道在禁军点检府停了下。在这里他没有花费很多时间，因为需要安排的事情早就在他心里筹措好了。

禁军成员的挑选是有比较苛刻的条件的，其中过于迷信于某种宗教的都不予吸纳到禁军之中。设立这种条件也是有道理的，信佛之人轻易不杀生。但作为禁军成员杀伐于沙场之上，不要说杀生，杀人也可能是天天有的事情，所以有这样的顾忌和信条那是万万不能要的。也幸亏当初赵匡胤挑选禁军时考虑到这样的条件，所以现在周世宗采取灭佛取财的极端手段后，至少这十万禁军还是根基稳固的，可以随时调用。

赵匡胤到了禁军都点检府后只安排了几条事宜。第一，由禁军统领都虞侯王审琦、都指挥使石守信协助京师巡城师加强京师城防。第二，由禁军前营总领近京大将军高怀德赴京东大营，协助东南、东北、正东三区的安定。第三，由禁军后卫内城都指挥使李处耘赴京北大营，以防北方区域异动和北汉趁乱进袭。第四，由禁军中军护卫使张令铎赴豫南大营，协助正南、西南安定。第五，由禁军中军指挥使赵彦徽赴甘西道凤灵关，协助正西安定，严防突厥借机入境骚扰。

　　这几条指令一下，各位将军立刻动身。赵匡胤安排的这几人都是自己的结社兄弟，交情深厚、心意相通。平常时就算说的是场面话，他们也都一点即透、不点也能透。但是这一次却很难说他们和赵匡胤的想法就完全一样，因为在赵匡胤安排之前就已经有人和他们商量过外派的可能，而且也揣测过赵匡胤的意图。只是赵匡胤自己还不知道这件事情，更不知道有人已经从另外一个角度诠释了他的意图。

　　赵匡胤安排好所有事情之后，这才不慌不忙地前往宫中进见周世宗。但是令他没有想到的是，有两个人只比他提前了一顿饭的工夫进入龙殿，现正在向周世宗面陈所见所探，并且细析各种现象中暗藏的危机，极力怂恿周世宗立刻向蜀国出兵。这两人便是刚刚出使蜀国归来的王策、赵普。

　　周世宗一听殿外传报赵匡胤进见，立刻离了龙案下三阶九龙口。像这样君迎臣归的待遇自古以来能享受到的人寥寥可数，而赵匡胤便是其中一人。

　　赵匡胤进殿之后，赶紧请周世宗重新落座龙椅，先拜倒金山行过君臣大礼。转过来才与王策、赵普见礼。他没曾想在这里见到这两人，既是惊喜又感意外。特别是那赵普，是他最为依仗的臂膀，但两人已经许久未曾见面。上次赵普探亲回京后马上又赶往蜀国，赵匡胤则赶往南唐，所以只是由赵匡义转交了封书信却未曾见到面。

　　三人相互寒暄之后，赵匡胤也不故作姿态，抢先将自己一路遭遇阻杀、被困刘总寨的事情说了。正当他要将自己被阻原因分析给周世宗听时，外面突然有户部的紧急奏报呈上。

　　周世宗看到紧急奏报后放声大笑，那笑声震得整个龙殿"嗡嗡"作响。也难怪周世宗在属下面前如此不加收敛，从双宝山一战之后，他所接到的奏章、军报全是些说苦报难的事情，搞得他五心烦躁、愁绪蔓生。但是今天这个紧急奏报却是个喜报，一扫多时缠绕周世宗心境的阴霾。

"好！好！九重将军，你出的那灭佛取财的计策真是好。刚才是我要求户部佛财收缴点每天必须递上的急报，他们今天一天收取了就近的上党和东郡两处，所得佛财便已经十分可观。钱财和拆庙所得铜铁材料不说，单存粮便可让你禁军用上个把月的。"周世宗说着话，将手中的奏报递给赵匡胤。

赵匡胤接过奏报却没有看，而是用疑惑的目光看着周世宗，口中欲问又止。的确，赵匡胤无法不迷惑，刚才周世宗夸奖他时提到他所出计策为"灭佛取财"，而赵匡胤记得自己明明是在密折上留下"佛财"二字。而且为了取得佛财而又不会产生太大的负面影响，自己还想好了几种妥善的办法。只是回来的路上遭遇刺杀围堵，而周世宗一时等不及了，未曾将自己的办法运用上，自己急急地采取了极端手段。但是现在从周世宗笃定的语气中听来，好像是说这极端手段就是自己的密折所留。

赵匡胤真的迷茫了，他不断在心中询问自己：是自己在折子上多写了些什么、错写了些什么，还是世宗将那佛财两字的含义理会错了？

"大周天佑，这都是皇上福德感天才有的大好转机。微臣虽然是想到从佛财下手这一途径，但是已经忘记当时是如何给皇上细留密折了。"赵匡胤很巧妙地应对周世宗。这番话既拍了马屁，又不丢失功劳，最终要是出现什么责任的话，还可以推卸。

"你什么细留密折，就那么几个字，你自己看看吧。要真细留了还用我耗费那么多的心思、经受那么多的煎熬？"周世宗说完话从龙案上拿起一封折子抛给赵匡胤。

多灭取

赵匡胤看了一眼奏折上自己亲手压封的蜡印形状，便确认这正是自己当初留给柴荣的那份密折。但是打开折子后一看，他的心不由猛地惊颤了一下。

"折子上的内容不全是自己写的。"赵匡胤在心里很肯定地对自己说。他明明记得自己只是在正页页面上竖着写了"佛财"二字，但是现在前面翻启的副页上却多了竖着的"灭取"二字。怎么会多出这两个字的？这密折加了自己亲手压的蜡印，然后又是亲手交给宰相范质转递，中间不应该出现偷偷篡改的可能。赵匡胤仔细辨看了下那四个字，字迹倒是都像是自己的手笔。只是字体上"灭取"两个字比"佛财"两字要小一些，笔画也显得要工整些。另外，这四个字在排列上也不十分规范，稍有错开。墨色也比自己当时书写时要淡了许多，皇家用墨不应该这么快就褪色的。

但是赵匡胤最终还是没有将心中的疑问说出，此时正是周世宗最为开心的时候，而且还给自己记上了一笔功劳。如果自己将原有用意和现在做法的差异以及可能酿成的后果说出，那不但是给周世宗头上浇凉水，也是在给自己的头上栽罪责。而且估计周世宗肯定不会相信这变戏法般的两个字、四个字之说。

就在赵匡胤心中辗转之时，赵普已经抢先向周世宗恭贺并乘机提出自己的建议："恭祝皇上决断有果、度困在即，也恭祝赵大人计涉方外、妙得豪资。但这些佛财再多也只是解一时之需，所以我们应该抓住这一时的机会，出兵蜀国，一劳永逸。"

"不可，出兵无名，而且也没有任何迹象看出蜀国对我国意图不轨。"赵匡胤马上制止，据他所搜集到的讯息所报，蜀国的确没有出兵突袭大周腹地的企图。

"啊，刚才九重将军来得晚了，未曾听到我们此次蜀国之行的经过。赵普大人，你就将经过给九重大人复述一遍，然后我们再共同商讨该如何应对。"王策觉得赵匡胤并不清楚真实情况。

赵普立刻将他们出使蜀国的经过对赵匡胤讲述了一遍。虽然周世宗刚才已经听赵普讲述过了，但此时仍是在旁边凝眉细听。他是想了解更多细节以便自己做出正确的分析和判断。

赵普的讲述很有条理，他是从自己和王策入境被拒讲起的，然后讲到凤

第五章 灭佛取财

州两官员朱可树、余振扬被刺之事。

说到此处时，赵普却没有问一下是不是赵匡胤部署的，而是直接认定刺杀应该是针对自己和王策的刺杀行动。只是因为朱可树、余振扬先行将周国使队仪仗带入凤州，而导致刺客误杀。然后联系第二次赶往成都途中的刺杀以及南唐使队同时到达成都的情况来看，赵普觉得这两次针对他们的刺杀应该为南唐所为。如果不是自己和王策到成都后直接以此事质问孟昶，使得蜀国暗中向南唐施加压力，他们可能还会继续遭遇刺杀，因为此举的目的就是要破坏蜀国与大周间的盟约。而质问孟昶之后便立刻停止了刺杀行动，则说明了蜀国与南唐间的关系十分密切。这一点虽然从孟昶对待南唐特使的态度上看不出来，但表面文章也许就是做给自己和王策看的。而其后他们从其他途径探听到的南唐太子李弘冀派遣亲信总管密会孟昶和王昭远，就更能说明问题了。

然后赵普重点讲述了蜀国与大周易货的几点异常。首先，在自己前往蜀国时并未见到大规模的易货行动，蜀国运往边界说是用以易货的粮盐都储备在军营之中，这一点应该可以说明他们往边界运输粮草的初衷并非易货，至少也是囤货等待大赚的时机。其次，是在回来途中虽然见到蜀国和大周边民开始了大规模的易货交易，但蜀国定价很高，与南唐提税后的货物价格相比，大周所能得到的优惠和支持犹如鸡肋。再有，蜀国虽然仍在继续往边界运送大批粮盐，但奇怪的是押运的都是蜀国的正规军队。后来探听得知，这次易货之事蜀方竟然一直都是太子玄喆和枢密院事统制使王昭远主持，由军队负责运输，并且南唐李弘冀派遣的密使德总管也相随而行，一同前往四州边界督管易货之事。最后还有一点比较奇怪，就是易货中蜀国方面很刻意地要求易取大牲口，重点是马匹。

赵匡胤和周世宗都是从古至今少有的厉害人物，赵普这些话才说完，赵匡胤脑子里已经从蜀国种种奇怪的行为上圈定了一些背后意图来。而周世宗已经听过一遍叙述，不仅早就看出了些企图，而且脑子里已经认真梳理出一些应对的方法。

"第一，南唐提税导致我国陷入困境，蜀国有趁乱入中原之地的想法，这从他们开始运粮盐却不易货而囤于军营便可以看出，这也是你们最初到达边界却不让你们入境的原因。第二，南唐和蜀国暗中联合，是想先从经济上给我大周沉重的打击，让我大周失去应付大战的能力，所以他们才会将价格定得十分苛刻。对了，你们遭遇刺杀有两种可能，一种是南唐派出杀手，以防你们出使蜀国打乱了他们的联盟。还有一种就是蜀国自己派出的刺客，是没有正当理由阻止你们入境，然后又害怕你们发现到边界运粮、运兵却不易货的真相，所以杀死你们是最为简单也便于将责任推卸给别人的办法。"赵匡胤也不客气，抢先说出自己的看法，他知道周世宗和程普、王策都在期待自己的看法。

赵普朝赵匡胤竖起了大拇指，这不是简单的阿谀奉承，其实还有暗中对自己的肯定。因为之前他向周世宗叙述出使经过时也说出了与此类似的分析。

"还有呢？"周世宗很沉稳，他想听取更多意见。

"不过他们显然还没有准备好，也可能觉得我们大周还没到可一举击破的程度。你们面斥孟昶时，他并未表现出怒意，反而立刻答应你们的要求，并且再未出现对你们的刺杀，这就是所谓的欲盖弥彰。表面看是履行与我国的盟约，实际却是要进一步侵吞我国资产，并且暗中运筹，做好对我国突然出兵的准备。否则这易货之事怎么会派遣太子玄喆和枢密院事统制使王昭远主持，并且全部采用军队运送。这做法其实是将粮送到了、兵也派到了。但是运送粮草不需要大量骑卒和马匹，所以易货之时他们便可以要求易取大牲口，特别是马匹，这样他们随时都可以就地装备快骑马军。"赵匡胤继续自己的分析。

"但是有一点非常奇怪，蜀国与我国边界易货不管是真是假，却为何会让南唐太子李弘冀的亲信相随？"周世宗对这一点一直都无法想通。

"南唐李氏中也就李弘冀颇具王者之风，有雄才伟略。他虽被立为太子，皇位却是要传与他的皇叔李景遂的。我觉得南唐与蜀国真正的联合其实应该是在李弘冀与孟昶之间，那李璟绝没有这样精明的头脑和运筹的手段。所以李弘冀让亲信参与蜀国与大周间的易货事宜，那是想借力夺位。"

第五章 灭佛取财

"借力夺位，借谁之力夺谁之位？"王策觉得赵匡胤这说法很新鲜。

"借大周之力，夺他南唐至尊之位。"

"他怎借得我大周之力？"王策越发糊涂。

"李弘冀派遣亲信参照南唐提税后的货物价格给蜀国易货的粮盐定价，那么既可以让蜀国不失盟约又可以堂而皇之地赚取最大利润。而我国依旧是财物流失并无太大得益，如食鸡肋有味无肉更不能果腹。这样我大周最可能做的事情是迁怒始作俑者——南唐，在与蜀国易取到一定粮盐后会立刻联合一些国家对南唐用兵。那么到时候南唐要想力挽狂澜，就只有将所有大任与权力交于李弘冀。而李弘冀拥权之后可以立刻联合孟昶，采取由南唐方面正面力拒我军，蜀国则偷袭我腹地的方法。一旦到了这种状况之下，不管蜀国、南唐的联合成功与否，我大周都必然被耗成强弩之末。易货所得的粮盐很快消耗殆尽，时日稍拖得久些，到时不用攻杀便会自灭。至于我国附属吴越、楚地，其实都是墙头草之流。一旦见我大周势弱，肯定都会作壁上观。当大周颓败难复之时，这帮人绝不会雪中送炭，只会落井下石。"赵匡胤的分析缜密到位，让人不得不服。

"还有个北汉，如果他们借此机会联合辽国从我北面出兵，那么我大周便完全没有回手之力了。"周世宗终于听到了他想听到的，也印证了自己的想法。北汉不除，燕云十六州不收，他始终觉得是如芒在背。

"这样说来，南唐暂时是不能动的，动了不但是为别人做嫁衣，而且还会给自己重新立一个强悍的对手，陷自己于绝地。蜀国与我们易货，现在已经成为我国的后备支撑，所以也不能动。哪怕他怀有叵测之心，也只能是多加防范。而北汉有辽国支撑，如果我们军备粮草上不能储备充足，也是不能动的。所以目前我国最好的策略便是韬光养晦，渡过难关。待积聚到足够力量时再作宏图之想。"王策虽然对军事局势的分析和了解不够深入，但他一旦搞清其中的联系，做出的总结却是十分准确到位的。

"不，我觉得这样太被动，大周如此的话就像被套在一个铁桶中，随时等着别人下刀，应该从一个方面打破这种局面。"赵普提出了异议。

"所以你觉得应该是从蜀国下手？"从周世宗的神色上看，他似乎对赵普提出的异议更加感兴趣。

"北汉和辽国刚刚被皇上御驾亲征杀伐如屠。这一趟大战下来,他们一时之间元气难复。国人、兵将皆心惊胆寒,短时间内再不敢轻越雷池。所以北部倒是可以暂时放松。南唐不能动倒是事实,刚才九重将军的分析点点入扣。动了南唐,犹如给自己挖陷自埋。如果说要打破套住我们的铁桶,我觉得从蜀国下手倒是最为合适。"

"这怎么可以,如果动了他们谁再来和我们易货,我国内缺粮少盐的困境如何摆脱?再说了,军马一动,那就是粮海银路,这费用从何而来?"王策觉得赵普的说法太过离奇,所以一下就将他的话头打断。

旁边的赵匡胤一言未发,从表情上完全看不出他真实的想法。

暗疫攻

周世宗没有理会王策,而是朝赵普简单说一句:"继续,说清理由。"

"蜀国西边是吐蕃,与其素无瓜葛,不会给予他支持。南边大理和交趾,蛮荒的偏僻小国,就算愿意给予蜀国支持也没有这种力量。东边楚地和南平,楚地为我附属,只会为我所用;南平众夹下的小国,一直都是处于中立。至于南唐,现在仍是李璟为皇。所以如果是南唐出事,权力全交给李弘冀,蜀国可能会为其出兵夹击我国。而现在蜀国出事,南唐无碍,李璟又岂会为了蜀国夹击我国?至于粮草的确是个问题,但是皇上不是刚刚得到告喜急报,所缴佛财可观。那么等全国佛财都收至七八成的时候,便以此为军需出兵。而且只要一举推进蜀境几十里,那么他们运往边界易货的粮盐就全是我们的。到时候便再不用为粮草发愁,乘胜而尽可将蜀国拿下。"

"对!然后我们再用夺取的蜀国粮草为军需,召集吴越与楚地两侧为扰,转而攻取南唐。那时南唐就算让李弘冀为尊,他也没有了蜀国的协同夹击。而南唐一破,我国便可与吴越、楚地接疆连界了。"周世宗突然间激情迸发,仿佛那江山都已经收入囊中。

但周世宗激情的举动只是一现即收,随即他便恢复成和原来一样冷静且冷峻的状态，转而问已经很长时间没有说话的赵匡胤："九重将军，他们出使蜀国的前后经过、所见所遇都与你说了，轻重缓急的度衡你心中也自然清楚。我只问你，现在你是否还觉得出兵蜀国不妥？一定要告诉我实话，因为如若你也确实觉得此举可行的话，这次我想让你领禁军出击，一举突破蜀界。"

"不是时候，现在还不是时候。"赵匡胤轻声回一句。

"此话怎讲？"周世宗没有想到赵匡胤是这样的回答，他觉得赵匡胤本该比自己更加激情昂扬才对。

"佛财收缴到七八成肯定需要很长一段时日，而且我估计下一阶段的收缴可能还会出现意外和迟缓，不会像这两天这么顺利。而征缴庙产佛财之后我觉得最需要做的是安抚民心、平定内境，不宜仓促间再动刀兵。否则蜀国虽无外援可借，说不定倒会是我大周后院起火而解他所困。"赵匡胤没有说得太明显，更没有直揭伤疤。因为他不想周世宗难得的好心情被自己破坏，更不想因为破坏周世宗的好心情而引火烧身。取佛财之计虽然是赵普提醒的自己，却是自己留密折给周世宗的。如果自己现在将周世宗以霹雳手段收取佛财的后果推断得太过严重，赵普完全可以推说没有此事，而自己却是脱不了干系的。

"我知道你的意思，灭佛取财的后果我也想过。但是被逼绝境就只能铤而走险。我相信你留密折的初衷也应该是这样的。"

又是提到灭佛取财，自己"佛财"两字之前怎么会出现"灭取"两字的？赵匡胤的脑筋又回到了这件蹊跷的事上。对了，不仅是这密折，还有自己被困刘总寨之后假传的白虎堂军文。如果那军文只是为了私怨也就罢了，但显然不是，而且为了阻止自己及时回到汴京，阻止自己更早地发现"灭取"两字，阻止自己纠正周世宗的错误决策。如果确实是这样的话，那么在大周官家、军家的上层中肯定存在问题，而正因为存在问题，就更不应该选择这个时候出兵蜀国。

"皇上，我知道你心中的宏图大志。但既然这取佛财的事情已经做下了，那就一定在此事完全平复之后才能再动刀兵。否则众多信奉佛家的百姓正在心中怨愤之际，皇家突然又大动刀兵杀伐，势必使得民心不护、百业不振、生活凄苦，到时候怕生内乱。所以我觉得眼前针对蜀国的政策应该是以非常手段进行制约，搅乱他原本的计划，拖延他可能的出兵时间才对。"赵匡胤也知道周世宗所谓的铤而走险是什么意思，所以只能将话说得更加明朗一些。

"你能说得更详尽一些吗？"周世宗是个不喜欢空谈的人。

赵匡胤没有马上回应世宗，而是沉默了一会儿。这一刻他想到自己在返回京师路上的遭遇，想到自己被困刘总寨的郁闷。连续十几天，一直处于缩头挨打的局面，那情形现在想来犹心有余悸。虽说当时自己的手下兵强马壮，亲兵护卫加上刘总寨驻军人数不算少，但自始至终都被别人真真假假的一些设置压制得毫无还手之力。而且连对方个影子都没见着，对方是什么人、有多少人更无从知晓。然而当自己决定拼死一搏分两路突出时，却并未发现对方面面俱到的杀兜。想走的路都能走通，原先亲眼见到的厉害绞兜也不知道什么时候已经撤除了。种种迹象表明很有可能一开始整个布局就只是以一两个厉害的绞兜和一些怪异的杀器虚张声势，实际上并没有复杂、玄妙的设置。

赵匡胤轻吐了口气，那感觉像是刚刚再次从刘总寨的窘困中脱出，又像是想到如何回应周世宗而显出的轻松。其实此刻在他的感觉中这两件事情已经合二为一，灵光闪动之间，他已经将别人堵困他的方法运用在对蜀国的压制上。

"我们之前暗中在陕南郡遗子坡安排下的三千禁军，是为了在蜀军突袭大周时直插川北东行道，攻青云寨，占据或侵扰蜀兵后援、粮草的必经地。让秦、凤、成、阶四州不能与东西川正常联系，牵制他与我国边界的整个战局。但是现在看来这三千人不能再藏着了，应该立刻让他们露相扎营，并且实营加虚营，大造声势，让蜀国知道他们的存在并感到威胁。另外让陕南道、甘东道在临近蜀境处再另设两处大营。这两个大营作为西南、西北佛财的收缴点，陕南、甘东两区取得的庙产佛财、粮食资物就都送缴到这两处大营。这样的话既可让蜀国觉得我们已经在运送兵马辎重应对他们，而且一旦蜀国出兵，那两营资产还可直接充入军资运用，免了二次运送的周折和时间。"

说到这里赵匡胤停顿一下，他想看看那三人的反应。但是那三人都没有反应，只是把眼睛都盯着他。看得出他们这是在期待赵匡胤说出更多内容来。

"再有，我立刻传信给赵匡义，让其虎豹队立刻偷入蜀境。然后收服或收买蜀境内的江湖力量，冒盗匪的名头破坏和骚扰蜀军运送粮草人马的路径。抢夺地方官衙财物粮食，或直接烧毁府衙和兵营资产。总之是要让蜀境内的秦、凤、成、阶四州动荡不息，官家和兵家疲于奔命。"赵匡胤将想到的几个虚招都说了。

"九重将军就是九重将军，招招都是妙策。这些办法如果实施顺利，我想应该足以将四州的蜀军兵力拖住，只要能拖到我大周缓过元气来了，我们立刻便反手给他一击。"周世宗虽然满口赞许，但说话的底气却不是很足。这也难怪，因为赵匡胤提出的所有办法都是在摆空城计，只要有一个被对方捅破，那么就会满盘皆输。

"确实都是好策略，但只有这些还不够稳当。"赵普这话听着像是要进行一些补充，但随后提出的却是否定的意思，"所有策略虽然会让蜀国有所顾忌，但对已经分批聚集到边界的蜀国军力其实没有任何影响。再倘若他们探知到我边界新建几处大营的真相，然后只以州府衙役捕快和地方自卫自防的人马武力对付局部的破坏和骚乱，那么他们的大军还是没有任何磕绊，随时可以出击，以不可阻挡之势侵入到我国境内。另外，就算我们立刻停止与他易货，不让他们有现成马匹来装备骑卒营也没用。蜀境虽然道路艰险，但我发现他们的信件从成都到凤州只需十天的样子。这是因为蜀马虽矮小却耐力足，翻山过岭比其他马种更具优势。也就是说，蜀国即便不能就地组建骑卒营，他们也可以从各地调遣骑卒在几天内赶到秦、成、阶、凤四州。"

大家听赵普所说之后都频频点头，特别是王策，在一旁连连插话加以佐证。他去过蜀国更了解实际情况，而且这一次他是与赵普协作出使，证明赵普的理论正确其实也是在标榜自己的功劳。

"那么赵参事有没有其他可弥瑕的办法?"赵匡胤主动询问。

"是这样的,我们在从蜀国回来时途经渭南的华塘、戚野、古骏堰这三地时,看到那里的牲畜发生了奇怪的疫症,并且扩散极为迅速。"

"此事我也知道,前段时我收到的加急奏折中就有关于渭南牲畜疫情的,大有不可控制之势。"周世宗立刻想起之前的几张十万火急的奏折。

"对,就是在这三地。我在那里查看了那些被感染后的牲畜,从外表看其实并无异常,根本不像得了怪症。但是一旦这些牲畜大力负载或快速奔跑之后,症状便表现出来。这病的症状非常奇怪也非常简单,就是消耗的体力无法恢复。筋松骨软,内腑抽搐,口鼻呼喷血沫。一旦病情发作,也就没办法治了,不是当场暴毙就是瘫软如死肉。"

"你是要用这些发生疫情的牲畜和蜀国易货,"赵普还丝毫未曾透露自己的真实意图,赵匡胤就已经猜出他想干什么、怎么干了。这就是所谓的知己、默契。

"没错!我就是这想法。疫情发生之后,华塘、戚野、古骏堰三地便一直处于封闭状态,畜许进不许出。所以这消息一直未曾外传,蜀国应该毫不知晓。而这些牲畜外表看不出有病症,我们只需缓缓赶去,交易之前再喂些兴奋的刺激药物,那些牲口的样子就会显得生龙活虎般。而只要是将这些牲口易货给了蜀国,不但是将他们就地装备轻骑铁骑的计划打破,而且疫情传播之后,导致蜀国原有马匹牲口也不能为用。这样一来,蜀国至少在三年内不能为战。"

"好!太好了!不用三年,只需一年。一旦我大周这一轮窘迫缓解之后,下一步首先拿他蜀国开刀!"周世宗拍龙案而起,这一刻他眼中凶光毕见,让人看着气短心怯。

赵匡胤微微点了下头,王策则眯眼捋一把胡须。反倒是出主意的赵普蹙紧着眉头,似乎在担心着什么,又好像是对什么感到不满意。三个人此刻的心思没人知道,但是可以很明显地看出他们心中所想并不相同。

第五章　灭佛取财

自续骨

齐君元在纵身跃下悬崖的同时抛出了袖中的钩子，就像他在濉州城跃下步升桥时一样。所不同的是他这次抛出的不是普通的小钢钩而是钓鲲钩。

钓鲲钩内弯为刃，用它勾住土面、草木，刃口会破切开土面、草木继续下行，而这也正是齐君元想要的效果。上有追逼的高手，所以此时想办法在石壁上挂住身体不下去并非一个好主意，而是要有个牵拉力让自己缓慢而下。

如果不是运用的钓鲲钩，如果没有这种破切往下的力道作为缓冲，如果没有无色犀筋的拉伸缓冲，那么在身体重量以及重力加速度的作用下，齐君元要么只能松脱钩子后面的无色犀筋索让自己直坠崖底，要么就是被坚韧的犀筋索将手臂生生勒绞下来。

但钓鲲钩不可能一路破切到崖底，中途肯定会有硬物能够将它彻底挡住。齐君元从手中所缠犀筋索瞬间加大的拉伸和越来越剧烈的抖动上预感到钩子将被挡住，于是抢在这之前双脚猛蹬一下石壁，将自己的身体荡了出去。这样一来，那钩子突然被阻挡住的瞬间他的身体正好是往斜上方荡起的。直线下坠的力道发生转移变得很小，犀筋索对手臂的勒劲也是处在最小的时候。

而就在荡起的身体将要二次下落的刹那间，他果断抖索撤钩，让身体朝崖下离他最近的一团黑影落了下去。这一团黑影他是借助崖顶追着自己下来的"千里明火"瞅准的，黑影很高，至少可以减少悬崖五分之一的落距。但齐君元并没有看清那黑影是什么，所以他这次完全是在赌命。如果那团黑影是个独峰或矮岭，那么他将被摔撞成一摊捡不起来的烂肉。但如果那是一簇高耸的大树冠子，那他将有可能获得第二次、第三次的坠落缓冲，说不定就将自己的这条命给捡了回来。

齐君元很幸运，那真是一棵百尺大树的树冠，而他也正好落在了树冠的一侧。身体压断树枝的声响就像在放鞭炮，树冠顶上那些细嫩的树枝连续阻挡，给齐君元提供了第二次缓冲。

而当他坠下有半个树高时，撤回的钓鲲钩刚好再次挂到树顶。于是齐君元有了第三轮缓冲。钩刃在树冠中左一钩右一绊，切破了树干、割开了树皮、削断了枝叶。此刻虽然仍是处于下坠状态，但在下面树枝阻挡、上面钩子挂带的作用下，坠落的速度已经很慢。最后齐君元的身体在树冠最靠下的几根大树杈上连续弹跳几下，再没能将枝杈撞断，而是在改换了几次翻滚的方向后直落到地面。

落地的声响很沉闷，但在齐君元的听觉中，这声响仿佛是要由内而外地冲破耳膜。而且这声响经久不息，在他的丹田、心口、咽喉、大脑这一路反复冲荡，让他的思维空间也完全充斥着这种单调的声响。

终于，在喉头发出一记"咯"声并连续吐出几口鲜血之后，那股子在体内冲荡的声响才渐渐淡去，思维也才渐渐清晰。

思维清晰是好事，这可以给他带来正确的感觉。虽然齐君元现在所有的感觉只有一个，就是浑身上下难以承受的疼痛，其实有时候能感觉到疼痛也是好事，由此可以判断自己的身体虽然破损得厉害，但至少那些受损的部分都还与大脑神经相通，没有哪部分完全失去控制。

齐君元平静地侧趴在地上，安静地体会着身体各处的疼痛。能保持这种状态真的很难得，只有像他这样一个经过严格训练的优秀刺客才能做到。但身体的平静并不代表心里的平静，就算优秀的刺客也会心焦心急，急于移动自己，急于离开这个地方。

崖顶上的人扔"千里明火"就是为了确定齐君元落下崖底的位置，而且能迅速做出这种反应的高手也一定可以锁定他摔落的位置。所以很快就会有人绕道或采用器械绳索下到崖底，来确定齐君元的死活，查找他身上携带的所有线索。

但是目前齐君元只能以最初摔下的姿势一动不动地待在那里，没有一点其他办法。在没有通过各部位的疼痛确定自己的身体状况之前，在没有确认自己应该如何移动自己的身体之前，一个小小的错误动作就有可能造成身体永远不能恢复的伤害，甚至从此趴在此处再不能起来。所以虽然身体上

第五章　灭佛取财

下都在疼痛，但齐君元已经开始恢复的敏锐感觉中，每一处的疼痛都是有区别的。

齐君元微微拉长呼吸节奏，尽量使自己平静。这样是为了感觉疼痛，也是为了构思。但这一次他构思的不再是个意境深远的山水画，而是一个非常写实的人体画。他将感觉到的所有疼痛都融入到这人体画中，不同的疼痛，不同的部位，说明的问题也不一样。他要在这人体画中确定自己的伤势，了解自己应该以怎样的程序和方式来移动自己，逃离此处。

感觉疼痛的过程很煎熬也很辛苦，构思的过程很疲惫也很艰难。齐君元几次想暂停一下睡一会儿再继续，但每当有这念头他都强行抑制。他知道这所谓的睡一会儿其实就是昏迷，而此时一旦昏迷过去，也就意味着自己放弃了所有，自由、尊严、希望、生命。

雾气已经消散殆尽，已经可以若隐若现地看出山岭树木的轮廓。这时从上面崖顶上传来一阵嘈杂声，接着几个火球飞射下来。这是用的"火笼箭"，这种箭可以在夜间准确地对需要的位置进行照明，一般是军中用来发现趁黑偷偷接近的敌人的。

射下来的"火笼箭"有七八支了，有的落在树干上，有的落在地面上。但上面的人并没有看到齐君元到底在哪里，就连树冠上的断枝也没看出几根。这是因为距离确实远了些，那大树冠也着实茂密了些。还有就是齐君元选择的位置很好，落下时刚好是在树冠一侧接近树干的位置，有浓密的枝叶遮挡，"火笼箭"射不到这个位置。

也就在崖顶上吵吵着让人赶紧去找绳索时，齐君元的肩头微微摆动了一下。他构思的人体图已经与所有不同感觉的疼痛一一对应，内脏已经通过了几轮气息回转应该没有大的损伤。现在可以开始按一定步骤让身体动一动了，将没有受到大损伤的部位先确定下来。

肩头、上臂，然后才是脖颈，脖颈之后是背、是腰……虽然身体动作之后会带来更加剧烈的疼痛，但是齐君元很情愿承受这样的疼痛，因为这意味着他正在朝着活命、活路接近。

当动到左大腿时，他除了疼痛还找到一些麻痹的感觉。人体是个具有自我保护意识的组织，当一处疼痛超过极限时，则会出现肿胀、淤结来压迫神经，让疼痛不能完全被神经传递到大脑。而由于神经遭受压迫，就会出现很明显的麻痹感来取代疼痛。

"大腿骨断了，必须抓紧时间马上处理下。"齐君元先是在心中非常肯定地告诉自己，然后才伸手摸到左大腿处确认自己的判断。

大腿骨不但断了，而且大幅度地移位。断骨已经扎到了肉里，所以才会这么快就出现麻痹现象。如果不马上复位并固定，那么就算保住性命，这条腿也得残废了。反之也是同样的道理，不能将这骨头复位好并固定住，就根本无法拖着它逃离此地。那么不管这腿废不废，性命都是保不住的。

齐君元想都没想，从地上摸索到一根枝条咬在嘴里，然后双手捧住大腿猛然间使出一个扭劲。只听见喉间发出一声闷哼，腿上发出一声脆响，那移位的断骨被逆转回来。对正骨位对于离恨谷的刺客们来说是件简单的事情，他们杀人的基础就是要了解人体的组成和构造，而求生的基础则是要懂得如何修复和恢复肢体功能。但是眼下的情况却又不简单，一个是要自己给自己正骨，这需要很大的勇气和娴熟的手法；再一个这过程还需要极大的忍耐力，强忍住剧痛，始终保持清醒，千万不能被疼痛感击溃心力和脑力而昏迷。

将大腿断骨位置对好后，齐君元拿出了两枚子牙钩，对准位置按下。子牙钩轻松弹射入皮肉、钉进断骨。这两下是痛上加痛。齐君元虽然嘴里咬着树枝没有发出声音，但身体却是疼得直抽抽，一口气憋在心头许久许久不曾吐出。终于，他缓缓地将咬在口中的树枝吐出来，喉头涌动两下又喷出几口鲜血。这才将憋在心头的那口气带出，整个气息循环舒缓过来。

用子牙钩固定好断骨之后，齐君元很果断地站立起来，然后快速检查了一下身上的其他伤口。

其实此时齐君元身上已经很难看清伤口，他的衣物已经被树枝撕挂成一条条的，而这些布条全被血液黏贴在身上。只是有许多布条都在往下滴着血，这才可以由此而知黏贴的布条下有着血流不止的伤口。

齐君元顺着滴血的布条很快找到几处出血量较大的伤口，然后掏出一把倒齿小鱼钩，将伤口边缘对正，用一只只鱼钩将伤口钩缝住。再拿出金创药倒在合好的伤口上，药末盖得很厚。

所有过程有条不紊但速度却不慢，由此可见齐君元内心的强大，还有他那份面对危机的镇定和承受疼痛的坚忍都非常人能比。

谁漏信

此时崖顶上已经有人顺着绳索下来，动作很快、很轻盈。由此可以看得出，下来的都是高手。而实际上也只有真正的高手敢下来，因为这是数十丈高的悬崖，因为完全不知道崖底的情况，因为跃到崖下的是齐君元。

处理好伤口之后，齐君元随手从旁边抓起一把草叶，在身体上下刷抹一遍，将挂在破碎布条上的血滴都扫净。这是怕自己逃走过程中会留下明显的血迹被别人循迹追踪。然后他才捡起一根压断落下的树枝，支撑着自己的断腿往林深叶密处逃去。

这一次齐君元的想法很简单，逃得越快越好、越远越好。因为这次他见到了卜福，卜福也见到了他。卜福在灌州将他下步升桥返回原处的逃脱伎俩全盘查辨出来，否则不可能及时赶回临荆县并在北城外的山上堵住他们。所以有卜福在，再想采取就近躲藏蒙混脱身的办法绝对不行。而且自己从如此高的地方摔下，各种迹象和留下的血迹都可以证明自己受伤颇重，不可能远逃。而最好的逃离方法就是出乎追踪者判断的方法，所以这一次齐君元确定自己是逃得越快越安全。

事实和齐君元预料的完全一样，卜福的思路果真是这样的，他们的追踪查找全都集中在附近范围内。

不过还是有人发现到奇怪的痕迹，并且顺着痕迹追踪下去，那痕迹是齐君元支撑断腿行走的树枝一路戳点出来的。但齐君元早就意识到这会是个危险点，所以每走一段就会换一个支撑物。第二件是大枯木棍，第三件是个连根拔起的树苗。然后在行走的过程中还连续几次飞出锚钩挂住高处的树枝，以犀筋索吊起身体荡向前方，这样一来便可以在数十步内没有一点痕迹。所以在他更换到第三件支撑物后卜福断然确定,之前的痕迹都是假象,人肯定还是躲在附近没有走远。

齐君元一条腿不方便,所以离开烟重津地界的最快方法应该是赶到江边或河边,然后设法搞到一个筏子或小船顺流而下。但是他没有这样做,因为这方法卜福肯定也能想到。一旦卜福在附近没有搜索到自己后,肯定会发飞信通知南平军队沿河流堵截,到那时自己身随水行反倒一点逃脱办法都没有了。所以齐君元拖着一条断腿,忍着浑身伤痛,坚持在崇山峻岭间跋涉。他选择的逃脱方向是一直往南,这样只要过了南平境进入到楚地,就不会再有大范围的追捕了。

不过这一点齐君元倒是想得过于谨慎了,卜福的主要职责是保护顾子敬和萧俨,而且他已经抓住一个裴盛。所以当确认齐君元已经逃离搜索范围后,他立刻放弃继续追踪,然后带人回去,保护使队快速通过了烟重津。

北宋残本《荆南陈事集》中有录:"……值夏,多雨水,烟津土松山倾。界军三百余人护唐使过,泥石俱下,道塌掩,军卒或坠或埋,无一生还。唯唐使数十人滞后,得存。"

这书里说南平军三百多人护送唐使过烟重津是因山体滑坡全数丧命的,而非被杀。但想想也是,这种地方事录的书籍都是由官家监督撰写的。如果是将这一个刺杀了数百人的刺局真实记录了,那也太过惊世骇俗了,免不了会被一些人利用来蛊吓民众、引起恐慌。

直到进入楚地境内,齐君元才找了一个偏僻的山村人家借住下来。只说自己是替老板到山里收药材的,迷路之后不小心掉入山涧。然后尽量多给钱,让这人家替他买药、买衣,再多做有助断骨和伤口恢复的食物。在这里休养了有两个月,直到天气转凉、伤损基本恢复这才告辞离开。这也就是他当时对断骨和伤口处理正确,携带的金创药具有特效,否则恢复得不会这么快。

在这两个月里伤痛还是其次,倒是不断有疑问在纠缠着齐君元。没事时他定下心来将所有疑问、疑点仔细梳理了一遍。

第五章　灭佛取财

首先这烟重津布刺局的消息怎么会泄露出去的？自己这几个人里只有六指单独离开过，难道是他泄露的消息？那也不对，六指只是在准备动手的前两天才外出打探使队情况的，如果是他透露的消息，那么对方不可能那么快就调来九流侯府的高手设下反兜。对方应该在更早的时候得到消息才可能布下这样严密的反兜手段。

难道又是秦笙笙？但是这一次秦笙笙并没有像灌洲城里那样有自己的私人理由，而且她也一直和自己在一起，没有机会去泄露消息。但是秦笙笙在布设刺局的前后性情很是反常，完全没了以往那种率真莽撞的样子，所行所言都显得极有城府。而且最后自己和秦笙笙被困岭顶的时候，她明明可以通过声响辨别出沿岭顶往东去的方向已经被高手堵住，却为何在刀盾兵卒的堵圈上寻隙时反没了辨别能力，直到对方已经到了近前火光突然亮起这才发觉？还有她利用宿鸟飞离锁兜（围困的布局）是预先筹算好的还是即兴所为？如果是筹算好的，那她故意让自己单独陷入锁兜之中又是什么意图？

伤好之后的齐君元其实可以直接回离恨谷，虽然他几次刺活儿都未能成功，但是从他的设计和行动上论都是没有问题的。而是"刺刃有豁"（意思是整个刺活儿的接受、组织、布置、操作上有缺口、有漏洞），刺标每次都能躲在豁子里，所有活儿根本就是"刺不能及标"（刺标总是躲在刺杀范围之外的意思）。所以可以回去提请衡行庐派人严查，看到底是在哪个环节上起了豁子。

但是已经踏上回谷道路的齐君元踌躇了下又转了方向，他觉得自己还是应该先将自己所带的那几个人弄清楚。只有先确定这些人没有问题了，那么才可以更加理直气壮地回离恨谷要求严查其他环节。其实让他做出这样决定的还是因为秦笙笙，就他和秦笙笙、王炎霸从东贤山庄赶往呼壶里的一路上，秦笙笙对他表现出的情感很微妙，那是一种融合了信任、依赖、难舍的感觉。虽然齐君元不敢奢想这种情感会上升为男女之间最为亲近的关系，但他知道具有这样情感的人绝不会故意引导自己陷入有死无回的兜子中。所以他要查清背后的真相，到底那说不清道不明的情感是真的，还是陷自己于不复之地的手段是真的？还有这刺局的意义到底是什么，自己到底是杀人的刺儿还是被故意丢入兜子的标儿？

可是现在秦笙笙他们会在哪里呢？烟重津一刺遭遇到那么强大力量的反兜，所有人肯定都已经各顾各地逃命了。而之后如果没有接到后续的指令，应该是回谷的回谷，回掩身处的回掩身处。但是齐君元心中却断然否定了自己的这种想法，他觉得这些人绝不会回去，他们肯定还有没做完的活儿。只是这些活儿都刻意地将自己排除在外，也不让自己知道一点有关信息。就像护送秦笙笙去呼壶里一样，到最后知道已经是同门相搏了，他还是一头雾水，只是凭着一份执着和一份深藏心底的情感而全力保护着秦笙笙。

"呼壶里，还是呼壶里！"齐君元突然意识到一个关键点。秦笙笙本来要做的活儿是通过呼壶里进行的，但是却因为路上耽搁错过时限，就这事情王炎霸、楼凤山他们本来是要拿住秦笙笙回离恨谷衡行庐问罪的。但是后来谷里另行安排了烟重津杀局，而且有秦笙笙的参与名额，根本没有提到她延误时间错过时机的罪责。那么会不会是另有机会弥补错过的时机？烟重津事情做完之后她就重新回到呼壶里再继续做之前的活儿。

而且楼凤山在呼壶里有个固隐点，就算他们没回去呼壶里，那楼凤山终究是要回去的，通过他应该也可以打听到一些信息。如果楼凤山也暂时没有回去，那在他的固隐点应该还是可以找到一些迹象，摸出他们原本执行的活儿是去往哪个大概方向的。

齐君元决定再去呼壶里，于是雇了一辆马车往南而去。不知为何，这次上路之后，他的心中始终充斥着某种不安。虽然自己和以往并无什么改变，但是齐君元却觉得自己像是失去了所有的隐蔽和伪装，不再是一堆豆子里的一颗。随时随地都能构思出危险的意境，在他心头隐隐围绕。

齐君元是个谨慎的人，在感觉不是太好的状况下，他尽量不走官道、不经州府、不宿城镇，而是选择城外小道、山间野径而行。这样一来，路上的时间就拖长了，以至于最后因为突然的意外而未能赶到呼壶里。

第六章　假痴不癫

识其影

　　这一天是范啸天第三次进入天马山墓群挖掘地，与他同行的全是周行逢手下最亲信的高手。但是他们相互间却很难知道谁是谁，因为所有人都戴着傩面具，包括范啸天。戴傩面具肯定不是为了装饰，而是不想让别人看出真实面目来。这特权是周行逢专门给自己身边执行特殊任务的高手们的，因为他们经常会为自己办一些秘密的事情，不能让别人认出，更不能因为认出而知道是自己派遣的。还有一个，他们办的事情好多是要与权贵、重臣还有周家亲属直接打交道的，所以这也是为了保护那些高手避免被人记住，日后遭到打击报复。

　　那天在确认唐德掌握宝藏信息且心怀叵测之念后，周行逢立刻将正在外面办事的虎禅子调回，由他负责对唐德的监控，务必将宝藏之事查清并转交周行逢亲自操作。

　　虎禅子是一众聚义处的老大，被招安前原本是以莲白洞的一座寺庙为自己的匪窝。因为聚集了一帮江湖中的异士能人，力量十分雄厚，所以被潭、秦、湘三州黑道奉为盟主。归顺周行逢后他便坐了一众聚义处的头把交椅，官位则为潭州内防督检使兼近卫总教头。

　　虎禅子原来虽然以寺庙为据点，但他不是和尚。只是因为天生一个秃瓢，半毫不长，所以经常被误认为是和尚。于是他索性就冒充和尚，在原来的名字"胡畅"两字后面又加了个"子"字。胡畅子胖乎乎的一张肥脸整天笑眯眯的，看着确实很像是个慈悲的佛陀。但其实此人极为凶狠毒辣，江湖上对决从不留活口，拿他的话来说就是"老虎也怕不死蛇"。再加上他擅长的异形兵器是一对白虎牙，因此后来江湖上都管他叫虎禅子。

　　虎禅子接到周行逢密令赶回之后，先问清整个事情的来龙去脉和细节，这才在他含义不明的微笑中现出一丝恍然若悟的神情。真的很巧，他最近外出办理的事情正是与此有关。前些天他的手下密探通报，说南唐夜宴队梁铁桥带大批高手偷入楚地，不知是何居心。由于楚地和南唐之前曾有过战事，所以相互间一直严加提防。这次南唐方面稍有些异动楚地密探便马上获取到了消息，并且始终将其行踪牢牢掌控。反而是人数更为众多的大周鹰狼队和带有异兽的蜀国不问源馆潜入楚地后都未曾被察觉。

　　周行逢也是史上少有的一代枭雄，很懂信人用人的一套。不管是谁，一旦被他证实是可以信任的，那他就会毫无顾忌地引为己用。范啸天似乎很成功地被周行逢信任了，因为所有的表现都显示他这个人很简单。一个是思想很简单，如果脑筋稍微能转动一下的话，他怎么都不会来找周行逢商谈杀唐德的事情。还有是目的很简单，在周行逢眼中他就是个为了挣钱而杀人的人，当然，如果你给他更多的钱他也可以不去杀要杀的人。

　　但是所谓的信任只是似乎，所有的一切都是表象，其实谁都不清楚周行逢心中真实的想法。真正的枭雄是不会信任任何一个人的，所有人在他的衡量标准中只是看有多大的利用价值。而范啸天目前应该还是具有一定利用价值的，在周行逢周围可利用的人中，只有他对那个大家都在争夺的宝藏有所了解。所以他才被很夸张、很虚浮地圈入周行逢信任的范围。

　　范啸天虽然江湖经验不多，但是当他第一次去往唐德所在的天马山汉墓挖掘营地时，就已经看出唐德是个心思缜密、别有想法的人。因为唐德的做

第六章　假痴不癫

法本身就不江湖，而是采用的兵家、官家常用的办法，但这个方法相对来说应该是目前最为合适有效的。

唐德将上德塬子弟押到天马山后，并没有逼问其中任何一个人，甚至都没有表现出自己已经知道了关于宝藏的消息。只是让这些人替自己盗挖天马山汉墓，并且待遇很是不错。

盗挖的活儿也不算累，每天能做多少就做多少，然后在一定范围能随便活动，这也算有点自由。但其实在这盗挖营地的外围，团团围住了三重御外营兵卒。唐德之前已经下了死令，绝不许一个上德塬的人从盗挖营里逃出。

兵家、官家在抓捕大批战俘或贼匪却又辨别不出混在其中的首领时，往往会采用这样的方法。这是让他们处于极为正常的状态，然后从他们的自然反应以及企图异动的状态中将首领找出。唐德这样做的目的也一样，他是要让这些人中掌握宝藏的人放松警惕，然后从最自然的反应中流露出异样来。因为一个藏有如此巨大秘密的人，心理和情绪的反应会和别人有很大区别。惧怕、担忧、警觉，还有试图逃离。唐德非常自信这种方法会很快见到效果，用不了几天就能找出知道宝藏秘密的正点子。这是因为他身边还有个观察力和辨别力超出常人许多倍的大天目。

在这一做法上唐德是睿智的。如果是采用逼供的手段，上德塬人被抓的人不算少，对他唐德又心怀灭族的仇恨，一一刑讯逼供也不知要到什么时候才能查出正点子。而且其中要是有两三个胡乱给自己一些假信息，他便会被牵着鼻子疲于奔波地去证实。浪费大量人力是肯定的，说不定还会被其他国家的秘密力量借此找到自己所在，然后设法夺走上德塬的人或者直接从他们身上夺取到寻找宝藏的先机。

范啸天之前跟着虎禅子来过两次，是拿着周行逢的手令大摇大摆进去的，找的由头很简单。头一次是说南唐提税，楚地受冲击，库银紧张，调拨困窘，所以周行逢很关心唐德盗取墓财的情况。然后听说最近唐德带人在附近的天马山盗挖，便派他虎禅子来看看进度。

第二次是说天马山汉墓临近潭州，又是古代重墓，占据着重要的风水位置，所以让虎禅子带两个风水方面的高人来看一下动了天马山的墓穴会不会将整个潭州的风水局相破了。据传说，天马山墓葬可能是一个王墓，然后又分布着些王妃王子和重臣的墓穴，所以其中陪葬财富肯定不菲。而王墓的位置肯定是在极为重要的风水位上，占据龙脉凤顶。所以这两个理由都名正言顺，没有一点漏洞。

但是上两次来过后虎禅子发现，这个挖墓的营地全然像个采石的营地。除了挖出一两个没什么陪葬物的低等级墓穴外，这些天最大的收获就是挖取了大量的石头，将天马山的一面矮坡给破了相。

出现这种状况主要有两个原因，一个是上德塬的人心中有着仇怨，并不用心为唐德做事。而唐德他们的目的不在此，也不严加督促。再一个就是天马山汉墓建造得确实很隐蔽、很牢固，无法找准重穴的位置在哪里。开挖后处处碰到的都是山石原石，非常的费工费力。

但是看到这种状况的虎禅子却不是这么想的，他汇报周行逢时是说天马山汉墓的挖掘只是个表象，其实很大可能是唐德在用这种慢磨筋骨的方法逼迫这些人交出宝藏的秘密。

虎禅子这样说也不无道理，他原来做山匪时为了逼迫抓来的商客、富户交出藏银也是经常采用这种方法。因为摧毁别人意志的方法虽然很多，但是有效的并且保持那些人头脑清醒而最终甘愿屈服的方法，莫过于让他们在毫无希望和目的的状态下进行天长日久、枯燥乏味的辛苦劳作。

范啸天虽然也已经来过两次，但他却根本不会关心此处墓穴的盗挖情况，更不会管他什么风水。他的目的只有两个，一个是找人，还有一个是找路。

找人当然是找倪大丫。其实就他所接离恨谷布置的活儿只需要找到倪大丫，将那个皮卷偷偷给他就行了。但是现在情况却不同了，因为他是和倪稻花一起来的，而倪稻花到这里是来救人的。所以范啸天还得找路，找可以让上德塬族人逃出去的路。

倪稻花不是离恨谷的人，范啸天本来对她的事情可以不予理会。问题是范啸天这次唯一的合作伙伴哑巴，却更加听从倪稻花的吩咐，心甘情愿地帮着倪稻花救人。范啸天没有办法，最终只能将两件事情一起给办了。这其中

第六章　假痴不癫

其实是有个互惠互利的关系在，因为不管范啸天是否能顺利接近周行逢并且找到唐德，其实都是将自己置于一个极为危险的境地，随时都可能需要急速撤离或就地躲藏。这样的话外围就不能没有接应的人，撤离和躲藏都是需要提前安排妥当的。而当他一踏进周行逢府中，这些事情就只能靠哑巴和倪稻花来做了。

第一次进入天马山他就见到了倪大丫。虽然他之前并没有见过倪大丫，但是倪稻花只描述了一遍倪大丫的长相他便记住了。因为这个倪大丫的相貌真的太好认了，尖嘴缩腮、冲鼻豆眼，这老鼠一般的模样本就不难认。再加上左耳缺半只，还有一双与其瘦小身体极不成比例的大脚丫，这两个明显特征即便是在熙攘的人群中也能一眼辨出。

第二次进入天马山后他不但见到了倪大丫，而且还发现了一条有可能行得通的路径。这是唐德手下几重严密囚押设置上的一个隙儿，之所以会出现这样的隙儿，应该是唐德使用的人手太杂而导致的。官兵、庄丁、鬼卒，还有一帮子江湖高手，他们之间并没有太紧密的关系，有些甚至根本就没见过面。所以这样一个组织就算再加几重严守的圈子，也难免不会出现漏洞。

但是这两次范啸天始终都不曾有机会和倪大丫接触，更不曾有机会证实下那路径到底能不能行得通。因为就在他刚刚踏入营地之时，就感觉在某个地方有双眼睛一直死死地盯着自己，让他一点小动作都不敢做。

盯住范啸天的那双眼睛是大天目的。大天目的这双大眼睛里这辈子都没走过虚影儿，偏偏是那天夜里在半子德院前丢了脸，一个人扮的墙垛她没能看出来。也就是在墙垛显出真形的那个瞬间，她将这个羞耻牢牢地烙在心上了，同时还将制造羞耻的那个人的身影牢牢刻在了记忆里。

范啸天第一次进入盗挖的营地就被大天目发现了，虽然一开始她并没有想到这就是在半子德院瞒过自己眼睛的那个人。但她却非常确定这个戴着红底黑玄线傩面具的人她肯定见过，而且记忆非常深刻。所以从那一刻开始，大天目那双可以窥破阴阳的明眼便再没有离开过范啸天。

范啸天在避让两个抬着大石的上德塬族人时，连续的两个退步终于被大天目看出这就是那天夜里用融境之技骗过自己眼睛的那个人。因为这两个退步的步法和范啸天那次撤去墙垛假象急退离开时采用的步法是完全一样的。

入筐石

在确认带傩面具的高手中有范啸天之后，大天目一下被惊住了。她怎么都没有想到，那天夜里偷入东贤山庄的刺客竟然会是一众聚义处的人。

不过回过头来想想也是，如果不是一众聚义处的高手，又怎么会瞒过自己的眼睛。如果不是一众聚义处的高手，又怎么会在东贤山庄高手的重重围困下依旧镇定自若、有恃无恐。但是一众聚义处是由周行逢直接统辖，而周行逢和唐德的关系世人皆知，他们又怎么会盯上唐德的？是周行逢亲下的指示吗？这其中恐怕是有什么误会吧。

大天目是个明眼人，而明眼人除了一对眼睛不同凡人外，心眼也是玲珑如仙。她联想到东贤山庄的一夜混战，联想到几国秘密力量齐聚楚地，联想到敢叫明三天内便要了唐德性命的那个人，联想到那人只用几个不知真假的信息便可以驱动几国秘行力量为自己所用。

"应该是这样的！"大天目在这一刻似乎完全明白到底是怎么回事了。她确定之所以会发生这么蹊跷的事情，这么多的事情，是因为唐德涉足了他不该进入的范围，而且无意间拿了别人想要的东西。而这个别人，除了那几个国家外，应该还有周行逢。

这件事情大天目没敢立刻声张，只担心自己会不会辨认错了。于是反复盯住范啸天进行观察，但是最终的结果还是告诉她，此人便是彼人，绝不会有错。

确定之后，事情反倒变得更加难办。这情况如果告诉唐德的话，却没有一个人可以帮她佐证，这样自己倒有可能落个挑拨他们翁婿间关系的罪名。如果不告诉唐德并及时采取相应的措施，解释误会、证明自己，那么就会陷唐德于不忠不孝的境地之中，最后可能连解释和证明的机会都没有了。

思来想去，大天目决定还是先找大悲咒商量下。他们原属五大庄的五

第六章 假痴不癫

个头领是一个头磕在地上的结义兄妹，虽然大傩师年龄最长，但其实真正的老大是大悲咒。因为大悲咒在他们中除了功力、能耐最强外，而且心性灵通，仙凡双悟，不管俗务玄事都能一眼看出本质来。另外，五大高手只他们两个随唐德来到潭州，大天目除了大悲咒外也再无其他人可以商议这种尴尬的事情。

　　大悲咒听大天目讲述了整个事情的细节关联后，很慎重地冥想了好久，然后才缓缓说出比较成熟的看法："从你的发现来看，上德塬与一个巨大宝藏有关的事情楚主应该早已知道，并且派出一众聚义处的高手暗中行动，与其他几国秘行组织争夺这个秘密。但偏偏是对此宝藏秘密毫不知情的唐庄主为了盗挖墓财之事灭族上德塬，将青壮男子都擒拿了。而楚主并不清楚唐庄主此举的意图，认为他是心怀鬼胎，想要瞒着自己出手夺了那宝藏，所以让一众聚义处的人潜入庄中调查。而唐庄主从东贤山庄出来后用障眼法押着上德塬的人掩身而遁，偷偷来到天马山。如若是其他刺客和秘行力量这也就再难将我们找到，但是一众聚义处的人要想找到这地方却是非常容易的。所以继续以各种名义过来窥察。"

　　"这些都能说通，我只是奇怪，如果当时潜入之人都是一众聚义处的，那么为何要放言三天内刺杀唐庄主？又为何将一些关于宝藏的信息告诉其他国家的秘行力量？"大天目始终有些关节没有理解。

　　"我们出来后一直都没得到庄里的消息，应该什么事情都未发生。而你也发现那些自称刺客并说三天内刺杀唐庄主的人也都到了潭州。现在想来，当时他们说自己是刺客其实是想隐瞒一众聚义处的真实身份。而说三日内杀死庄主的那人，他的本意可能是暗指要将庄主夺取宝藏、图谋不轨的事情报告楚主，让他没几天好活。至于将一些信息告诉其他国家的秘行力量，并且利用那些秘行力量与我们对抗。一种可能是信息中含有虚假成分，将那几路秘行力量引上歧路。还有一种可能就是确实有些真实信息，但他的意图是要将庄主逼出老巢。你可以想象，如果我们现在还在东贤山庄，一众聚义处的人能这么随意就见到上德塬的人吗？与我们对抗其实很简单，一是他们不能暴露自己的真实身份，这是为了下一步行动的需要，也是生怕让庄主知道后采取其他应对措施。还有是要保住一些上德塬的证据，不能全让唐庄主握在手里，比如说那个姑娘。"

"这样说的话，整个事情可能就是个误会，应该让唐庄主赶紧向楚主说明情况、解释原委。"大天目其实早就觉得这其中存在着误会，而唐德现在还完全蒙在鼓里。

"那倒不一定，谁知道庄主在针对上德塬下杀手时到底掌握了多少情况？谁知道他在获晓上德塬人中藏有宝藏的秘密后心里到底又是怎么打算的？你我只是被利用的工具，真相不会让我们知道的。"

"那现在该怎么办？我觉得不管唐庄主之前有什么意图、之后有什么打算，我们至少应该提醒下他的处境。"

"不！他们这是家务事，我们只管看着。然后尽量搜集有用信息，随时准备抽身走人。"大悲咒断然阻止。

"搜集信息？走人？"大天目若有所思。

"对，别人能争能抢的，我们也能抢能争！"大悲咒这句话说到最后舌尖翻卷，绽出震撼人心的低沉雷音。

大天目当然明白大悲咒的意思。他们当初也算是草莽英豪，霸踞一方。被周行逢招安之后，如果给个职务官衔，他们也就死心塌地追随周行逢了。问题是他们虽然被招安，却是辅佐唐德做事。表面上看似乎跟的是周行逢的女婿，实则却是无名无分、无权无职，根本不入官家名册。而做的事情又是盗挖古墓、寻找墓财这类晦气、丧德性的事，还不如他们原来做盗匪劫富杀恶。所以大悲咒心中一直都有其他想法，想找个最佳时机脱离唐德的盗墓组织，东山再起或归隐山林。

而眼下就是个千载难逢的好时机。如果能够利用周行逢对唐德的猜忌，挑起他们之间的争斗，然后再趁着混乱将掌握宝藏秘密的上德塬人找到，自己带着原来的手下将宝藏启出，那么东山再起也好，拿了大笔财富逍遥自在也好，就全由着自己的心意。

所以范啸天他们虽然已经过来三次，大悲咒、大天目都不曾将此事捅破，也没有刻意妨碍他们的行动，只是在一旁密切关注着他们的一举一

第六章　假痴不癫

动,看自己能否结合他们的行动意图,找出上德塬这些人中身怀宝藏秘密的正点子。

范啸天最近一直很得意,他一次大胆周密的举措不但瞒天过海骗过了周行逢,而且还顺利找到了倪大丫。但这还在其次,最为得意的事情是在第二次进入盗挖营地时他还发现了一条活道,这是在多重守卫的严密布置上找到的一道隙儿,这让倪稻花迫切要将上德塬族人都救出的愿望成为可能。所以他决定在第三趟进入盗挖营地时无论如何都要与倪大丫接触下,一个是将自己携带的皮卷交给他,完成自己的活儿。还有就是给他指出那道隙儿,并且和他约定时间,让他们从那里逃出,自己则带着哑巴和稻花在外面的相应位置进行接应。

其实这一次范啸天仍然觉得有双眼睛在盯着自己,但为了防止夜长梦多他最终还是决定采取行动。万一这次之后自己再没机会进入营地近距离接触到倪大丫,万一发现到的那道隙儿被守卫及时弥补了,那么所有已经成熟的条件都将化为泡影。

至于盯住自己的那双眼睛,范啸天也仔细感觉和权衡过,并最终确定那只是一种正常的防备、警惕,实际上并未发现到什么具体破绽,否则不可能让自己再有机会进来二次、三次。而自己的行动虽然始终被这样一双窥破力极强的眼睛监视着,但他却有足够的自信可以用巧妙的技法瞒骗过去。可以顺利地将要传递给倪大丫的信息和东西在不动声色中传递到位,并且不让包括那双眼睛在内的任何一双眼睛看出丝毫破绽来。

但是有好多事情不是光有信心和技法就有用的,江湖诡诈之术、兵家计谋策略都有个前提叫知己知彼。而范啸天正是犯了这个大忌,无论他的自信还是他将采取的技法都只是知己而不知彼。

首先他并不知道那道守卫布置上出现的隙儿其实是故意留下的,就为诱惑那个身怀宝藏秘密的人由此逃离。这是唐德的鉴别方法之一,他觉得身怀宝藏秘密的人应该是个正宗江湖人,和上德塬其他靠手艺吃饭的人不同,可以发现到这个隙儿并设法由此逃出。而其实在外围,有个更大的兜子罩在这隙儿上,不要说人了,就是只鸟儿都很难飞出去。

范啸天也不知道一直盯住自己的那双眼睛是大天目的,而且大天目已经确定他就是那夜在半子德院墙上化身墙垛的那个人。但范啸天更加无法预知的是,就在他即将与倪大丫的接触中,大天目将直接看破他所采用的手法,锁定倪大丫。

也难怪范啸天会那么自信,他的手段真的算得上既高明又隐蔽。进入盗挖现场后,他只是和其他戴傩面具的人一样到处走走看看。有时抓些泥土捻开看看土质,然后很随意地扔在干活拖沓散漫的某人身上。有时捡起块石头看看,然后随手放在经过身边的挑筐里。让人感觉他就是个精通盗挖古墓的老手,而且还是个经常督管盗挖现场的监工。

当倪大丫挑着装碎石块的担子经过范啸天的身边时,范啸天也同样很随意地将一个石块丢在他的挑筐里。虽然这样是一个简单的动作,其中其实包含了很多的异常细节。但是,这些细节至少让三个人直接发现或有所觉察。

大天目一直都盯着范啸天,所以她直接看到范啸天的这个动作。在那一刻大天目真的有些疑惑又有些恍惚,因为她明明记得在丢下那块一尺多长的长条状石块之前,范啸天并没有弯腰捡过石块。

这块长条状石块是从哪里来的?难道是更早的一次他捡起了两块石头,其中一块丢掉了,而剩下的这个长条状石块一直都拿在手中。只是由于他侧向朝着自己,在身体遮掩下自己没有看到他另外一只手中还有块石头。

不,不对!他上一次放下石头的也是这只手。即便是拿住了,也不大可能将一只手很费劲才拿住的两块石头丢掉一块留住一块。所以刚刚那块长条状的石块是这善于变形掩形的高手凭空变出来的,那是一块不同于一般的石头。而由此推断那个挑石头的人也肯定不是一般的人,且不管他是否与宝藏的秘密存在关系,但起码可以肯定他是一众聚义处要找的人、需要的人。

难舍壶

倪大丫挑着碎石筐子,用很茫然的神情、很呆滞的动作进行着劳作,所

第六章 假痴不癫

以范啸天的异常动作他差点就没有觉察出来。

范啸天丢下石块的动作其实挺明显的,而且就在倪大丫前面的那只石筐子里。但是倪大丫竟然只是从范啸天幅度挺大的动作上隐约感觉到有什么东西丢进了筐子,所以依旧如若不见地继续挪着步子,根本不在意扔进筐子的到底是什么东西。但就在他茫然无视继续往前走出几步后,倪大丫猛然间像是惊觉过来似的。豆大的眼睛顿时聚了光,并且滴溜溜快速转动起来。

"怎么会没有什么感觉?"倪大丫在暗自问自己。

的确,他有所觉察正是因为他不曾有什么感觉。范啸天往他筐子里丢下那石块后,他肩上的石挑子没有觉出分量的增加,也不曾觉得前后挑子不平衡。丢下的石头很轻,以至于可以疏忽它的分量。可倪大丫明明记得自己刚才恍惚间看到的是块不算小的石头呀。

于是倪大丫尽量保持镇定继续以原来的步伐向前走,并不回头去看刚才是谁丢的那块石头,以免暴露自己也暴露别人。而他那一双转瞬间变得有神的豆眼则快速在筐子里找到那块不大寻常的石头,并且再不让它离开自己的视线。

虎禅子是在扫视中的一个瞬间直接看到范啸天丢下石头的,但他捕捉到的时间很短,距离又离得远,所以直接发现到的除了这个动作再没有其他。

但是他除了直接发现外还有所觉察,那块石头丢下石筐子之后,挑担子的竟然一点反应都没有。而从范啸天所站的位置、与石筐子的距离,还有他丢下石头的高度以及石头的大小等条件来判断,这石块上挟带的力道至少应该可以让那挑子颠晃一下。除非那不是一块真石头,或者挑石筐子的是个早就使好暗力稳住挑子的练家子。

从倪大丫随后的几步走相上判断,虎禅子否定了第二种可能。所以唯一的结果是范啸天在玩手法,将一块看似石头却绝非石头的东西丢在了那筐子里。

虎禅子暗暗呼出口长气:"果然是在主公的料算之中,这个表现得有些憨傻的刺客并非那么简单。他是运用了三十六计中的'假痴不癫',借助一些真相博得主公的信任，然后借机实现他的真实目的。可他却没有料到主公棋高一着将计就计，给他也设下了三十六计中的'欲擒故纵'。"

范啸天被怀疑是在他第一次到天马山营地之后，而漏洞就出在他仅仅扭曲的两件事实上。他原来告诉周行逢，自己最初是要去刺杀上德塬的倪大丫并拿到一件东西。后来上德塬被唐德灭了，他的任务变成刺杀唐德并拿回一件东西。当第一次他们进入天马山盗挖营地后，虎禅子发现整个营地的状况像是在采用慢磨筋骨的方法逼迫上德塬的人交出什么东西。也就是说，唐德根本就没拿到想要的东西，那么交给范啸天任务的人又是如何确定东西已经到了唐德手里的？从这一点上看，范啸天有说谎的嫌疑。所以那次之后周行逢面授虎禅子两个指示：一是查清唐德的真实企图，必要时可先扑杀后奏报；还有一个就是尽量利用范啸天，把他完全放松了。看他到底是要做些什么事情，然后顺藤摸瓜找出背后的真相。

很快，盗挖营地的上德塬族人出现了很微妙的变化。暗中打手势，隐蔽地悄声耳语，就地写写画画，相互间在暗地里传播着什么信息。但是他们毕竟不是江湖人，一些传递信息的做法在他们认为很隐蔽，可在那些真正的江湖高手眼中就像明敞着似的。但是没有一个人戳破这事情，很多人只是在一旁静静地看着。

离开营地之后，虎禅子并没有派人盯住范啸天。因为从今天的情况来看，范啸天是来送东西的而不是拿东西的，所以他的事情还没完。这时候应该继续放松他，让他觉得事情做得很顺利，让他为自己的成功而自鸣得意，这样他才会毫无戒心地暴露出更多东西。不过虎禅子却是暗中加派人手，增强了对盗挖营地的监候。范啸天送了东西进去，这说明他们的目标和企图是在里面，只要不让里面的东西拿出来，那么所有的一切就仍在掌控之中。

大天目和大悲咒也什么事情都没做，虽然大天目更加直接地发现到范啸天和倪大丫之间有物件的传递。因为他们现在已经将自己摆在了第三方的位置上，不想参与到周行逢和唐德的纠葛之中，只想做得利的渔翁。而且大悲咒和大天目现在更加意识到事情真相的可怕，一众聚义处的人在和上德塬的人暗中传递物件，这说明他们早就有联系。说不定上德塬得到的那个秘密就

第六章　假痴不癫

是周行逢遣人委托他们做的，而唐德血洗上德塬，就算不是故意和他老丈人对着干，那也是坏了周行逢正在操作的好事。而另外一种可能更加可怕，如果上德塬的秘密只是周行逢故意放出的一个套子，用它来测试某些人的忠心度，那么唐德到现在都还把周行逢当做个不知情的人，也不向他汇报事情的原委，这样下来他们翁婿间的矛盾就不是用误会可以解释的了。

所以不管怎么样，唐德都会是一个受损的柱子甚至是会倒的柱子。大天目和大悲咒清楚了这点后，他们要做的事情除了进一步盯住倪大丫，伺机发现并夺取宝藏秘密之外，就是通知原来一些忠实的手下，随时准备脱身离开这里。

差不多是在晚饭的时候，大悲咒和大天目突然改变了主意。他们决定抢先将倪大丫控制住，然后确定他到底是什么人、具有怎样的价值。让他们突然改变主意的原因是倪大丫在快收工时突然消失了一会儿，而这一会儿时间中大天目在营地范围内快速转移了好几个位置，始终都未能找出他在哪里。而当他再次出现时，所挑的石头挑子里很明显有了不是石头的东西，因为他肩头在扁担上所处的位置明显偏向了一头的筐子。

倪大丫面对突然出现在自己周围的东贤山庄高手们一下就惊呆住了，但只是惊呆，并没有太多慌乱。一个挖墓盗墓的，能表现得如此镇定只有两种可能，要么他是假装惊呆的，其实后手有其他意图；要么就是手里有所依仗，可以确保自己始终是安全的。

大悲咒他们一直以为范啸天是一众聚义处的人，而范啸天和倪大丫有过暗中接触，那么倪大丫也可能是一众聚义处的人。所以大悲咒他们觉得，如果事情真的是这样的，那么他的依仗应该是周行逢。

但是今夜不管依仗的是谁，哪怕是天王老子，只要是要找的东西出现，大悲咒他们都不会给任何人面子，铁定是要将其据为己有的。

"你刚才去哪儿了？拿了什么东西？"大天目冷冷地问倪大丫。而大悲咒则始终站在人群的外面，双手合十眼睛微闭，也不知道他是在暗中观察些什么还是在念叨些什么。

"我找了个坑解了个大手。没什么东西，就是在那边捡到只尿壶。"

这个借口很可笑，盗挖营地不可能有尿壶，而且真是尿壶的话只可能比石头轻，那么倪大丫肩头在扁担上的移位应该是往另一边。

"拿出来。我们都想看看是个什么样的尿壶。"大天目对倪大丫说。

倪大丫没动，旁边有东贤山庄的人一脚将倪大丫挑的筐子踢翻了。筐子里除了石头，还滚出个灰不溜秋的东西，从外形上看真的是个尿壶。

"把它捡起来。"大天目继续冷冷地对倪大丫说。这次再没人替倪大丫动手了，因为谁都不知道那到底是个什么东西、能不能用手去碰。

倪大丫慢吞吞地把那东西捡了起来，大天目从身边一个手下手里拿过火把，火苗往前靠近。这是防止那东西中有毒虫之类的东西出来，也是怕其本身散发有毒、麻痹的气味。不管什么毒虫都是怕火的，而有毒、麻痹的气味遇火之后会让火光出现一些变化。

火光没有异常，尿壶一样的东西也没有异常，而倪大丫则更加没有异常。所以大天目很放心地仔细查看了那个东西，她发现从大体外形上看真的就是个尿壶。而从外层质地上看，却是个泥团，而且这泥团看着很新鲜，就像是顽童和泥刚捏出来不久的玩物。不过从倪大丫拿在手上的感觉来看，这应该是个比泥团重上许多的东西。

"我来看看。"大悲咒终于沉声说话了。虽然语气平和，声如磬击，但是在别人听来却很是震撼，特别是站在他身前的人，闻声之后立刻分开两边，让出一条道路来。

倪大丫这个时候表情反显得有些着急，他并没有在意一步步朝他逼近的大悲咒，而是用若无其事的神态偷偷地看看天色、看看远处，似乎在等待着什么。

大悲咒走到了倪大丫面前，合十的双手伸出来一只，慢慢往倪大丫手中拿的那件东西上伸过去。但他的手指还没碰到那件东西时，猛然间又停住了。

让大悲咒停住的不是那东西，而是远处传来的一声高呼："崩营子了，上德塬的人崩营子了。"

倪大丫笑了，看着大悲咒定在手中东西上的手指笑了。

第六章 假痴不癫

大悲咒看到了倪大丫得意的笑容，所以很断然地收回手指："上当了，这人是舍身诱住我们，好让其他的人往外冲逃。我估计是有人看出那个缺了，以为是条生路，其实是要往死路上送呀。"这话说得很快，就像在念一句伏魔驱邪的经文。而倪大丫听到这话后一下愣住，一种非常强烈的异样感觉涌到胸口，因为他从大悲咒的话中听出，那个"上当了"的好像是指的自己。

大悲咒话音刚落，大天目便立刻明白什么意思了，马上吩咐下去："发亮信子让外围堵住。留两人将这老东西押住，其余的人赶紧去追。"

"直接发'半天碎月'，追就不用了，那些都是没有价值的人。"大悲咒阻止了追赶，"留那个缺儿是指望上德塬知道宝藏秘密的人会设法从那里逃走，这样就直接从筛子眼里掉了出来，免得我们从一百多人里慢慢地找。现在那一百多人直奔缺儿逃窜，只留下一人在这里当诱饵，这不是很奇怪吗？他难道就不怕死？不对，是他一个人逃起来更加方便，并且已经筹算好了其他逃遁的路子，也或者是他手里有保命的东西。"

听到这话，倪大丫一脸的苦笑，他真的不知道这话从何说起。自己其实就是上德塬倪家的一个平常盗墓人，只是在盗挖技艺上比别人要高出一筹，但是一帮老江湖却是将他想得无比复杂。他根本不知道江湖中流传着他挖出了一件好东西，还说这东西关系着一个巨大的宝藏。至于离恨谷派人要找到他并且将一件东西给他的事情他也不知道，只知道那一天自己的家被毁了，只知道这可能是老天给他们盗挖坟墓的丧德之举下的报应。

兀自懵

白天的时候有一个人在他筐子里扔进块假石头，他不动声色地拿到偏僻处打开看了。那是一个羊皮囊，皮囊里有一个不知什么皮做成的皮卷，从颜色上看很是古老。皮卷上面的图形、文字都是极为怪异的，像是异族流传下来的。皮卷上还夹带着一张纸片，上面写着五个字"保命的秘密"。另外，还有个绢帕却很容易看懂，那是一个指点他怎么逃出去的路线图，上面直接写了五个字"逃命的路径"。而这个绢帕的角上绣有一把梨形铲的图案，这是倪稻花私用的物品，倪大丫知道是女儿来救自己了，刚才传东西的那人可能是女儿请来帮忙的朋友或者收买的帮手。

倪大丫不想一个人逃出去，因为上德塬这些人都是他一族的叔伯兄弟，所以他悄悄地将消息传递开来，准备好在今天晚饭之后按图上的线路逃出。这个时间正好天刚刚完全黑下来，有些位置的灯火还没有来得及点燃。而看押的庄丁们也正好换班吃饭，吃饱的没吃饱的都很是松散。还有从这个时间开始逃跑，可以借助黑夜奔逃整整一夜，如果是半夜、后半夜开始跑的话，自己这些人地形不熟，两三个时辰根本跑不出多少路。而天一旦亮了，再怎么逃都是跑不过御外营的马队的。

但是倪大丫在逃走之前却想起他的一件东西。我们说过了，他是个普通的盗墓人，但是盗墓技艺却比别人要高出一筹。所以天马山的这个盗挖营地里，只有他发现到一座大墓的墓道，并且偷偷启开了一个极为隐蔽的口子，在附近设置了特别的标志。倪大丫发现到墓道却不告诉唐德的手下，是想从中找到逃出营地的路径，另外，在万不得已的危险时刻，还可以偷偷躲进墓穴里。再有一个目的就是想先看看里面到底有没有可观的财物，如果有的话，也许还可以作为和唐德换取上德塬人自由的条件。

但是这个墓里真的没什么陪葬，大多是些坛坛罐罐的东西。只有在棺椁已经烂开的角上露出个黑乎乎的尿壶，倪大丫把那尿壶往手中一拿便从分量上觉出这应该是个金器，擦掉污秽后发现不但是金的，而且还铸刻了好多精美的图案。而它放置的位置是在棺椁靠头部的这一端，这说明这东西是个玩物而并非实用的溺具。

倪大丫知道这个尿壶虽然价值非凡，但是要拿来换取上德塬人的自由那是绝无可能的。所以他将它暂时放在墓道口处，以便在需要的时候拿取方便。

这天范啸天突然传递讯息让他从缺儿逃出，倪大丫舍不得将那金尿壶丢下。因为就算逃出此地，之后也不知道会遇到怎样的情况。有这样一件值钱的东西带着，说不定就能在关键时刻派到用场，所以他才冒险从墓道口取了出来。但是他根本就没想到自己的行动早就在别人的注意当中，而且当他再

第六章　假痴不癫

次出现时，立刻有人将他围住。

这个时候上德塬族人约定的时间已经到了，他们有组织地朝着倪大丫指点的那个缺儿偷跑出去。但那个所谓的缺儿其实是个诱饵，他们完全是在别人的掌控中。所以刚刚进入之后便有人发出警号，造成他们的恐惧和慌乱，然后从他们不同的行动特点上找到别人所希望得到的结果。而当一个看似能够逃出的路径眼见着要失去所有希望时，上德塬的人除了恐惧、慌乱外，更是一个个舍了命般地往外冲，长时间失去自由的他们都想得到最后的一丝可能。

"到了该说实话的时候了，一句话的真伪决定了你的生死，我不希望这样的事情发生。你是一众聚义处的人吗？"大悲咒不管警告还是问话都是淡淡的，但就是这淡淡的言语中却隐隐给别人一种震撼，抑或是一种牵带。

"不懂，什么是一众聚义处？"倪大丫故作镇定地反问道。

此刻倪大丫已经觉得自己肯定是出不去了，至于上德塬那些奔向缺儿的人，不管上不上当，都应该让他们试一试冲一下。于是他故意缓缓而言，是想拖住围住自己的这些高手，希望其他的人能够按原计划行动，顺利逃出这里。

"那我就当你真不懂？也好，这样我们的谈话就更加没有顾忌了。是你指点了那些上德塬的人往外逃吧？但是我告诉你，逃不出去的，很多时候机会其实就是陷阱。"大悲咒仍然淡淡地说。

"就算是陷阱也得要闯一闯，闯死总比在这里憋屈着活来得爽气。"倪大丫显得有些激动，这其中很大的原因是因为他没想到自己安排好的活路会是个陷阱。

"'半天碎月'的信号是绝杀令，那代表着出去的人可以直接灭杀。你愿意看着自己的族人都死在铁蹄之下？"

这话让倪大丫心中一惊，他嘴上虽然说得豪气，但毕竟还不是看破生死的方外高人，更不是不畏生死的亡命之徒。特别是上德塬已经被灭族，就剩下这里的那些族人，真要是全死在了这里，这世上从此再无上德塬之地，也再无言家赶尸、倪家盗墓之技留存。于是他突然想到自己身上的皮卷，想起皮卷中夹着的那张纸条："保命的秘密"。

"呵呵，不一定会死吧？他们当中说不定谁身上就有保命的秘密，你要将他们都赶尽杀绝了，那秘密就永远成为了秘密。"倪大丫是个聪明人，他不想直接将皮卷拿出来保命，但可以拿它做话说。那东西要真有作用的话，说不定接下来还有更加危急的情况需要用到它。如果没有作用的话，那么拿出来只会让对方更加坚定地对上德塬的族人痛下杀手。其实他还是有些畏死的私心在，觉得这东西交给了自己，应该是给自己保命用的，或许也只有保自己的命才有用。

"呵呵呵！"没想到倪大丫的话刚说完，大悲咒就很得意地笑了起来。"你果真不是一个江湖人，所以你犯下了一个致命的错误。"

倪大丫猛然一惊："什么错误？"

"我们将你们上德塬的人抓来，只是为了挖掘古墓，自始至终都未曾向你们盘查过什么秘密。你这所谓的秘密又是从何而来？除非你就是那个知道某种秘密的人。"

倪大丫的样子变得有些懵懂，因为他根本不知道这个所谓的错误错在哪里。原因很简单，之前他并不知道有很多人为了一个秘密在拼杀、跟踪、追击，而且是一个和他有关的秘密，一个据说只有他知道的秘密。他完全想不到自己刚刚所说的秘密会让别人与多方力量正在追踪的秘密联系起来，更想不到他那个保命的秘密就是别人争夺的秘密。

"'半天碎月'的信号已经发出，围堵在假缺儿外的御外营铁骑马队已经开始冲杀了。如果你想救你的族人那么就得赶快，否则真的动手了，就算你拿出些我们想要的东西，那也来不及了。"大悲咒还是淡淡地在说话，但其实这淡淡的语音里已经加入惊魂摄魄的功力技艺，在无形之中对倪大丫施加压力。

倪大丫的面颊剧烈地抖动了几下，但是没有说话，而是将那只所谓的尿壶拿来，然后在地上用力敲砸了几下，于是掉下来大块的泥土。用袖子又大力摩擦几把，露出暗黄色的金属来。

第六章　假痴不癫

"是金的！""还有很漂亮的花纹！""这尿壶是个宝贝呀！"周围的人发出一片惊讶的声音。

"这个给你行吗？"倪大丫问道。虽然语气听起来还算平静，但其实有这行动、说出这话已经显现出他完全处于落败的境地。

大悲咒笑了，倪大丫的表现说明他的心理已经开始溃败了。这倪大丫能在大天目和那么多守卫高手眼皮底下藏这么大个金物件，那么其他类似藏宝图的卷轴、书本他要藏起来就更没法找到了。所以现在自己应该乘胜追击，逼迫他自己将和宝藏秘密有关的东西交出来。

"当然不行，我想知道的是你从哪里得来的这个东西。"大悲咒的语气很淡，但其中包含的味道却是很坚决、很冷酷。

"就在这里，天马山古墓中。否则从上德塬到天马山这么远的路，我要是随身带着这么大个物件，那你们肯定早就发现了。"

"你已经挖开了墓穴？"

"对，但是里面值钱的东西就只有这一个。"

"呵呵，你觉得我很好骗吗？"

"我不骗你，你先让御外营停下，我带你进墓穴。"

"我不进去，如果这真的是从天马山墓穴中挖出的，那么你所谓的秘密就不是这个。没有人知道你所知秘密是什么，所以我们也不会那么巧就将你带到秘密所在的位置。而且如果这里真的是秘密所在位置的话，你也绝不会在我们的眼皮子底下冒险将其开启。"

大悲咒真的是个思虑缜密的江湖老手，他的话句句在理，而且一下就点中了倪大丫的破绽。

此时远远地传来厮杀惨叫的声响，倪大丫的脸色真的变了。

"你真的得快点了，不然上德塬的人就死光了。"大悲咒依旧淡然地说道，施加给倪大丫的心理压力却是在成倍增加。

"如果上德塬的人死光了，那你觉得我还会给你什么吗？"倪大丫也发了狠，他此时索性以自己作为威胁来换取上德塬族人的自由。

大悲咒也微微愣了一下，但是他并没有让手下发出停止"半天碎月"的信号。因为他觉得生命不断丧失给人的压力会更大一些，僵持下来最终的结果肯定是倪大丫向自己妥协。

但是大悲咒却也没有料到真实的情形并不像自己安排的那样，此时按倪大丫指定时间、指定方位冲出的上德塬族人正在被御外营的铁骑追逐围捕，虽然有些人被冲撞受伤，但没有一个人被杀死。御外营的铁骑只是像猫捉老鼠一样逗弄他们，并没有真正地动刀枪大开杀戒。也就是说，"半天碎月"的信号并没有真正付诸实施，否则那些上德塬的族人连发出惨叫的机会都没有。

"半天碎月"的信号并没有真正付诸实施是因为在这里真正发号施令的是唐德，而此时唐德正带着一些亲信站在御外营所布兜子的外围。他们在周围许多火把、火堆的照明下，仔细观察那些族人，看他们的反应中是否有刻意护住谁的迹象。这些族人都是兄弟亲戚关系，平常时相互保护、帮助是正常的。但是在突然出现的杀机面前，如果有几个人还下意识地护着哪一个，那么除非是心中有着共同的一个信念，而这个信念很有可能就和那个宝藏有关。

但是唐德失望了，他没有见到这样的举动。而没有这样的举动则意味着那个知道秘密的人不在这里，或者知道这个秘密的人根本就没有告诉其他任何一个人。而不管是这两种情况中的哪一个，都说明他这个兜子的不妥和无用。

"唐庄主，好像没见到大悲咒和大天目。他们应该知道上德塬的人炸窝了，怎么没有追出来。"唐德的得力手下在向他汇报。

"不奇怪，他们知道我们这儿摆的是缺儿，追不追都没一个跑得掉，所以懒得闹腾也有可能。"唐德倒是能从别人角度着想的。

人堵峡

就在这时，有人一路快跑奔到唐德面前。唐德连带他周围的几个亲信都认出那人，这是大悲咒、大天目身边的手下，不过已经是被唐德收买为己用

第六章　假痴不癫

的暗钉。

五大庄的人虽然被招安了，但这些绿林人是否能安心为用，是否有异心生有变数，这些都是唐德担心的事情。所以他必须对他们的情况有所掌控，以防突生异端。在五大庄的人中间安插自己的暗钉或者直接从五大高手身边收买暗钉，这是最为直接也最为有效的方法。

"唐庄主，大悲咒和大天目在里面堵住一个倪家的人。"那暗钉才将这话说完，唐德连半点迟疑都没有便立刻纵马带人绕道直往挖掘的营地奔去。

"倪大丫！你去哪里了？你个混蛋指的是条什么路呀？"倪家那些被御外营铁骑不停冲撞的族人中有人突然意识到倪大丫不见了，于是高声喊叫起来。

"倪大丫！你在哪里？""倪大丫！你个混蛋骗了我们。""这家伙狼心狗肺，拿我们所有人当诱饵，自己找其他路逃掉了。"倪家人纷纷责骂起倪大丫，在满怀希望就要逃出之际突然所有希望再次落空，这难免会让他们心存怨愤。而怨愤的对象也只能是当初给了他们希望但在希望破灭之后却不知所踪的倪大丫。

很多人都无法想象，"倪大丫"这三个字竟然就像一个立即采取行动的响箭。就在倪家族人纷纷发出喊叫、怒骂声的时候，周围的山林、石沟、谷道中突显变化。几路黑影很突然地从掩身之处出来，然后都朝着这里急速奔来。看得出，这些人已经在这里潜伏许久，而且从身形、动作上看，他们个个身手都很了得。

几路黑影直扑御外营铁骑队后面的铁甲方队，他们采取的是快速突击的方法，下手极狠。其实铁甲方队的防守能力比攻击能力更加强悍，但是由于他们所在位置是连绵的山地，地势高低起伏，所以很难构筑起相互联系的防守态势。另外，他们原有的状态布局是为了防止里面人冲出来的，根本没有料到背部会出现快速且凶狠的攻击，所以还没来得及完全反应过来就已经被那几路人攻入了半幅兜子的纵深距离。

但铁甲方队毕竟训练有素，虽然遭受袭击并且在纵深距离上被敌方快速突入，不过他们立刻快速反应随着攻击的敌方往同一方向移动。这样一来那几路黑影即便是在不停往里攻入，事实上却始终突不破最后的一段防守圈。而且随着本来处于四散布局的方队人马往几路突破处聚拢过来，针对性的防守变得更加厚实严密，已经被突破的纵深度距离在人马聚拢之后快速得到弥补。

但是那几路黑影似乎完全不在意铁甲方队的移动还是堵截，只管一路往前冲。他们的目的非常明确，就是要接近那些上德塬的族人。

上德塬的族人见有人朝着自己这边冲杀过来，于是开始对御外营的铁骑马队进行反抗和挣脱，试图朝着攻入的那些人靠近，然后借助他们打开的通道冲出去。而且这时候那些刚才咒骂倪大丫的上德塬族人都有些觉得对不住倪大丫了，看来他是早就知道这边有接应才让自己这些人往这方向闯出的。可奇怪的是倪大丫自己到底跑到什么地方去了？

其实倪大丫根本不知道这样的情况，而且不只是他，就是在外面接应的范啸天、哑巴也没有想到出现这种情况，一时之间不知道该怎么做才好。反倒是倪稻花的表情显得很是奇怪，丝毫看不出她此时的内心想法。在稍微迟疑思索一下后，倪稻花随即也沿着刚才唐德他们所走的路径疾奔过去。

"干吗去？不要去，去了连你自己都可能出不来了。"见识过挖掘营地里严密看守的范啸天赶紧阻止。

"有你做假相儿当掩子，难道不能把我们带出来吗？"倪大丫回头反问一句，沙哑而急切的声音在黑夜中显得有些可怕。

"我也要进去吗？可我已经将东西交给倪大丫了。"范啸天根本就没有考虑过自己还要再次进入那个地方，因为他要做的事情已经做完了，要交的东西已经交到倪大丫手里了。

"当然，你难道不关心给倪大丫的东西能不能按意图露光吗？黄快嘴后来带来的指令是'二郎续寻倪大丫，众强聚处物露光'。不知道你发现没有，那指令的重点已经不是让你将什么东西交给倪大丫，而是要在合适条件下将什么东西露光。"

倪稻花这说法让范啸天一下愣住了，的确如此，黄快嘴后来所说出的指令和自己之前接到的确实不大一样。只是自己有种先入为主的概念在，所以

第六章　假痴不癫

很惯性地还是按原来的理解在办事，根本没有仔细想下这两句话的意思和意图。

倪稻花说完话后便继续往前，哑巴不离不弃紧随在她身旁，范啸天见此情形也只能紧追在后。而这两人竟然都没有仔细思量一下这倪稻花为何会始终牢记住黄快嘴所传达的指令，并且一下就抓住了执行者自己都会疏忽的细节。

唐德可以一路畅通的道路倪稻花却不一定能走得通，这幸亏是周围已经乱成了一团，众多天马山挖掘营地的守卫都在朝着兜子的范围聚拢，从而放松了其他方面的守护。同时也幸亏是有哑巴跟在倪稻花的后面，哪个隐秘处刚露出一个守卫要制止倪稻花前行，便立刻被哑巴的弹子或箭弩射倒。而当守卫们注意到这三个人并且聚集起足够力量堵截围捕过来时，范啸天则立刻采用障目的伎俩躲藏过去，等那些守卫高手过去后再继续往里行进。

螳螂捕蝉，黄雀在后。就在他们三人身后不远处，虎禅子带领着一众聚义处的人则一直紧紧地盯住范啸天他们三个。其实虎禅子今天并没有派人跟住范啸天，而是将众多人手集中到了天马山盗挖营地的外围，特别是那个假缺儿外面的位置。但是他们人手布置的范围和位置还是比较谨慎的，距离假缺儿比较远，所以之前并不曾发现到什么异样的情况。不过很巧的是范啸天他们三个人探头探脑地出现在他们守候的范围中，主动成为他们领路的探杆。

当出现几路黑影直扑御外营兵马时，虎禅子他们也都惊呆了。不只是因为那些人的身手和数量，而是因为这么多不明来历的人马聚到了天马山一带，他们一众聚义处竟然没有丝毫觉察。而且自己这些人刚刚似乎是将范啸天那三人死死盯着了，但是从那几路黑影出现的位置上看，自己这些人其实也在他们的合围之中。

不过那几路人马根本没将虎禅子的人当做目标，直接让开去扑击御外营，这是一件非常奇怪的事情。而更让他想不到的是范啸天那三个人竟然也不顾一切地往里去，似乎那里边有对他们很具有吸引力的东西。于是虎禅子立刻示意手下人也紧跟在后，静观事态的发展。这做法是要让里面的筛子将石子筛筛干净，只留下宝石后他们再伸手获利。

虽然虎禅子这些人的目标更大，但他们毕竟是久走江湖干的隐秘事情，行动上很难被别人发现。即便被营地守卫发现了，他们只需亮出一众聚义处的腰牌，便会悄无声息地被放行通过。再加上范啸天他们正全神贯注地在应付前面突然出现的阻路守卫，所以虎禅子这一大群人跟在他们身后，这三人始终都没有发觉到。

几路黑影冲击御外营的目的很明确，他们就是为了抢人，抢上德塬的人。这一点和那些上德塬族人的判断是一致的。但是抢到人之后问一问看一看便又毫不迟疑地将人杀死，这一点却是上德塬族人万万没有想到的。所以开始时上德塬的人还抵抗着御外营的铁骑朝着这几路杀入的黑影这边冲，但是刚有少数几人与他们接触到后便发现情形不对。

"倪大丫在哪里？"当抢到上德塬的人之后他们首先就是这样一句简单的问话，然后稍稍检查一下那人的双脚和耳朵。然后不管得到的是什么回答，他们在确认双脚和耳朵之后便顺手一击结果了那人的性命。

问话是为了间接得到答案，检查双脚和耳朵则是为了直接得到答案。而在没有找到目标之后将被捕的上德塬族人杀死，这就像虎禅子的筛子筛石子一样，是为了缩减范围，让余下的目标更加直观、清晰。很明显，这些人是在寻找倪大丫，而且他们竟然也都知道倪大丫这名字的由来是因为长着一双大脚丫，知道倪大丫还缺半只左耳。可上德塬灭族之后，所有活着的人除了倪稻花外全都被唐德控制。而倪稻花说出倪大丫是因为脚丫大才起这个名字时，在场的就只有齐君元他们几个人。而后来仔细向范啸天和哑巴描述倪大丫的长相特点时，在场的就只这两个人。那么这些人又是如何知道凭脚丫和耳朵找出倪大丫的？这信息是谁透露出去的？哑巴？还是范啸天？

上德塬的人很快发现到情况的异常。他们不是傻子，与其被御外营堵住出不去，也不愿意莫名其妙地被杀死。于是立刻放弃对抗，重新往挖掘营地的来路退去。但是他们此时已经深陷在御外营铁甲方队和铁骑队的重重围堵之中，要想退去也已经没有那么容易。而在这重重围堵中，他们的突破力远远低于那几路黑影，所以眼睁睁看着那些黑影朝着自己所在的位置渐渐突破而来，而自己却在围堵中无处逃遁。

上德塬的人很快死伤了接近大半，好在仅剩的那些上德塬族人终于突出重围，朝着挖掘营地的方向逃回。不过身后的那些黑影并没有就此放过，而是继续突破御外营的围堵，紧紧地追赶过来。

在到达兜子口，也就是唐德故意留下那个缺儿的入口处时，黑影追上了上德塬的族人，而御外营再次围住了几队黑影。缺儿的入口处是个狭窄的山道，御外营的铁骑、铁甲方队，以及那几路黑影还有上德塬的族人一下全都堆挤在了这里。于是施展打斗的空间全没了，完全是兵刃对抵、身体相抗的胶着状态，整个人群就像一锅正在逐渐凝固的铁水。

此时可以看出来了，那几路黑影与御外营的兵马的对抗其实是有着很实用的阵形的。每队中的人分工明确，有负责突破，有负责防御，有负责断后。而队与队之间也是有呼应的，谁在左，谁在右，谁在中，井然有序、非常默契。这种攻杀方式对于御外营的兵将来说应该觉得眼熟，因为这是兵家战场上采用的冲杀方式。而且一下聚集这么多肯定是经过统一训练的善杀之人，最大可能也是从军中挑出。但是从衣着上看不出这些人的来路，他们从头到脚都是黑色衣服。用的兵器也是平常的刀剑，很明显是在故意掩盖自己的身份。

第七章　猿夺卷

血涡漩

跑得快的几个上德塬族人赶在缺儿被人群完全堵住之前逃回了挖掘营地，他们闷着头一路往回狂奔，只想尽快离开那个杀场，逃得越远越好。但是逃回挖掘营地又能怎么样呢？没有其他的出路，等那几路黑影冲进来后，他们依旧无路可走。除非此时这个挖掘营地已经被打破，其他各处的看守扼要都没有唐德的手下看守，这样他们才有可能找到活路逃走。

事实上此时的挖掘营地真的已经被打破了，所有的扼要位置只有一两个还是唐德的手下守着。但是这并不意味着上德塬的这几个人就可以逃出，因为那些被打破的扼要位置只是换了一些人守住了，而这些人的能力和本事应该都远远高于唐德的手下。

上德塬的那几个人是在惊愕中停住脚步的，因为一路狂奔的他们突然意识到自己面前的挖掘营地已经不是原来的营地了，他们从一个危险进入到了另一个危险。当这几个族人停住脚步，抹去遮挡视线的血迹，喘口气，定下神往四周看时，这才发现营地中虽然比缺儿那边安静许多，但是这里的人数

第七章　猿夺卷

其实并不比缺儿那边少。也不知道这么多的人都是从哪里冒出来的。

人数虽然多，但是很安静，以至于能清晰地听到松枝火把燃烧时发出的噼啪声。人数虽然多，但是所站的方位却很有规则，有中心、有外围、有角度。

中心位置的人不多，只有十几个。而这十几个人竟然还以一个人为中心，这个人正是倪大丫。十几个人外围是唐德带领的手下，他们并没有将那十几个人完全合围，而是分布得很有针对性。有人是被安排了对付什么高手的，还有人是被安排了要控制倪大丫的。然后再往外是几堆人分布在三个角上，这些人却不知是从什么地方冒出来的，衣着、武器各不相同，而且相互间似乎还十分的提防。

上德塬那几个人虽然看见了倪大丫，虽然心中有很多话想问他，但是看着周围这样的情形却没人敢发出一声言语。四处涌动的浓重杀气已经压迫得他们连大气都不敢喘一下，放声说话就更不可能了。

"你们怎么了？还有的人呢？他们真的下杀手了？"反倒是倪大丫在问他们。看到就这么几个人跑了回来，看到他们浑身上下的鲜血，倪大丫已经后悔他的发狠和坚持了。他觉得自己应该早点将皮卷拿出来，不管那东西能保住谁的性命，自己拿出来才会心安。

没人回答倪大丫的问话，因为到现在为止真没有一个人知道到底发生了什么事情。

"我说过，'半天碎月'发出之后，你的族人面对的只有死亡。你应该更早一些把东西给我的。"大悲咒不是回答，而是继续威胁。"你不想见到上德塬从此连个留种的都没有了吧。"

"不要听他的，我制止了御外营的人马执行'半天碎月'。攻击你们族人的是不知来路的人马。"唐德其实并没有看到那几路黑影，但是他带人还未到达挖掘营地之中时，就已经有人飞速向他汇报了外面发生的情况。"所以有一点你应该要理会清楚了，我没有要杀你们的族人，而且现在也只有我下令才有可能让御外营的兵马保住你的族人。这样看来你应该是将东西交给我才对，而且真的要尽快。"

"我不知道你们谁说的是真的。但不管发生了什么,还是先救人吧。要是东西先给了你,你不要说出手救人了,就是杀了我我也没有办法。"倪大丫不是傻子。

但是还没等到这交易达成共识,远处传来的一声尖喊便将倪大丫最后的一点筹码给废掉了。

"倪大丫!快将你身上关于宝藏秘密的皮卷给他们,不然上德塬的人都要死光了!"喊这话的是一个沙哑的声音,从声音上很难听出这是一个女人发出的。但这个女声直呼倪大丫的名字,却是帮助许多正在寻找倪大丫的人一下确定了目标,注意力全集中到这个被围在中心的老头身上,而且都尽自己最大能力往倪大丫这方向靠近。导致他们如此迫切的原因却是因为那女声喊话的内容里直接确定关于宝藏秘密的皮卷就在这个老头身上。

喊话的是倪稻花,她这样做是为了救自己的老爹倪大丫和上德塬的族人。可是她却没有想过,这个皮卷如果真的落入到别人手里,上德塬的人包括倪大丫还依仗什么活下来。

就在倪稻花发出这喊声之后,周围一下火光暴涨,就如同变魔术一般顿时多出了许多火把,将整个营地照得如同白昼般明亮。而就在火光亮起的同时,最外围几个角上的几堆人立刻散开,然后以各种巧妙而凶悍的组合阵势朝着中间位置快速移动进逼过来。

而中心位置的人也都动了,首先是唐德的手下与大悲咒、大天目的手下交上了手。不过双方都没有大幅度的打斗,只是相互间有快速的用来牵制对方的小动作,目的很明显,都是想制止对方接近倪大丫。包括大悲咒和大天目,他们两个也立刻被唐德手下的几个高手不动声色地拦住了,每个人的位置和蓄势都很微妙。虽然暂时对他们两个不构成威胁,但要想突破并接近倪大丫却不是短时间就能办到的。这些做法可以看出,唐德到目前为止虽然还未彻底和大悲咒他们撕破脸面,但已经是防范状态。

紧接着,唐德坐在马上挥了挥手,立刻有人马扑入。这些都是从东贤山庄带出的高手,他们的人数虽然没有御外营的兵马多,但是动作更快、技艺更强,所以这些人突然插入形成隔断来拦截几个角上的人应该是会很

第七章 猿夺卷

有效果的。

而这个时候，凝固成一团的御外营人马和几路黑衣人也终于从兜子口的狭窄山道挤了进来。于是相互间一边挥刀砍杀一边也朝倪大丫这边冲来，整个就像是一道刀剑翻滚的洪流。

接下来发生的一切已经无法简单地用混乱两个字来表达，整个营地就像旋裹成了一个漩涡。这场面是很多人无法想象的，又是在一些人意料之中的。

三个角上的人影是以各种不同的阵势往中心位置进逼，但他们之间在进逼的同时也在相互争斗，意图是阻止或延缓其他人进逼的速度。这本身就像是几道已经混乱、浑浊的洪水，纠缠翻腾、沙石涌动。而阻挡他们的东贤山庄的高手群也不平静，他们中间有诚服于唐德的，也有听命于大悲咒的。所以表面上看似携手一起阻挡那三个角上扑来的高手，其实自己人之间借此机会发生的黑手、暗斗已经比比皆是。更有些人已经和往日就结怨的对头毫无顾忌地呼喝搏杀开了。而进逼的和阻挡的群体终于冲撞、汇集到一起时，那攻击、格斗的关系便变得更加复杂，真的就像形成了一个漩涡。

但这个漩涡还不是最终状态。当御外营的人马和几路黑衣人相互砍杀的那道刀剑翻滚的洪流也冲入到这漩涡中，当虎禅子带人从东贤庄高手的背后直接杀入漩涡中，这漩涡就不再是普通的漩涡，而是成为了一个吞噬一切的血涡。

真的是个可怕的血涡，不但自身难以平复，而且所经之处还不停地将周围其他的力量吸入其中。因为此时不管是谁，一旦被这血涡的范围牵扯进去，那么他为了自保性命便必须和人进行搏杀，否则瞬间被砍杀成碎块。而对此最有体会的是虎禅子所带的一众聚义处的高手们，在倪稻花喊叫之后，他们便立刻放弃范啸天他们三个，在虎禅子的带领下直接往中心位置冲过去。但是才冲到一半，就被重重巨大的力量裹住，完全无法控制自己进退，更不要说找准目标、抢到目标。

血涡中的攻击、搏杀虽然残酷血腥，但是这其中绝大部分的人都清楚自己的目的。所以整个血涡虽然移动缓慢，却始终是在朝着倪大丫所在的中心位置移动、收缩。

倪大丫猛然间似乎明白了什么：逃命的路径未曾能够逃出命，那么保命的东西说不定就是要命的东西。他从怀里将那个皮卷拿了出来，于是离他较近范围内猛然掀起一片耀眼的兵刃光芒，但这光芒只瞬间一起就又敛住不动了。这现象是那些能够看到他掏出皮卷的人都试图用猛然加速加力的杀招击倒不知来自哪方面的对手，然后赶过去将倪大丫手中的皮卷抢来。但是周围的那些人都是这种想法，于是同时加速加力的杀招在瞬时之间重又变成了胶着。

倪大丫从怀里掏出了羊皮囊，从里面抽出那个古老皮卷，然后朝着周围撕心裂肺地高喊："你们是要这个吧？来拿呀！只要把我们上德塬的人放了，只要给我们这一族留下些根脉！"但是他的喊声却没有几个人听见，因为这喊声差不多全部被周围兵刃的碰撞声、拼死打斗的呼喝声所掩盖。而那些离得近的人虽然能听见些他的喊声，但都把注意力放在了皮卷上，根本没人在意他在喊些什么。

皮卷拿出之后，大悲咒、大天目心中那个懊悔呀。早知道倪大丫将这么重要的东西带在身上，自己刚才为何不搜一下他的身。事实证明，往往最最聪明的人才会犯下最最低级的错误，因为他们是用最为聪明的思想层次在思考问题，并不相信别人竟然会做出最为低级的事情。

猿夺卷

大悲咒开始念诵经文了，这次不是震慑，而是出击。经文的声音就像一条呼啸而行的蛟龙，又像一根盘旋缠绕的铁索。所过之处，唐德手下阻挡的几个高手就像被无形的枷锁囚困住，全都处于一种对抗、挣脱的状态。这其实是一种心理受到极大冲击和持续压力的表现，如果没有绝高的心力和定力，很快就会在这种经文的声音中迷失自己。

大悲咒施展出的冲击和压力却不只是为了阻挡那些高手，它最终的目的是要施加给倪大丫。而倪大丫在这种无形的冲击和压力下连最基本的挣扎都

第七章　猿夺卷

没有，几乎是完全处于迷茫状态，手里拿着皮卷直直地朝大悲咒走了过去。

"嗷！"一声吼叫如同虎啸山林。随之一个人脱出搏杀的漩涡，朝着大悲咒直扑而来。虎啸声扰乱了大悲咒念诵经文的声音，所以那几个以心力对抗、挣扎的高手一下松脱开来，而倪大丫也从茫然中猛地醒悟过来。

大悲咒的嘴巴依旧在动，看着仍然是在念诵经文，但是却不再有声音发出。的确如此，大悲咒此时将那经文已经变成了默念。发声念诵是为了对别人施加冲击和压力，改成默念则是对自己内息、功力的一种提升，这样的做法是为了让自己进入到一种攻守兼备的状态。

很少有人见过大悲咒默念经文，即便是大天目也只见过一两次而已。只有在遇到绝顶高手的时候，在没有绝对把握战胜的对手面前，大悲咒才会采用这种默念的方式提升自己的内质和潜能。

发出虎啸般吼叫的是虎禅子，他是断然击杀自己两个一众聚义处的手下才获取空间脱出漩涡，冲到大悲咒的面前，并且发声扰乱大悲咒念诵的经文。说真的，此时此地也就虎禅子这样心狠手辣且功力高强的高手能够脱出血涡的纠缠，因为他是匪家邪道出身，所用的是别人意想不到的手段。

虎禅子双手持一对白虎牙，所摆出的是一个极为夸张的虎扑架势。大悲咒默念着经文，身形则和刚才一模一样，就像是连根汗毛都没有颤动一下。

虎禅子的白虎牙看起来比刨皮削瓜的小刀还要短小，而且没有锋刃，牙尖也不够锐利，怎么看都不像是可以用来杀人的武器。但是内行人都知道，白虎为妖虎，生性嗜血，其牙别具灵性。这对白虎牙看似没有锋刃也不够锐利，但其实入肉便如刀切豆腐一般。而且这对白虎牙还可以感觉到血脉的流动和心脉的跳动，所以搏杀之中可循血、循心而动。就算是最常见的招式，施展过程中都可能因为虎牙的牵引而出现意想不到的变化，而且这些变化都是针对对手最敏感的要害处，让人防不胜防。

大悲咒默诵经文的嘴唇已经是似动非动，速度也越来越缓。而一旦完全停止，则说明他已经将状态提升到了极致。他的身体真的是一动不动，旁边缠斗带起的劲风竟然不能让他的衣物稍稍飘摆一下。不，准确些说他现在已经成为了一尊塑像，一尊以内力将自己包裹、定型的塑像。

虎禅子的虎扑架势摆了很久却始终不曾出手,只是口喉间不停地发出低沉的呼哨之声,以防止大悲咒突然发声、以声为攻。按说这不是虎禅子的风格,但他之所以这样做是因为面对大悲咒这尊塑像时,他手中的那一对白虎牙失去了灵性,失去了循血、循心的功能。而且在那根本听不见的经文念诵声中,似乎连嗜血的天性都失去了。

大悲咒和虎禅子两个绝顶高手处于僵持的对峙状态,但这样一来便让更多人有机会动起来,比如说唐德手下原来试图阻拦大悲咒的那几个高手。眼下对于他们来说是个大好的机会,于是几人一起朝倪大丫冲了过去。

倪大丫此刻虽然从茫然中醒悟过来,但依旧怔怔地拿着那个皮卷不知所措。而当那几个高手朝着他围扑过来时,他更是连动动手指的反应都没有。

"把那东西扔了,快把那东西给扔了!"倪稻花在朝着倪大丫大声地喊叫。

但为时已晚,那几个高手的功力虽然无法与大悲咒、虎禅子这些人相比,但速度那也是鹰掠狐窜一般。倪大丫不要说将皮卷扔出去了,可能还没等他完全听清倪稻花的喊话,他就已经被别人扑倒在地了。

但事实却并非如此,倪大丫不但将皮卷扔出去了,而且还扔得很远很远。从小到大他都没有扔出过这么远的距离,而能做到这样都是因为哑巴及时出手了。

几个扑向倪大丫的高手是被连续的小弩箭给逼退的。哑巴这连串的小弩箭是用诸葛弩射出的,而且是在快速移动中边跑边射的。而当倪大丫终于听从倪稻花的喊叫将手中的皮卷扔出去的时候,哑巴所持诸葛弩中的十支弩箭刚好射完。哑巴手动如电,武器立刻便换成挂在腕上的弹弓,并且连续射出三枚泥丸。三枚泥丸按先后顺序全部击中在空中翻转飞行的皮卷,让其保持飞行的力道和高度,所以这皮卷才会扔出倪大丫从未扔出的距离。

皮卷是在对抗的血涡范围中落下的。本来下面满满当当都是人,但是当看到那皮卷落下来了,竟然一下让出一块很大面积的空地,就像怕被那皮卷砸了头一样。

第七章　猿夺卷

其实这正是一种激烈对抗才会出现的现象，因为在相持对抗中谁都知道自己没有机会去接拿那个皮卷，必须先采取行动将和自己相持的对手尽量逼退，远离那个皮卷。只有保证皮卷不落在别人手中，自己才有机会拿到。但由于这种想法、这个做法是在场所有人共有的，所以当大家都付诸实际动作后，就相当于是大家共同让开了一大块空间。

皮卷是飘落下来的，扎系皮卷的带子在空中被哑巴的泥丸打掉了。皮卷摊在了地上，很多人都看到了皮卷上的字样和图形，因为这周围已经被火光、灯光照得亮如白昼，因为看到的人都是些目力过人的高手。虽然皮卷上的字样不是谁都认识的，虽然那图形也只是隐约看到些线条符号，但是无论从整体外观还是图形特征上判断，这都应该是一幅指点了某个秘密的地图。

于是激荡的血涡变成了一个环形，凶猛快速的搏杀则变成了胶着的角力。谁都想过去拿到皮卷，谁都想阻止别人拿到皮卷。而因为让出一块空间后使得人与人之间变得更加拥挤，于是推抵、拉扯、挤压替代了原来有招有势的格斗。整个环形就像个没有城门的围城，又像一个推不动的磨盘。

要想打破这种状态，除非有什么人可以飞过胶着的环形直接到中间的空地上将皮卷拿走。但是要从众多高手头顶上越过，这会比行走在遍布尖刀的翻板、陷坑上更加可怕。而且就算真的到达其中拿到皮卷，要想出来就更加困难。因为只要有谁拿到那皮卷，那么正处于争斗状态的人们便会立刻放弃他们间的对抗，转而将拿到皮卷的那个人当做目标阻挡、格杀。

一个巨大的身影连续几个蹿蹦冲奔，跃过了一些高手，也撞倒了一些高手，以一条直线贯穿整个胶着的环形。当然，在经过环形的中心点时，肯定是顺手将皮卷带走了。没有一个高手敢这样做，也没有一个高手能这样做，除非这个巨大的身影不是个人。

这个巨大的身影真就不是个人，而是穿着铜甲的巨猿。铜甲巨猿不是技击高手，它的对敌招式极为简单，在单独面对一些真正的高手时很难匹敌。但是在这种刀剑如林、人潮如海的状态下，它的特殊实力便完全显示出来了。一个是蹦跳纵跃距离远，一个是冲击力大速度快，再加上一身铜甲很难为敌所伤。而且在它快速冲过去并抢走皮卷时，那些真正的高手正全神贯注应付着其他真正的高手，根本无暇顾及铜甲巨猿。

铜甲巨猿的出现，至少可以表明一点，在血涡中争斗的有不问源馆的人。而当皮卷落入巨猿手中后，也就相当于是明告所有人，宝藏的秘密在蜀国手中了。但是此时是在楚地，几国的秘行力量不管哪一路得到了宝藏秘密，并且被别人确定了身份，那么楚地周行逢的力量肯定会全力围捕。而且不仅楚地的所有力量会围捕，其他几国的秘行力量肯定也会将其作为目标不停追杀，直至皮卷易主。

可眼下的僵持状况必须打破，如果再继续下去的话，所有侵入营地的秘行力量想要从这胶着中主动退出都不可能。一旦周行逢得到讯息遣大军前来，那么不仅皮卷会是周行逢的，就连进来的几路秘行力量也休想有命回去。

不问源馆的丰知通不是傻子，他是经过仔细斟酌之后才发令让铜甲巨猿出动的。与其困在其中不能脱出，不如先行将皮卷抢到手再说。其后就算被楚地和其他几国的力量追踪围捕，只要拿定主意一直逃脱而不缠斗硬拼，那么带着皮卷回到蜀国的几率还是很大的。即便是一时失手被困死局，有这皮卷在手用其保住性命也应该不是问题。

铜甲巨猿拿到皮卷之后便立刻攀山入林，直接投身深暗之中。而就在铜甲巨猿得手后的瞬间，营地有很大一部分的明盏子顿时熄灭了。然后还有几个火堆被人推散扫平，无数火苗撒向胶着的环形，烟雾、木灰四处飘扬。这应该是不问源馆的人在故意增加追踪铜甲巨猿的难度。

也就在铜甲巨猿蹿出胶着环形的刹那，整个环形松解了，然后有成群的人朝着铜甲巨猿逃走的方向追去。但也有一部人立刻汇聚集结，然后才以前后有序、攻守兼备的阵势追赶下去。

行路难

唐德骑在马上，眼见着满营地的人瞬间不见了，只剩下身边十几个亲信。亮如白昼的灯火变成了零星几支并且正快速暗去。他始终都挺直身躯没有动，只是暗暗地在嘴角上漾起一丝笑纹。

"来人，带上倪大丫回潭州。"唐德压低声音吩咐手下，似乎是怕什么人听到一样。

"庄主，那倪大丫不见了！"立刻有唐德的手下回道。

唐德这时才将笑纹陡然收回，横眉厉声说道："通知外围守护，全力搜捕倪大丫。同时通知御外营协助，其他任何事情全都放下延后。"

唐德的思路是正确的。那皮卷就像一块多肉的骨头，而几国秘行力量个个都像是凶悍的野犬。加入骨头的抢夺不但很难得到皮卷，而且还有被野犬所伤的可能。但是那皮卷是倪大丫一直携带的东西，这世上可能就倪大丫一人知道其中的内容了。所以控制住倪大丫也就相当于得到一个活的宝藏图。

但是唐德并不知道，倪大丫拿到那皮卷其实也才半天不到的时间，就算看了也不可能记住。而且还有另外一件事情他也不知道，那倪大丫已经找到此地的一处墓穴，并且启开了一个极为隐蔽的口子。在范啸天的掩身技艺和哑巴的射杀技艺帮助下，他们要进入那个隐蔽的墓道并不算太难。而一旦进入后，要想找到倪大丫那就得再有一个和倪大丫同样厉害的盗墓高手。

这夜过后，天还没有完全亮起时，楚主周行逢接到了一众聚义处的呈报。这份呈报的内容有些复杂，但是却一点都不杂乱。虎禅子一介草莽武夫竟然将事情梳理得井井有条，而且基本没有偏颇。

"宝藏皮卷出现"，这是呈报的第一条，是所有事情发生的前提，也是最让周行逢兴奋的消息。

"是唐德设兜让携皮卷的倪大丫现身的。"这一条周行逢也很满意，如果虎禅子不能将皮卷得到，他情愿让唐德得到。他非常了解自己这个女婿，知道唐德的弱点。即便唐德真的生有异心，他也有十分的把握拿到唐德手中的任何东西。

"出现了多股人马争夺皮卷。从特征上看有南唐夜宴队、蜀国不问源馆、大周御前特遣卫。藏宝皮卷最终被蜀国不问源馆所得。"

看到最后一条周行逢一拍虎案断然站起，高声对手下人说道："吩咐下去，楚境内所有通往蜀国的村卡、寨关、城镇、州府，全部闭关严查。让各道驻军配合州府衙门，增设临时查卡，特别是在荒途野径处。由刑部抽调寻踪辨迹的高手会同一众聚义处分段、分片查找。总之，不得让一个不问源馆的人逃回蜀国。不！是不让任何一个蜀人逃回蜀国。"

周行逢已经是久修长磨之人，平时总是一副沉稳的面容。今天突然显现出如此的狂横霸气，那是真的急了。一个可以帮助自己君临天下的宝藏秘密明明已经在鼻子底下了，却眼睁睁被别人叼走了。

但是周行逢毕竟是周行逢，霸气才现就又马上收敛。不仅收敛，而且还陷入沉思，因为此时他看到了呈报上的第四条。

"另有几队黑衣人参与争夺。从攻势队形上看，是出自兵家，格杀招式也是战场上最直接、最实用的。所有衣着特征都看不出他们来自哪里，但众多遗留现场的尸体中，有两具身上烙有'芈'字印。"

这一条让周行逢感到了害怕，比没有得到宝藏皮卷还要害怕。因为楚地最早为芈姓熊氏的封地，在一些正脉传承的芈姓熊氏家族中，男孩的成年礼就是在身上烙'芈'字印。也就是说，这几队突然冒出来争夺上德塬族人、争夺宝藏皮卷的黑衣人，是楚地军队乔装改扮的。是谁暗中指使的这些人？暗中指使的人到底有着什么企图？周行逢当然会害怕，因为这些信息都在明确地告诉他，自己辖下有人在觊觎他周氏的基业。

齐君元雇佣了马车择路而行，想尽快穿过楚地腹地到达呼壶里。因为已经过去两个多月的时间了，根本不知道后续发生了怎样的变化。楼凤山在呼壶里的阴阳玄湖很可能已经变成一处弃地。就算目前还未变成弃地，但操控之人一旦知道自己还活着，并且正赶往呼壶里寻找真相，那么阴阳玄湖很可能即刻间就被舍弃，以免自己从那里寻到线索追查下去，最终坏了别人的计划。

齐君元赶路的速度虽快，但他一路却不失小心谨慎，全是选择城外小道、山间野径而行。毕竟自己已经成为九流侯府的目标，危险随时随地都可能出现。

可能是否极泰来的原因，最近一直倒霉的齐君元终于到了幸运的阶段，

第七章 猿夺卷

这一路下来全是顺风顺水，没碰到一个可疑的人。当然，这也有可能是九流侯府早就将他列为"没影儿"了（死人、鬼魂、不存在的人才没有影子，所以这词是指已经被杀死的目标），已经完全放弃对他这个豁边儿（意外逃出）刺客的追查。

但是就在这两日之中，齐君元突然觉得沿途的情形有所变化。这倒不是因为在他附近出现了什么可疑的人，而是沿途一连出现好多人都将他当成可疑的人严加盘查。

这些人很明显不是九流侯府的人，从穿着、装备上看都是楚地的军卒、官差。盘查的卡位不仅设在城镇关口、官私重道，甚至就连一些不常有人走的城外小道、山间野径也都设下了卡点。这么大范围又如此大张旗鼓的行动必须是官府行为，而且主持这种行动的官家级别肯定不低。

齐君元只经过两个小卡口后便觉得不对，因为他看出卡口盘查的对象主要集中在江湖人身上。盘查的过程非常仔细，搜身、翻货、抖碎、核辕（抖碎、核辕都是五代和宋代衙役的行话，抖碎意思是检查随身包袱行李，核辕是指检查车辆、马匹有无异常。水浒中有个险道神郁四宝，据说就是个抖碎、核辕的高手），等等。齐君元满身的钩子虽然丢了一部分，但是留下的数量仍是可观。他前面经过的是两个在荒郊僻径设置的临时小卡口，盘查军卒衙役都缺少经验，同时因为对突然调至的环境很不满，盘查时都心不在焉，所以齐君元只谎说自己是贩卖捕鱼器具的便蒙混过关了。

虽然多了两关，但齐君元却怎么都不敢继续往前走了。前面的卡口会是什么人在盘查？盘查的力度又是如何的？一旦遇到哪个稍懂些江湖事情或捕鱼技法的，那自己肯定会脱不了身的。从眼下这设卡搜捕的规模来看，那些重要路径和城镇关口上肯定会有这样的高手，所以齐君元不敢冒险。不管怎么说，他都是个杀人的人，也是皇家、官府最忌讳的人，估计还是和他们追捕对象性质相近的人。于是齐君元当机立断，悄然弃车，然后独自从荒野无人处穿行，只择方向不循路。那赶车的车夫全然不知齐君元何时下的车，是无意间回头才发现雇车之人早已没了踪影，只是在车厢里留下了一串铜钱作为雇车钱。

齐君元虽然是在荒野中行走，但是在经过荒村野户时都要去人家门口窗下偷听到些谈话，借此了解楚地发生的事情。再加上他对各处卡口分布以及官家兵马运动方向的分析，很快就将前因后果了解得八九不离十了。

楚地的官家行动竟然是楚主周行逢亲自下令并主持的，而针对的正点子是蜀国不问源馆。齐君元并不知道周行逢为何要对付不问源馆，但他却推测这件事情很大可能与上德塬的秘密有关。

很快，就连荒野中的道路也都不好走了。官兵、衙役的设卡范围在进一步扩大，而且荒野之中也会不时有大批的兵卒走过，像是撒网似的密集搜索，又像是在进行着频繁的军事调动。

从这些兵卒行动的轨迹上看，他们是在有意识地向荒山野岭的范围推进。而从这些兵卒所携带的武器械具上看，应该是准备活捉某些人或某种兽子。齐君元之前了解到的信息是说蜀国不问源馆的人拿了楚主周行逢什么东西，这才展开如此大规模的搜捕。现在看来这消息还是很有几分准确性的，因为只有不问源馆这股秘行力量中又有高手又有铜甲巨猿那样的兽子，所以这些兵卒才带着那些活捉人和兽子的器具。

在差点又和两股快速移动的人马迎面撞上后，齐君元已经不是觉得路不好走了，而是根本不敢走了。

那两股人马有一股他能辨别出来，是大周的虎豹队。赵匡义带领的虎出林、豹跳岩本身就善于山岭树林中的行动，现在又有南平"千里足舟"作为支持，所以反应和运转的速度要比薛康的鹰狼队快许多。

另一股人马齐君元完全辨认不出，这里面个个都是高手，而且组织很是严密，几乎是将南唐夜宴队和大周的虎豹鹰狼队的优势结合在了一起。从他们行动的路径和模式来看，这些人是不惧楚地各处官设关卡的，所以他们很有可能是周行逢手下的秘行力量。齐君元的猜测一点没有错，这股人马正是虎禅子手下一众聚义处的人。

齐君元觉得自己应该是无意之中闯进了一个处处凶险的捕场之中了。但是让他感到悲哀的是自己也正好是一个猎物，一个南唐顾子敬、楚地唐德、南平九流侯府，以及三国秘行力量都想捕捉到的猎物。在这捕场中，自己不管落入谁的手中都算得上一个意外之喜。

齐君元高估自己了,因为他还不知道宝藏秘密的皮卷已经露了相,而且已经在不问源馆的手中了,所以他在一些人眼中已经大幅贬值,甚至是毫无价值。

人怪异

其实齐君元如果在这个时候选择原路往回退走的话,他还是可以顺利远离危险的。因为楚地所有封堵、围捕的路径和范围都是针对蜀国的,兼带些往南往北的路径和重要区域。这样一个范围其实已经是将不问源馆的人定位了,现在只是怕他们携带皮卷乔装混出,这才密密匝匝地设下了重重关卡。但是齐君元想尽早赶到呼壶里,他有种预感,自己要是去晚了的话将会失去所有的线索。所以明知道前方危机重重,他依旧是硬着头皮继续前行。心中只期盼过了这一段地界之后围捕盘查的力度能够缓和一些,让自己顺利脱出目前的困境。

但是当齐君元走到方茂寨时,他彻底绝望了。这地方真的就如同个铜墙铁壁般的桶子,明着的楚地官兵衙役和暗着的各路秘行力量处处都有安插。如果这里真的是铜墙铁壁齐君元或许还有办法翻越过去,问题是眼下的铜墙铁壁都是活的,都是高手,都是蛛丝马迹、风吹草动全不会放过的硬爪子。可以这样说,此处不是杀场,但是就连鸟雀都很难活着飞过。这里没有刻意布设的兜子,但是铺满了兵卒和高手的情形已经将这里变成最厉害的兜子。

幸好被堵在方茂寨前的人不止齐君元一个,连车马带行人倒也算得上很大一堆。齐君元躲在人群之中,就像一堆豆子里的一粒豆子。根本没有特点的相貌、装束很难引起注意,所以他甚至比那些真正的老百姓还要安全。

方茂寨两边天沟,全是千仞的悬壁,必须是从寨口过八百步山梁才能通过。而寨口的守卫连盘查、搜身这类的事情都不做了,转而直接告知此处根本不予通行。因为据他们说被追捕的罪犯就在附近这一带,为防止他们蒙混逃脱，更是防止他们买通或要挟本地人将盗夺楚主的宝贝带过卡口，所以在捕获他们之前，一律不放人通过方茂寨。

齐君元自始至终都没有研究如何通过方茂寨，即便那里仍然可以在盘查无问题的情况后放行，他也没有想过要从那道石梁上过去。因为在这样一个聚集了太多高手的地方，他想要再次蒙混过关是没有可能的。齐君元到这里来是为了找漏洞的，找一条别人都会疏忽而他却能发现到的可行之路，找一个也许可以让自己不动声色就突破出去的薄弱点。他相信如果这样的漏洞存在的话，肯定就在兵卒守护的寨口附近。山林荒郊中的守护力量肯定没有寨口这么聚集，但安插在那里的都是高手，一个人就能控制住很大一个范围。在那种守护范围呈交叉、重叠、铺展的环境中，不可能有漏洞，更不可能有连续的呈一条路径形状的漏洞。

齐君元之所以会绝望，是因为在方茂寨寨口的附近他也没有找到漏洞。

躲在人群之中，从人群的空隙中朝寨口瞄了几眼，齐君元便立刻确定此处的防守不是一般人设置的。鹿角丫杈加长杆矛为最外防守层；然后车弩和强弓为第二层；绊索儿、抛裹网为第三层；连发快弩和飞枪为第四层，最后一层为盾甲快刀队加大刃翅镗。这样的布置不要说自己，就是一个比自己技击功力高过数倍的高手或者几个高手的组合，都是无法由此闯过去的。而且其中第三层的抛裹网，第四层的连发快弩，第五层的大刃翅镗，显然都是临时增加的配置，是专门用来对付高手和大兽子的。

齐君元放弃了找到漏洞的念头，打算趁着人多先离开人来人往的寨口位置，找个相对安全的地方静下心来再想对策。

但就在他准备移步从人群后方退出时，突然间觉得自己身后不远有着某种异常。于是立刻强行止住了自己的脚步，就像止住迈入深渊的脚步，心中一阵狂跳。但齐君元毕竟是齐君元，只是转瞬间，他便以随意的姿势调整好自己的内外状态，平复了心跳，然后用敏锐的眼角余光快速寻找所觉察的异常到底是什么，又是来自何处。

两粒豆子，虽然也是一堆豆子里的两粒豆子，但他们还是被齐君元这粒

第七章 猿夺卷

豆子辨认了出来。其实作为杀手,要想像齐君元那样完全成为混在一堆豆子之中的一粒豆子是一件很不容易的事情。因为除了相貌装束没有丝毫突出特征外,还必须在气质、神情方面也可以做到和其他人没有太大差别。这也是齐君元隐号"随意"所要表现的一个方面,他可以将自己的一切融入到周围的意境之中,并随着周围的气氛、情绪运转。而这一点是其他杀手很难做到的,他们也许可以在外表上没有任何异常,但是他们的神情、气质往往会暴露出他们与周围人的格格不入。

那是一男一女,都已岁近中年,从外形打扮上看,他们像是山农,茅草鞋、竹背篓、油布衫,都是山中采药的标准装束。另外,这两人皮肤黝黑粗糙,满面尘霜,这也是山农该有的特点。其实就从这两人的外表来看,他们没有一丝异常,混在人堆中也没有丝毫突出。

但是齐君元却是从两个细节上发现到他们的不同,一个是这两人的茅草鞋磨损很大,而且是足跟多过足掌。这应该是在平常路径上长途跋涉才有的磨损特点,而不是常常攀山的磨损特点。这说明两人并非附近的山民,至少在到达方茂寨之前他们曾走过很长的路途。而另一个细节是这两人的表情,他们并没有像其他人那样因通不过方茂寨而心焦担忧,眼光笃定、表情镇定,完全一副成竹在胸的神情,样子就像是到此处来观望一下事态的发展而已。

齐君元以很自然的状态往那两人的方向靠近了些,因为他觉察出的细节完全可以证明这两个人至少是有些怪异,所以想近距离对他们做更多的观察和了解。不知道为什么,齐君元心中忽然冒出一种强烈的预感:"自己要想不成为误入捕场的猎物,要想成功通过方茂寨,这两个怪异的人或许是唯一可利用的途径。"

离着那两人大概还有五步的样子,齐君元停住了自己的脚步,因为那两人几乎同时朝他瞟过一眼。这一闪而过的目光中有灵动、有警觉、有敌意,但这些都还算正常,真正让齐君元停住脚步的原因是这目光中还有兽性和诡异,就像某种谨慎又毒狠的动物。

不过结果还是很幸运,齐君元并没让这两人产生怀疑,他们的目光瞟过之后便立刻恢复成原来的状态。依旧站立在人堆中往前面观望，只是他们的视线范围比其他人要宽广得多，而且是完全排除了方茂寨寨口的范围。

齐君元顺着那两人的视线范围大概揣测了下，最终的发现让他心中微微一惊。这两人竟然完全和自己相反，他们是在山林荒郊中高手守护的范围中找漏洞，在自己认为完全没有漏洞的范围内寻找漏洞。

齐君元知道自己不能再往那两人处靠近了，刚才没有让这两人产生疑心已经非常侥幸。但是齐君元又有些不甘心，他对这两个人充满了好奇。他非常急于想知道这两个人的来历和路数，想知道他们为什么要在那些高手守护的范围内寻找漏洞，又能不能找到漏洞。

又一次的移动只迈出半步便立刻停住，意境中出现的异常感觉告诉齐君元应该立刻停止。刚才那两人虽然没有对他起疑，但他们也已经有所觉察。就在他要再次接近那两人时，突然闻到他们身上发出一种奇怪的味道，也或者是几种味道混合而成的奇怪的味道。那味道冷晦、腥臭，给人一种暗黑、恶心的感觉。就像是尸体化成的腐土，又像是黑暗里嗜血的阴魂。而这味道是一般人很难嗅闻出来的，除非是经常接触死亡的人。

齐君元开始害怕了，就如同有一把涂满毒汁的快刀抵在自己的脖子上那么害怕。因为他发现这是两个怪异的人，他们的怪异是从骨子里透出来的，是一种气质也是一种气势。这怪异从外相是看不出的，也不是一般人可以看出的。

但怪异之人往往有非常之能、超常之举，所以齐君元并不能确定这两个人对自己而言到底是福是祸。坠上他们或许可以顺利通过方茂寨，但坠上他们的另一个结果可能是还未通过方茂寨自己就已经尸骨无存。

那两个人低声说了几句什么，齐君元离得只有四步半远的距离，却一个字的内容都没听见，只捕捉到几个单一的语气音。也或许这两人之间的交流就只有这几个语气音，是他们之间独特的交流语言，就是为了防止别人听出他们所交流的内容。

两人说完话后便慢慢地从人群中退出，转而往西边走去。而那个方向根本没有通过方茂寨的路，只有深不见底的天沟。难道他们有什么办法越过天沟？如果无法逾越天沟的话，沿着天沟往西而行最终到达的地方是天威关，那里是一个防守和设施比方茂寨更加严密的关卡，估计更加没有机会通过。

齐君元迟疑了一下，最终还是远远地跟着这两人往西边走去。因为那两个怪人给了齐君元不一般的感觉，所以他格外小心，以全神贯注、全身戒备的借形跟踪法紧紧地跟在后面。

石间缝

齐君元的借形跟踪法算是离恨谷中一种绝妙高深且非常实用的跟踪技法，它是利用周围地形、环境和物体遮掩自己的身形。在这过程中，要度算到地形高度、角度，被跟踪目标的速度，每一阶段自己的置身位置，等等，从而保证跟踪中自己的身形始终有遮掩物，或者是在对方视线无法够及的范围内。而目标不管是什么走法，都不会从他的注视范围中消失太长时间。一般练成这种跟踪法的人最多是让目标暂时消失"十滴水"(也就是间断滴落十滴的时间)，所以这技法的修炼级别也是以滴水的次数作为恒定，最差级别也就是刚刚够出道的就叫"十滴水"。而齐君元这技法已经练到了"六滴水"到"五滴水"之间。

齐君元对自己的借形跟踪法非常自信，因为他的特长就是随意、随性、随境。他相信不管目标怎么走，即便目标有特别的能力可以听到自己的脚步声，发现自己的气息声，但都无法直接看到自己身在何处。

自信是好事，但有些自信能否成立却不是自己决定的。齐君元最后一次掩身是在一棵大树后面，停留了"五滴水"的时间。他是要等前面那两个怪人过了一个土石堆积的凸弯后自己才能再次追上去。可是怎么都没有想到，就这"五滴水"的时间，就那么二三十步的距离。当他悄然如狸猫般追过那个凸弯之后，却再也看不到那两人的踪影了。

怎么会这样的？齐君元在心里问自己。那两人会飞？就算会飞那也得扇扇翅膀抬抬腿呀，不会这么快就不见了呀。那么是直接跃入天沟了？也不对，一个是根本没有理由跃入天沟，再一个从他们的立身位置到天沟有好几十步的距离。即便以最快的速度冲过去，那也该是在齐君元到达凸弯之后才能到达。而且以那么快的速度奔跑，这一段路径上也该留下一些痕迹。

齐君元仔细盘算了一下，自己停留的"五滴水"再加上自己从大树后面快速移动到凸弯的时间，只够那两人在周围二十步内从容做些事情，于是他以凸弯刚过的位置为中心，在辐射二十步的范围认真查辨了一番。这范围虽然够不到天沟边沿，但其中也有草丛、荆棘丛、大树、石堆等物。如果这两人有比范啸天融境之术更高超的技法，那么在这大白天中骗过自己的眼睛也不是完全没有可能的。

但是让齐君元很难以置信的是他什么都没有找到。他将所有的位置都看过，也用手摸过，最后还用树枝敲打了一遍，但是什么都异常都没有。最后几乎是完全匍匐在地，却连那两人正常行走该留的细微痕迹都没有找到。

不过越是这样齐君元就越觉得这两人值得去寻找。他是个杀人的人，不相信神神鬼鬼的事情，只相信技法、技巧的可能。所以他心中确定这两个人的踪迹全无是采用了一种技法，就像范啸天那样可以站在别人面前却让别人无法觉察出的技法。或者是选择了一条路径，一条一般人无法发现和无法想象的路径，甚至可能根本就不是人行走的路径。

齐君元扩大了查找的范围，他仍然是从痕迹上入手的。因为像这种野外的环境情况很复杂，就算是受过非常严格训练并且具备丰富江湖经验的杀手也很难在这种环境中不留下痕迹。而那两个人脚穿茅草鞋，身背竹篓，脚下行走、身形转移中都是很容易留下痕迹的。

但是齐君元连找了两遍，从起点朝外辐射的所有方向上都没有发现一丝该有的痕迹，这两人就如同人间蒸发一般。"难道真的是遇到了一对山鬼、树妖？或者是会土遁的仙人？"不信鬼神的齐君元出现了这种想法，说明他的思维方法和辨查方法都已经差不多到了穷途末路。

齐君元把目光从地面上抬起，望向高处。因为如果地上没有痕迹，那么很大可能是借助某些器具从空中行走的。比如说像齐君元从烟重津崖下用索子挂树荡行，还有像秦笙笙那样吊住群鸟直接从空中飞走。像秦笙笙那种情形不大可能，因为此处没有大群的鸟儿，时间上也来不及。借助树木荡行在这里也不具备条件，因为此处没有连续的可借助吊起身体的树木。

没有往前走，也没有飞上天，地下是坚实的山体、土石无法遁走，那么这两人还有什么地方可以去？

就在此时齐君元脑海中灵光突闪，他猛然转身朝身后看去。往后走！是的，他们两个人还可以往后走的。但也就是在转身的同时齐君元又突然意识到，自己的背后并没有路，三步之外就是那个凸弯。

这个凸弯不是山体本身自然形成的，而全是由山上土石滑落堆积而成的。凸弯上长不了大树，但是杂草、荆棘和树苗子却几乎将其完全覆盖，只有少许几处可以看见一些褐黄色的石块。

打眼看去，凸弯上更不可能有路径可走。往天沟下面和往天上飞至少还有可行的空间，而凸弯上全是严实的土石。如果那两人是从这里离开的话，那除非他们真的是会土遁的仙术。但是江湖中很多事情往往是最不可能才最有可能，齐君元深谙此中道理。所以即便只是三步的距离，他也同样仔细查辨起来。

有痕迹，终于出现了痕迹。但不是人走的痕迹，也或者原来是有人走的痕迹，但是被其他什么东西给掩盖了。那痕迹像是什么东西滚压过、抚摸过，所以土质与其他地方相比被压实了许多，而且面积挺大。如果是故意为了消除什么痕迹而为的话，那么这么大的面积消除的应该远不止两个人的脚步。

看到这痕迹，齐君元立刻想到了什么，他走到转过凸弯的位置，用手轻轻拨开边上的杂草，于是看到更多类似的痕迹。这说明在那两人过凸弯之前，就已经有东西到过这里，而且过了凸弯之后也没有继续往前，而是在这三步范围里就消失了。

这里有路，肯定有路。不一定是人走的路，但是那两个人肯定是从这路径走掉的。齐君元肯定自己的判断之后，便开始在凸弯的背面上查找起来。土石堆起的凸弯不大，也就正常民房的大小。只是因为有许多杂草、荆棘和树苗子的遮掩，所以查找起来很是困难，需要一层层地将杂草、树苗子拨开才行。

齐君元是江湖老手，经验极为丰富的刺客，受过严格训练的谷生。所以他虽然没有看出三步内滚压、抚摸过的痕迹是怎样形成的，但是路边杂草丛里的痕迹他却是看出来是怎么形成的了。那是蛇行，而且像是许多蛇依次游过的痕迹。所以按照蛇行的特征，没有必要在凸弯上一点点地查找，只需直接从凸弯的最底部辨查就可以了，等确定了底部痕迹的最终位置后再逐渐往上延伸。

齐君元很小心地用一根树枝拨开凸弯根部的杂草和荆棘，即便他经验再丰富、胆识再过人，在明知道自己面临的是两个危险可怕的怪人和一群蛇时，身体的自然反应肯定是不断将自己往最紧张的状态提升。

底部的杂草丛中有道缝，必须先将杂草压下，然后视角由下往上看才能发现。齐君元侧俯身往里看了下，缝口很窄，刚够一个正常人收胸收腹挤进去，但是里面是什么情形却看不出来。

虽然还不清楚里面的情形是怎样的，但齐君元基本可以确定那两个人是从这里离开的。因为这样隐蔽的通道是很难被人发现到的，而对于蛇来说却是一件容易的事情。即便有人发现到这样的石缝也不可能觉得它是条可通行的洞道，除非是有其他什么手段预先试着通行过，比如说蛇群。蛇虽然喜欢温暖、家族式的群居，但它们其实也是很怕拥挤的，群居时密度太大便会影响生存。而在整群的移行中，它们也是要尽量保持一定距离的，如果通道不够宽大，它们宁愿分前后通过。所以善御蛇者只需通过一群蛇进入某个通道口子的速度便可以看出里面空间的大小。

而那两个怪人所驾驭的这群蛇所起的作用可能还不只是找到洞道、确定洞道大小，他们到了凸弯这边后的痕迹应该是这些蛇给消除的，所以齐君元只发现到滚压、抚摸过的痕迹。还有两个怪人进入到石缝后外部被压倒、压乱的杂草，也应该是蛇群给恢复的。所以这是一群训练有素的蛇，而一群训练有素的蛇在某些情况下就好比一群训练有素的刺客，有的时候甚至比刺客更加危险。

齐君元决定跟进石缝里，这是另外一个细节给了他勇气，就是两个怪人所背的竹背篓。他们两个的竹背篓都挺大的，是无法直接从石缝中通过的。除非它们是被压扁压坏了带进去的，或者像人一样知道怎么收腹收胸挤进去。齐君元情愿相信那两个竹背篓是收腹收胸挤进去的，因为他所在的离恨谷工器属就有这样的技法。会此技法者编制出很大很高的竹篓、竹筐，在需要时只要脱开几处关键位的撑钮，那么很大很高的竹篓、竹筐就可以压缩折叠成很小的块状、盘状进行携带，等需要时再将其展开。如果那两个怪人的竹背篓也是这样的构造，那么齐君元希望这两个人是离恨谷的人，或者是和离恨谷有着某种关系。

挤进石缝之前齐君元首先往里面弹入几枚子牙钩。虽然不清楚里面的情况，但这几枚子牙钩至少可以对石缝口子形成一个防护圈。刚进到石缝中，齐君元心里就有些后悔，一种立刻退出的冲动不停地在催动着他。这是因为石缝中一片黑暗，人就像浸入到墨桶里了。然后触摸到的地方有些黏黏滑滑的东西，不知道是什么，这让齐君元心中感觉凉飕飕的、惊颤颤的。而让齐君元最为恐惧畏缩的原因是他闻到的味道，这味道正是他在方茂寨前面接近那两个怪人时所闻到的奇怪的味道，冷晦且腥臭。所不同的是石缝之中这样的味道比那两个怪人身上散发出来的要浓烈了几十倍、上百倍。

但是齐君元最终没有退出，除了胆量之外还有对自己子牙钩布防的自信。还因为他是杰出的有丰富实际经验的刺客。即便是最为凶残的刺客、杀手，都是不会没有任何目的地去杀某个人的，所以齐君元觉得自己跟进石缝后即使身陷危险，前面的两个人也不会无缘无故就对自己突下杀手，肯定是有给自己说话机会的。但是齐君元却疏忽了一件事情，有时候自己虽然没有做任何事情，但是撞到别人在做不愿意被人知道的事情时，这已经是一个不需要经过任何过程便立刻狠下杀手的理由。

咬如剐

石缝里侧身挤行了五六步，就在齐君元将第一轮子牙钩收回，将第二轮子牙钩弹出后的第二步，他一下摸进了比较宽敞的通道里。这里黏滑的东西变少了，奇怪的味道也变淡了，只有黑暗还是依旧。不过在这样的环境中反而会让人产生更大的心理压力，因为身体不再被土石挤压住，而是可以处于一个完全碰不到东西的空间中。那么黑暗里如果有什么东西在靠近自己就无法预先感觉到，伸出手往前探摸道路会触到什么也是不可预料。这感觉其实就和伸手到一个封闭的盒子里去摸东西一样，告诉你盒子里有东西，但不告诉你是什么东西，这种情况下很多人都会将绳子摸成蛇那样紧张，而从不会有一个人会将蛇摸成绳子那样轻松。

虽然心中很是紧张，但齐君元这个工器属的高手很快就弄清了通道里的大概情况。通道壁有许多突兀的大石，这让通道显得很是曲折。然后大石周边有很多碎石、泥土，但都填压得平整到位，这让整个通道显得相当稳固。从这些情况上加以推测，这下面原来应该是土石滑坡后留下的小空隙，这样的空隙中土石间的堆积很是松散。然后这情况被什么人利用了，将大量碎石、泥土刨出转移，换到其他位置重填。将原有的空隙合理拓展扩大，同时重填碎石、泥土时尽量放在大石的支撑位置，在结构上保证不发生坍塌。这样就形成了足够一个人通过的通道。

从所触摸大石上潮湿的程度来判断，这个通道是不久之前才清理出来的。但绝不可能是那两个人所为，他们没有这么快的速度和体力。而这通道里比外面要阴冷潮湿，这说明也不该是一群蛇干的。蛇虽然依壁贴边而行，但它们不喜欢湿冷。而且清理这样一个通道是要将土石移位重新填塞，这种做法即便是训练有素的蛇群都无法办到的。还有，通道中不可能所有的大石都恰好可以通过移动碎石、泥沙，其中有两三块横贯通道的大石就像是被凿开的，这件事情也是蛇群无法做到的。难道是自己判断错了？石缝外面发现到的痕迹都不是蛇行痕迹？齐君元不得不向自己提出了疑问。而此刻他心中最大的疑问是这通道是通向哪里的？

最大的疑问却是最早得出答案的。齐君元顺着通道缓慢而行，很快发现到了光。这光是通道外面的光亮，但朝着这光亮的方向却出不去，因为投入光亮的口子是在石壁之上，从这里往外看可以看到天沟下幽深的景象。

第七章　猿夺卷

　　看到了外面的景象让齐君元的紧张状态再次放松了些，他借助着这光亮一直往前走。这一路走得很轻松，因为脚下的路径是往下的，有些地方陡度很大，不用走就直接滑下去了。

　　很是幸运，齐君元在洞道中没有遇到蛇群和两个怪人，更没有遇到比蛇群和怪人更危险的东西。更加幸运的是，齐君元没用多少时间也没费多少力气就从一个狭窄洞口出了通道，这洞口也是一个石缝，但比进来时凸弯上的石缝大一些。还有就是这个石缝所在的位置是在天沟石壁上，出了石缝往下只一人多高就是天沟的沟底。

　　齐君元没有马上出去，而是将身体藏在洞道的暗处里朝外察看。这样的状态下他可以很清楚地看到外面，而外面的人却无法看清他。这是利用光线确定进入区域是否安全的一种基本方法。

　　外面很安全，所以齐君元出去了。外面的光线很充足，虽然是在密树丛生的天沟底下，但从洞口刚刚出来的位置真的很明亮。因为周围的一些荆棘和树木都被人砍拔掉了，所以太阳光可以直接照射到这里。齐君元对于这一点没有感到奇怪，前面那两个怪人肯定非常自信，他们绝想不到有人能找到他们下来的石缝洞口，更想不到会有人跟随在他们背后从通道下来。所以上面的洞口处理得很隐秘，而下面的洞口处却完全是另外一个样子。而且一般情况下，这么深的天沟就连攀岩技术最好的山民都不会下来，所以下面的洞口也真的不用做什么掩饰。

　　对于齐君元来说这却是好事，两个怪人连洞口都不掩饰了，那么行进过程中就更加不会特别注意些什么。这样一来，沿途留下的痕迹便可以让齐君元追寻着一直跟住他们。

　　也就是在跟踪那两个怪人的过程中，齐君元再次发现到自己原来以为是蛇群的痕迹。这一次他辨查得更加仔细，但不管怎么看他都无法确定那是什么东西，于是猜想着这些会不会是自己从来就没有见过的什么怪蛇或异种小兽子。

　　一直寻迹一路向前，当天色快黑的时候，齐君元为了不会因为黑夜的降临而跟掉前面的两个怪人，于是趁着还能看见加快速度往前赶了赶，尽量拉近与前面目标的距离。天沟之中的道路他完全不知，周围是否有楚地官家的卡口暗哨也一无所知。自己虽然是跟在了后面，但要真正走出天沟、走过方茂寨，就得完全依靠前面的人留下的痕迹带着自己走。

就在齐君元加快速度顺着痕迹往前赶的过程中，他忽然闻到了一股浓重的血腥味道。于是立刻停住脚步，警惕地察看了一下周围。在没有发现到危险的情况下，才慢慢朝传来血腥味道的方向走去。

当齐君元拨开一片大叶植物后，他看到了一具动物尸体，那是一头体积庞大的野猪。山林之中出现一具野猪的尸体并不奇怪，特别是在这样幽深的天沟里，有许多动物在自然衰老之后都会跑到这里将此处当做最终归宿之地。但是这具野猪的尸体却很不一样，它不是自然衰老而死的，而是被咬死的。

野猪的凶悍在百兽中是无与伦比的，就是老虎、豹子都不敢与之硬碰。而这只野猪不但是被咬死的，而且是被一小口一小口咬死的。它的身上没有致命的大伤口，但是小伤口无数。每个伤口处都缺失了一小块肉，就像是被活剐了似的。而那野猪死去的状态以及它所在位置周围的情景表明，在如同活剐似的死去时，野猪并没有大力地挣扎，就像是死得心甘情愿。

这种情形是在很明确地告诉齐君元，前面的两个怪人和他们所带的一群不知什么动物比自己想象的更加可怕，所以他当即决定不再往前追了。就地找安全位置休息，等第二天天亮之后再找寻他们的痕迹跟着走，或者看看周围有没有可借助的条件让自己想办法从天沟中出去。

天沟的黑夜很瘆人，虫鸣、兽吼、惊雀飞，各种奇怪的响动让人根本不敢入睡。躲在一棵大树树杈上的齐君元就那么大睁眼睛过了一夜，天亮之后虽然疲惫不堪、脑袋涨得非常难受，但他心中却很是庆幸一夜无事。

天亮之后，齐君元再次察看了下周围的环境。天沟中的环境并不复杂，就是一眼看不到天，一眼看不到地。因为天被高大的枝叶遮住了，地被杂草、落叶覆盖着，满眼都是绿色。这种特定环境中，好多正常的辨别方法都是没用的。所以齐君元决定还是跟着前面的痕迹走，如果凭自己的能力找路，估计至少要在天沟中摸索个两三天才能出去。

第七章　猿夺卷

齐君元辨别了一下痕迹，还好一夜之中，前面两个人留下的明显痕迹并未因为露水和夜风而消失。而在追下一段路后，他发现痕迹变得很新鲜。这意味着那两个人夜间也在天沟中休息了，是天亮后才再次上路的。

跟那两个人应该是跟对了，没到午时齐君元就走出了天沟，来到一条不算很偏僻的山间小道上。

顺着小道走出不远，齐君元再次闻到了血腥味道。这一次他在路边的石坑中找到了三具尸体，所不同的是这三具是人的尸体。

尸体从外观上看和野猪很相像，浑身上下都是如同被活剐了似的小伤口，而且也是毫无挣扎地被咬死的。从尸体身上残留的衣物和旁边零散的装备来看，这三人的身份应该是官府的衙役。齐君元推断，这里可能是官府搜捕不问源馆人的一个暗哨。但是这三个衙役却没有想到，躲在暗哨中的他们会遇到更加暗黑的怪物，让他们像活剐般地死去，让他们死去时连挣扎一下的能力都没有。

齐君元用树枝拨弄了一下尸体，他一下又有了新的发现。那三具尸体不仅表面看起来像是被活剐了，而且体内松软如棉，尸体的骨架、骨头像是全部都被碾压碎了一样。但问题是从外相上看尸体丝毫没有压迫、扭曲的迹象，无从知晓那些骨头是如何碎的。

带着疑惑齐君元继续前行，但是从这之后他的谨慎和紧张程度提升到了极点。那些尸体给了他无比巨大的威慑和惊撼，他可不想成为那样犹如活剐、骨碎如棉的尸体。

当差不多走出方茂寨的范围时，齐君元再次发现到尸体。这一次的人数更多，有七八个。虽然无法从衣物和装备看出这些人的身份属于哪方面，但可以看出他们都是江湖上的硬点子。因为从周围痕迹上可以看出，这些人在被同样活剐般地杀死前是有过反抗和挣扎的，只是很仓促、很短暂。

这次发现到尸体之后，齐君元观察了下地势、地形。可以看得出，如果杀死这些人确实是那两个怪人所为的话，那这两个人不惜杀死多人甚至野猪，是为了要悄无声息地突破这个被楚地官兵衙役和各国秘行力量围堵得严严实实的区域。这也就是他们为何在方茂寨前并不察看寨口情形，而是察看远离寨口的山林荒郊。他们是要确定自己的走向，确定山林中高手布防的点位，这样才能在下到天沟之后，顺着一条最少阻拦的线路杀出去。

事实上两个怪人的目的也达到了，他们不但顺利闯过了方茂寨的范围，而且除了齐君元紧追在他们后面外，山林间各方面力量都没有发现他们。不管野猪还是人，不管死前有没有进行过挣扎和反抗，那些尸体被杀死时都没有发出任何痛苦的或者警告的声音。

但是齐君元却想到了更多。刺客在江湖上走动，是应该尽量走平常道，掩形匿踪。除非有了危及自己的突发情况，一般是不开杀戮的。但这两人却不是，他们不但走的路径是非正常的偏路，而且一路大开杀戒。这种方法即便当时能顺利通过，但只要被江湖高手或者六扇门的高手发现，立刻就能循迹追踪，坠上尾儿。像李白《侠客行》中所写"十步杀一人、千里不留行"的情况极少会有，那一般是在亡命奔逃中，或者是必须赶在某个时间节点前执行一件非常重要的刺活儿，一路奔走的过程中遇到连续的截杀才可能出现类似情形。

从之前见到那两个怪人的神情可以看出，他们肯定不是在亡命奔逃中，所以这么做只可能是要赶着去做一件重要的刺活儿。齐君元很好奇他们赶去做的会是一件怎样的任务，所以他自己虽然也通过了方茂寨的范围，却临时放弃了前往呼壶里的计划，转而决定先跟住这两个人看个究竟。因为他觉得这两个怪人如此急进，所做的事情一定关系重大，而且时间不会太长。另外，他们前行的方向和呼壶里的方向偏差不是太大，事情过后自己再加快速度赶去，也不会耽搁太长时间。

第八章　落鼠口

魔音驱

来到清平村差不多是申时（下午三点）。虽然晚秋的光线依旧很耀眼，但是清平村中却不是这样，地处山北面再加上高大树木的遮掩，让这村子显得很是阴沉。

村子里的房屋很古老，但是都很高大精美。在村子中央的位置竟然还有一个小戏台。这说明住在村子里的人颇为富有，或者祖上曾经出过富贵权重的人。

齐君元是在距离清平村一里左右的地方失去了前面两个怪人的痕迹的。出现这种情况有两种可能，一个就是那两个怪人发现有人坠尾儿了，还有就是他们已经接近到自己的目的地，所以开始变得谨慎行事。

虽然失去两个怪人的痕迹，但齐君元却很容易就找到了清平村。因为到了这个位置，可以发现很多往这村子里过来的痕迹，有车的、有马的、有人的，由此可知这个偏僻的村子平常时有不少人来来往往的。

权衡了一下之后齐君元决定直接进入村子。因为如果这范围也是被别人

布控的关键点位，那么村子周围布设的爪子和沟儿（陷阱一类的设置，主要是用来防止突出和突入的）会比其他地方更多。而自己不熟悉周围的地形山势，走入荒郊野地反会成为特别显眼的目标，马上就可能会被暗藏的爪子锁定。这样自己还不如直接进入村子里，从道路上的痕迹可以看出这村子里进出的人还是很多的，所以自己以正常状态进去反倒不会引起注意。而且这村子有遮有掩有坦面（开阔地），自己完全随着心意加以利用来进行自保。

进村之后，齐君元径直往小戏台走去，这是为了不让别人注意到自己。进入一个自己不熟悉的地方，如果是东张西望不知往什么地方走，那么很快就会被别人发觉自己是个陌生人。所以确定一个目标毫不迟疑地走，可以让自己显得对此处十分熟悉，在别人看来就像是个当地人。

村子里没什么人，只偶然会在哪个角落或巷道里出现一两个木然的老人。这些老人什么事情都不做，也不闲聊，更不是晒太阳，因为他们所处的位置根本就晒不到太阳。他们只是呆呆地坐着，看着天望着地，或者索性不知道在看着什么，那样子更像是在等死。

没有一个人瞟一眼齐君元，这让齐君元不知道是应该感到庆幸还是感到害怕。阴沉的气氛让他觉得自己就像走入了一个死村，高大精美的房屋让他觉得像是假的、纸扎的，而那些人则像是随便摆放的木偶泥塑。

齐君元坚持自己的决定继续往里走，有这样的勇气和胆量是因为他在聚气凝神后构思出的意境中没有发现到危险。但是暂时没有危险并不代表永远没危险，此时没危险并不代表过会儿没危险。江湖杀场瞬息变化，谁都无法预料到危险会不会突然而至，包括齐君元。

就在齐君元穿过一段前后排房屋相夹的小路眼看着要到小戏台前面那块空旷地的时候，头顶上突然有几只惊雀飞过。

有情况！大白天惊雀而飞，说明出现的情况很突然，而且规模不小。

齐君元想都没想顺势就往墙角处的一处石阶上坐下，然后双手拢袖，背脊倚墙，也像那些木然的老人一样呆呆地望向远处的天空。

周围很静，惊雀飞过之后再没有任何声响。似乎除了天上飞的鸟儿外，其他活物都是会在即将出现的危机面前闭口的。

第八章　落鼠口

　　齐君元的样子很像是呆滞地望向天空，其实脸却是微侧着的。这样可以将眼角的余光送到了小路尽头，盯住惊雀飞来的方向。

　　第一轮惊雀飞过之后，又连续有几轮惊雀飞起。但都不是从最初那个方向飞来的，而是来自不同的方向。这情形让人感觉就像是有多路人马同时疾速冲入村子，这才会惊起那么多雀儿。

　　齐君元最终确定惊起鸟雀的是人，而且真的可能是多路人马同时疾速冲入村子，因为他看到有人影不停地从路口闪过。人影很模糊，不仅因为速度快，而且还因为人很多。

　　齐君元没有能听到脚步声来，虽然奔过的人影很多，但那些人的脚步都很轻，显示出他们个个都是高手。另外，距离也较远，像这样的距离、这样的高手，他们的脚步声可能只有秦笙笙的耳力能够捕获得到。然后这些人应该是在用手势交流，否则不会连句说话声都没有。

　　不过齐君元最终还是听到了一句说话声，那是在几路高手聚到一起后，有人用很正常的声音说了句话："三卷，七；一头，一二；三头，一二七；四中，三四六。"

　　而当说话的人话音刚落，那几路高手立刻散开，又分几路迅速撤离了村子。

　　齐君元记得自己在什么地方听到过类似的一连串数字，他凝神回想了下，确定是在上德塬。自己和秦笙笙等几人被困上德塬，大周、南唐、蜀国三国秘行组织被自己以言语挑拨加上虚像恐吓退时，蜀国不问源馆的人欲退不退之际突然有人赶过来，也是对他们说了一通这样的数字，然后不问源馆的人便立刻退走了。这些数字应该是一种独特的暗语，包含了极为重要的信息。

　　单从这暗语上推断，就可知道这几路高手应该是蜀国的秘行组织，不过是不是不问源馆的人却不一定。而这些人突然出现在这里，是被楚地围堵的人马脱出了，还是前来接应那些被围堵人马的，也无法做出判断。

　　几路高手离开后，齐君元放松了许多，此时村子里暂时应该是很安全的。他觉得不管周围之前有没有布设，这么多高手一进一出之后，该动作的早动作了，不该动作的也该撤了，或者转而去追踪那几路高手。

齐君元将他呆滞的状态恢复过来，往小路两头瞟几眼，然后慢慢站起身来。但是就在他还未将身体完全站直的刹那，两个身影突然闪现在小路的两头，就像两个鬼魂般将齐君元的进退路径都堵住了。

站住身体的齐君元没有动，他不需要转身细看便已经知道突然出现的是那两个怪人。怪人的状态很正常，手中没有武器，只是用审视的目光看着齐君元，就像是在辨认一个久违的朋友一般。

"江湖走动，无意路过，所见所听与我无关，还请高抬贵手让条路。"齐君元知道躲是躲不过去了，所以主动用江湖惯语表明自己是无关之人。

"跟了一路了还说无意？好不容易才候到一个圈死你的机会，你说这路能让吗？"站在路头的男人冷冷地说道。

这话是在告诉齐君元，其实前面的两个人早就发现他跟踪在背后，一直装作不知道是因为没有绝对把握解决齐君元。一直进了清平村，等齐君元走近这条被两边屋墙相夹的小路，他们才决定采取行动。

"你们觉得这地方就能圈住我？"齐君元不是狂傲，而是因为就眼下这情况确实无法将其困住。两头的路口虽然被堵，但他如果拼全力硬闯一头，堵路的人不一定能将自己挡住。即便他不采取硬闯的方法，破墙上房也是可以辟路而逃的途径。

"你觉得自己逃得出去？"路头的男人很狂傲，说这话的同时脖子拧转了一下，眼中有野兽般的绿光闪动。

也就在这时候，齐君元发现那个男人的右手拇指的指甲和其他四指的指甲在有意无意地轮流弹拨着。见此情景，齐君元脸色突变，随即猛然转身，锐利的目光盯住堵住路尾的那个女人。女人没有弹指甲，不过她的嘴唇却一直在微微颤动，而且这种颤动越来越剧烈。其实这个一直不开口说话的女人从闪现身形之后嘴巴就没停过，只是她发出的是一种正常人听不到的语言，就像是一种无声的咒语。

魔音！是魔音！齐君元心中暗叫一声，瞬间就将身体收缩成最绷紧的戒备状态，就像一张可以自己弹射而出的弓箭。然后再不看那两个人，而是非

第八章　落鼠口

常缓慢地转动头颈，查看即将到来的杀机到底会来自何方。

魔音驱杀，又叫魔音驱煞，这在江湖传说中出现得很多。但书面记载这个概念的，至今只有元代时的朝鲜人宋先栩。他在《极北域险考》中有过记录，是说北方异族有人会以奇怪的声音驱动虫子来杀人。但据后人研究，所谓魔音应该是一种特别的短形声波，就像犬笛。所发出的声音只针对某种动物或具备某种特别听觉的人，一般正常的人只能看到发出声音的动作而无法听到声音。而宋先栩可能就是个听觉特别的人，所以在书中记录时是说有人用奇怪的声音控制虫子。

齐君元在离恨谷中学习刺杀技艺时就曾听说过魔音驱杀，而且当时传授技艺的前辈还特别详细地讲解了这种技艺。后来齐君元虽久做刺活儿却从未遇到过会这种技艺的人，所以一直认为这只是一种传说或者早就失传的技艺。不过让他想不通的是为何传授技艺的离恨谷前辈会那么详细地进行讲解，是确认这种技艺的存在还是他自己就会这技艺？

有疑问就有记忆，心中常常怀疑的事情往往是最难以忘记的。所以当齐君元看到那两人采用的动作细节和曾经听说的魔音驱杀完全一样，再联想到之前所见那些人和野猪的尸体，于是断然确定自己是陷在了这种可怕的杀人技法中了。

魔音驱杀不是由驱杀者直接来杀死目标的，所以齐君元之前并没有从意境中发现到那两个人。因为他们根本就不是杀人的人，而是驱赶某种杀人活物的人，所以不会直接表现出危险来。

魔音一直没有停止，齐君元已经将戒备状态提高到极点。但是后续的情况和齐君元想象的不一样，并没有什么杀人活物很突然地从意想不到的方位、角度扑出，而是从两个怪人守住的前后路口涌进一群不像杀人活物的活物。不过杀局之中出现这种情况并不意味着有利，恰恰相反，这说明对手操纵的活物有绝对的杀伤力，根本不需要采用突然的袭击来达到杀戮目的。

路两头涌进来的是圆滚滚的肉球。肉球不是滚动着进入小道的，而是爬行着拥了进来。但就是这些肚肥如球、四肢短小的活物，其爬行的速度比滚动的球还要快上许多。

看着这些肉球爬行的样子，齐君元终于知道自己为何以为留下的是蛇群游动的环境。因为它们的四只小脚在地面轻巧地迈动，几乎不留下任何痕迹。而肉球滚滚的肚子一直在地上拖滑着，这样留下的痕迹与蛇行的痕迹会非常相似。

如果不是之前见到过那些如同被活剐的尸体，如果不是那些肉球朝着齐君元露出龇牙咧嘴的凶狠面容，齐君元可能会觉得这是些很可爱的小动物。

说实话，单是从体型上判断，齐君元不知道这些是什么兽子。但当看到它们目露幽绿凶光，龇咧着锋利牙齿，大张开的嘴巴不停流着涎水的样子后，齐君元立刻认定这是一种老鼠，一种凶残不惧人的老鼠。试想，如果不是这样一群老鼠，又怎么可能在方茂寨崖壁上找到一条石缝，并且快速将其拓开为人可以通过的通道？

落鼠口

这些肥胖的老鼠过来得很快，但齐君元并没有惊慌。因为扑向自己的毕竟只是一群老鼠而不是一群高手，他自信自己还是有办法阻止住它们的。就算出现异常情况实在抵挡不住，他还可以纵身上房走为上策。这些肥老鼠的动作看着虽然不慢，但它们的体型摆在那里，所以蹿跳上房的可能性应该是不存在的。

江湖中经常会出现这样的事情，越是自信的状态下越是会发现情况远远不是自己想象的那样。齐君元是个谨慎的人，一般情况下不会太过自信。但今天他很难得地自信了一把，而难得的自信最容易变成自负。其实此时困住他的不仅是那些被操控的老鼠，还有操控老鼠的高手。这种江湖高手设杀局时肯定是缜密得不留一丝漏缝，所以齐君元能想到的他们同样都想到了。

齐君元连续撒出了三层子牙钩，三层钩子的布局十分巧妙，是双夹一对头的格局，然后钩子和钩子间的距离也都恰到好处。不管那些老鼠被操控得如何到位或者自己具备怎样的灵性，只要试图从钩子和钩子间通过，那么就

第八章　落鼠口

必须再绕过迎头挡住的一只钩子。而身体只要转向绕过迎头钩，不管朝左还是朝右，身体都会碰到两侧的钩子。触动了子牙钩后的结果不难想象，一只钩子便可以让如此密集的老鼠成片、成串地肚破肠流。

鼠群很有次序地后退了，但只退出两尺左右就停止了。因为它们不是要退走，而是要逾越。紧接着，那些肥胖老鼠的身体发生了变化，变化之快就连齐君元这样的高手都没能完全反应过来到底是怎么回事。它们只是将身体抖了一抖，便立刻鼓胀成一个真正的肉球。

和别的球不一样，这些肉球是可以自己弹起的。能够弹起主要是靠肥老鼠自己四足给的力，因为有足就能跳。由此可见那些老鼠短小的四肢力量非常强劲，强到让人难以想象的地步。而球一般的身体只要跳起来了，继续依靠四肢和鼓起的肚子就可以越弹越高。是球就应该可以踢、可以撞，而弹起的肉球能够撞出，则是后面身体还没有发生变化的老鼠猛然前冲给的力。弹起的和前撞的两股力量合在一起，肉球便能开始逾越了。

肉球先是纷纷弹向两侧房屋的墙壁，然后在墙壁上撞击一下再朝前弹出。因为即便像球一样，那些肥胖的身体还是很重。而这样过渡一下不仅可以将身体弹得更高，同时肉球们的四肢在墙壁上再次借力，可以将身体弹得更远。

齐君元惊呆了，因为两次弹跳之后，那些肥胖的老鼠竟然轻松地越过了子牙钩的布防。

齐君元也慌乱了，子牙钩的布防如果失效，那么他就只能上房逃走了。因为他还不想变成一具被活剐了似的尸体。

就在齐君元准备纵身踏壁上房的刹那，他突然意识到些什么，回头看了看两头堵住自己的怪人。两个怪人依旧在发出魔音，但这是两种完全不同的动作，发出的魔音应该也是完全不同的。但是现在冲向自己的是同一种老鼠，同一种老鼠怎么可能采用两种魔音进行控制？即便是可以控制，那么不同方式、不同魔音控制的也该是两种状态。

另一种杀人的活物在哪里？或者另一群老鼠正在以什么方式朝自己逼近？

齐君元非常想把事情搞清楚，但是眼下的危急情况却不允许他再多做思考，现在的齐君元只有做的时间而没有想的时间。

齐君元想都没想就甩手抛出了钓鲲钩，想都没想就用钓鲲钩挂住一片房檐，想都没想就将钓鲲钩后面的无色犀筋猛地一拉，一大片屋架瓦片随着钩子塌落下来。这是探路，对于自己完全无法看到的房顶，用这种方式确定上面情况是眼下最合适的办法。

房顶上不仅有瓦片塌落下来，瓦片中中还夹有两张肉饼一起飘落了下来。没有等那肉饼飘落到地，齐君元眼角一瞄便看出那竟然也是肥胖的老鼠。只是这老鼠没有涨成肉球，而是压成了肉饼。肉球可弹起逾越，而肉饼竟然可以飘起飞行。

两张肉饼是经过一段距离的滑翔之后飘然落地的。随着肉饼落地，齐君元的心也坠入了深渊。房顶上无路可走，自己预想的退路根本就是一条死路，对手早就在房顶安排好爪子候着了。

弹跳过子牙钩的老鼠再次集结成群快速逼迫过来，距离齐君元已经只有两三步的距离。而屋檐上这时也纷纷有老鼠头探出，很快布满了屋檐边沿，那样子随时都会扑落下来。

挡不住，也没有路，但齐君元还没有到完全绝望的地步，因为他还有一条不是路的路。这条路需要自己开辟，就像面前这些老鼠从山壁石缝中挖出一条人可以通过的洞道一样。

已经连转个念头的时间都没有了，齐君元所有的动作几乎是下意识的。他弓步弯腰，侧脸耸肩，这是准备要撞开一侧墙壁冲进旁边的房屋里。

但是齐君元蓄势冲击的脚步才刚刚抬起便停止了，因为他看到了一个让他骇异而绝望的情形。就是在他准备撞击的那面墙壁上，有一块砖活动了、破裂了，紧接着那块沾满黏液的破砖头被推出来，然后从破开的墙洞里露出一个张嘴龇牙的老鼠头。而随着这个老鼠头的出现，墙壁上许多砖块都同样地活动、破裂并掉落。于是有了许多的墙洞，于是整面墙壁上布满了狰狞的老鼠头。

齐君元慢慢回头看了一眼，身后的墙壁也是同样的情形。彻底没路可走

第八章　落鼠口

了，除非是从地下钻个洞。但即便他是会在地上钻洞的，估计也没有那些老鼠钻得快。

"完了，这下子完了。看来今天要死在这群老鼠嘴巴里了。"齐君元心中绝望地叫着。

老鼠群已经完全将齐君元围住，就像给他罩落了一只铁桶、一只铜钟。但围住的老鼠并没有马上扑上来，只是朝着齐君元大张着嘴巴，就像在无声地吼叫。

齐君元用左右手的拇指、食指捏住钓鲲钩，剩下三指则各绕住腰间的一束胡弦丝线。这两束胡弦丝线中的每一根从上到下全挂满了小钢钩，这是齐君元对付众多敌人时用的武器"钩拂尘"，眼下这情形唯一能做的就是和这些老鼠拼死搏杀了，但愿自己的钩子能够极有效地克制那些老鼠，保全自己的性命。

手中的武器准备好之后，齐君元想将自己撞击墙壁的态势改换成攻守兼备的架势。就在这时他突然发现自己的身体没有按自己大脑的指示动作，整个就像凝固了一般。这让他一下子想到那些没有反抗、挣扎就被咬死的尸体，冷汗顿时止不住地涌流出来。

也就在齐君元发现到自己不能动的时候，那些围住他的老鼠动了，缓缓地、笃定地朝着他爬过来，并且顺着腿脚往身上爬。齐君元眼睁睁地看着那些老鼠逐渐布满自己的身体，而最先爬上来的那只直接奔向他的脸部，那对幽绿、凶残的目光与他对视的距离越来越近。

当老鼠差不多完全将齐君元淹没的时候，最先爬到脸部的那只老鼠仰起了头、大张开嘴，这是要率先品尝齐君元血肉的味道。齐君元此刻什么都动不了，就连眼皮都无法闭上，只能眼睁睁地看着老鼠朝自己下口。

"崩当——"一声单调的琴音响起，阻止了老鼠就要落下的利齿。

"停下，快撤回钵鼠！"有个女子在高喊，声音听起来非常耳熟。

老鼠停住，却没有撤下，齐君元依旧被鼠群淹没着。

"有河有桥，江湖哪道？"这是堵住路口的那个怪人在用江湖切口询问。

"陕南牛马落病虫，楚西清平随妙音。你们两个是毒隐轩的'急瘟'和'皆病'吗？"那个熟悉的声音在问。

其实听到这里时，齐君元很想大声呼叫。他要告诉那两人自己是妙成阁的"随意"，同是离恨谷门下，让那两个怪人赶紧将这些老鼠都撤走。但这时他才发现自己不但身体动不了，连说话都已经说不出了。难怪之前他们通过各种力量交叉密布的方茂寨区域，可以将一只硕大的野猪和两处暗哨的衙役、高手咬死，而附近的其他暗哨和布守高手却丝毫未曾觉察，肯定就是因为这些人死的时候不但无法挣扎，而且无法发出声音。

"我在问你你是哪道的，你管我们两个是谁。"那个男人真的有些怪，不仅仅是气势、神情，而且还有脾气。别人明明认出他们了，就肯定是认识的或有关系的，本该客气些才是，但他却好像因为被认出而有些气急败坏。

"我就是你们要随行的'妙音'。"那熟悉的声音平静地回答道，语气中不带丝毫的烟火气。

"是秦笙笙！是秦笙笙？"齐君元此时的心情很是复杂，又是惊讶又是紧张，还有些疑惑。惊讶是因为怎么都没想到会在这里遇到秦笙笙。紧张是因为之前秦笙笙丢下自己独自逃走，之后从情形上判断很像是故意陷害自己，而现在自己又落到她的手里会是怎样一个后果？疑惑是因为自己虽然听着那声音很熟悉，却没有能直接听出那声音是秦笙笙，感觉上总好像和原先的秦笙笙有着些差别。

"那这个人是谁？他坠在我们后面许久，似乎已经窥得了什么重要的东西。我们接到的乱明章要求所有行踪必须隐秘，如非同路人，知内情者必须灭了，不管是谁。"那怪人虽然听到秦笙笙自报名号，仍是没有将鼠群撤回。

"他是妙成阁的'随意'，虽不是我们同路，但另一配合我们的刺局是由他主持担当刺头。"

"妙音，你能确定？此地的活儿马上就开做，你确定他不会撞破了局？如有意外，日后衡行庐问责谁来担当？"怪人仍是不肯就此罢休。

"不用你承担，也不用我承担。这里有谷中发来的'一叶秋'的露芒笺，是由我交给他。"秦笙笙依旧平静地回答。

此时齐君元才觉出自己为何觉得秦笙笙和之前有很多差别，虽然她的声音变化不大，但说话的语气、气势却迥然不同，感觉老道了许多、沉稳了许多，再没了原先那种幼稚、嘈杂。

两个怪人不再多话，而是立刻发魔音驱动鼠群撤走。那些肥胖的老鼠如同退下的潮水，转瞬间就踪迹全无，也不知道躲到什么地方去了。

齐君元知道这两个怪人为何不再坚持，是因为秦笙笙提到了"一叶秋"的露芒笺。这"一叶秋"是离恨谷又一种传递指令的方式，一般是最为重要、最为隐秘的刺活儿才会使用"一叶秋"。"一叶秋"也不用鸽鹞传递，而是由谷里可靠的谷生直接递送。

这"一叶秋"真的就是一种墨绿色的叶片，它是流墨树的叶子。

叶流墨

《热海博记》是明代广西人池黄瑞撰写的一本游记，他曾从家乡一路往南往西，直走到海边无路才止。《热海博记》记录的便是这一路的所见所闻，其中就提到了流墨树。但书里的名字是流没树，后来有其他人发现到树的另外特性才起了更为贴切的流墨树。

流墨树的树叶上有一层墨绿色的汁液，看着是呈固态凝胶状的。但其实只要稍微给予外力打破原有状态，这些汁液便会快速流动起来。而一旦汁液逐渐流失，那么树叶即刻就会枯黄萎缩，这可能就是原来叫流没树的原因。但是后来有人发现，在这叶子上写画，即便很轻，即便是用毛笔写的，即便写时看不出任何痕迹，但只要用手指将叶面揉抹一下，加速汁液流动，那么所写画的内容就完全清晰地显露出来。只是揉摸之后很快这叶子就会枯萎，写画的痕迹很快就不复存在，所以又叫它流墨树。

离恨谷一旦使用这叶子传达指令，也就是所谓的死令。这指令看过之后便枯萎消失，所以没人能偷看。偷看之后指令就不复存在，传送不到被指派的人手里。所以"一叶秋"只有指定人可以看，中间出现什么意外的话不单"一叶秋"没有了，所传达的指令也完全废除。另外，它是由可靠的人递送，一般人很难想到随身杂物中的一片叶子上会有重要的信息。即使有人觉得异常，但只要错摆了那叶子，叶子上写画的内容也就全部消失了。所以这种指令比其他鹰鸽传递的指令都要可靠。那些信笺都是可以拦截的，即便用的飞云笺，在一些高手手中仍是可以轻易打开。还有黄快嘴，它所携带的信息也一样是可以被高人逗弄说出或直接听出的。只有这"一叶秋"，即便落入别人手中了，即便别人知道如何查看内容，那也是没用的。因为只要看了，指定的人就收不到了，指令也就不存在了。

而离恨谷的高手们不仅是能够直接用流墨树叶子来传递指令，他们还利用它的特性和质地制作了一种更加匪夷所思的东西，这东西就是一种特别的纸张。用这纸张可以预先写画下看不见的内容，然后只要在这纸上写字，那么书写的墨汁就会流动，将原来写画的内容一同显现出来。唯一的不足就是最终显现的内容墨色较淡，因为毕竟是将原来书写内容的墨汁分配给了更多内容。

老鼠撤走了，但齐君元依旧不能动。两个怪人中的女人走到齐君元面前，将一滴油质的东西抹在他的人中处。齐君元立刻觉出一线清凉顺人中直流下丹田，然后他腹中、胸中翻转，连续噘出几口浊气，身体一下子动了起来。

"误会了，在下谷生刘柄如，那是我老婆韩含花，我们位列毒隐轩，隐号'急瘟皆病'。"男的怪人主动报上字号，语气依旧凶巴巴的。而那女的直到现在都未发出一句声音，真的让人觉得可能是个哑巴。

其实从刘柄如刚才和秦笙笙的对话中齐君元已经大概知道了他们的身份，但是听到刘柄如自报了身份之后他还是皱起了眉头。离恨谷中一般是不准谷生之间有感情纠葛的，因为这会影响刺局实施时的绝狠，而且可被别人利用要挟。但谷里也有一些为了特殊需要经谷主允许的夫妻，但数量很少，仅仅几对。而这几对齐君元基本都认识，唯独一对外遣伏波的夫妇齐君元没有见过只听说过，那就是位属力极堂的"热刃冷火"。"热刃冷火"这对夫妻算下来现在已经很大年岁了，但是以快刀突杀技艺见长，且精通变相易容之

第八章　落鼠口

术。但是这对"急瘟皆病",齐君元是既不认识又没听说,心中觉得很是蹊跷。

"他们两个入谷之前就是夫妻,所以使用的隐号都是可拆可合的。两人的身份虽为谷生,但在他们私仇了结之后便被遣在谷外,因为谷主觉得他们的关系对谷中规矩和外派刺活儿不太有利。只有需要夫妻合力的刺活儿才会委派他们去做,所以出手极少,谷里、谷外基本没什么人知道他们。"秦笙笙看出齐君元心存疑惑,于是没等他问便主动替"急瘟皆病"解释。

虽然有秦笙笙主动解释,但齐君元并没有完全放下心中的疑惑,因为此时的秦笙笙本身也是他心中的疑惑。

"她说的是真的,这两人我听说过。"这时从戏台那边又出现了一个人,边走边替那两人作证。齐君元眼角一瞟便认出是楼凤山。

"'急瘟'是说他散布大面积的疫病速度很快,并不像一般瘟病那样缓慢发作、缓慢传播。'皆病'则是说她布设的毒料千奇百怪,而且可以让人发现不到是中了毒,因为每次下毒她都能将毒料发作的情形掩饰得和各种病症一样。"跟在楼凤山后面的还有一人,那是和"急瘟皆病"同属毒隐轩的唐三娘,所以她对这两个人应该了解更多,所说的话比楼凤山更可信。

其实从楼凤山和唐三娘出现之后,齐君元的怀疑开始转移了。秦笙笙虽然有陷害自己的嫌疑,但她从一开始就是自己认为身份最没有疑问的一个,所以她说"急瘟皆病"是离恨谷的人应该没有问题。再说了,如果"急瘟皆病"不是和自己同属离恨谷,他们又怎么会知道"一叶秋"的重要性,怎么会在听说谷里有"一叶秋"给自己就立刻将自己放了。所以齐君元怀疑的不是"急瘟皆病",也不仅仅是秦笙笙,而是那天和自己一同做烟重津刺活儿并能够安全无恙逃出的所有人。

"还有谁在这儿?"齐君元边问边走,目光在小戏台前的空场周边扫视一圈。

没人说话,但是从小戏台背后闪出了王炎霸,从西侧的一棵大树后面探身显出六指。烟重津伏杀的七人除了被擒的锐凿裴盛,其他人都到了这儿。

"有些问题能问吗？"齐君元看到这几个人后脸色非常凝重。

秦笙笙和楼凤山对视一眼："最好是不要问。问了也不一定就能告诉你。"

"我只问和烟重津刺局有关的问题，那活儿是我主持的，现在追究一下失手的原因、讨论一下后续做法，这应该还是合谷里的规矩的吧。"齐君元的目光从每个人脸上扫过。

秦笙笙的脸色变化了几番，最终迟疑地说道："那你问吧。"

"那天夜间你是故意抛下我的。"

"是的，因为我觉得只有我逃出去了，才能告诉别人你的状况，让其他人来救你。"秦笙笙的回答还算合理。

"这种说法我能信吗？如果你们真的出手去救被擒之人，那么裴盛今日为何不在此处？"

"我说了，不是我们去救的，而是让其他人去救的。我们撤出烟重津后，谷里就让我们去指定地点集结。解救你和裴盛的事情由谷里另外安排。"秦笙笙再次强调了一下。

"烟重津的刺杀我是刺头，怎么我反未接到刺局结束之后到指定地点集结的指令？"齐君元一语击中要害。

没人说话，或许是不能说，或许他们也不知道是怎么回事。

"也就是说，烟重津刺局虽然是由我主持，其实我们几个人中另外还有个真正主局的。而在这刺局实施中，我和裴盛是被抛弃的折刺，或者退一步说是无关紧要的刺儿，因为没有需要我们参与的下一步计划。"这是齐君元第一次将自己心中的怀疑提出，而且这个怀疑成立的话，那么前面自己所遇到的种种疑问也就可以用同样的道理来解释。每个刺局、每个环节其实都有人暗中操纵，而自己只是一个随时可以抛弃的傀儡。这一点其实从王炎霸身份的突然转变就已经可以得到一定的印证。

"不是的，有一点我倒可以肯定不是这样的。"楼凤山马上接上话头，"据我所知，南唐使队在离开烟重津回往南唐金陵的途中，连续遭遇十几次阻截。而且从阻截所采用的武器和技法上看，都是江湖中的异常手段。估计

第八章 落鼠口

应该是谷里临时召集了沿途匿形的谷生、谷客出手相救裴盛。"

"那是因为烟重津我们未能准确刺杀了刺标,所以谷里才会连续出手。"齐君元不相信谷里会动用那么多匿形极好的力量来营救自己和裴盛。刺客失手,离恨谷中叫"弃柄",意思就是被完全放弃的杀器。如果运用更多谷生、谷客营救,不但伤亡更大,而且很多隐匿很好的刺客都要暴露身份,这其实就是遗恨。

"不是为了刺杀目标,因为这么多的攻击都没有布局设兜,而是采用的偷袭和突袭。谷里很少采取这样大规模的直接攻杀,特别是针对官家。所以其目的不应该是为了刺杀刺标,而可能是想营救你们。"楼凤山很坚持自己的说法。

齐君元皱着眉头想了又想,他始终无法相信这个说法是真的。于是抬起头看了看其他几人,唐三娘和六指都朝他点了点头。而王炎霸虽然面无表情,但从他的目光看得出是非常希望自己相信楼凤山的说法的。

"救出裴盛了吗?"齐君元问。

"不知道。"秦笙笙很断然地答道。

"你刚才说谷中有给我的'一叶秋',他们又是如何知道我已逃出的,而且又是如何知道我会来到这儿的?"

"不知道。"

"那你们聚集此处又是要做什么?"

"不能说。"

齐君元知道自己问不下去了,许多答案是问不出来的,只能自己去寻找。所以他伸出了手,这意思很明显,是向秦笙笙索要"一叶秋"。或许从这个只能让自己看到的指令中可以找到些答案出来。

秦笙笙回头看了王炎霸一眼,王炎霸慢吞吞地从怀里掏出个硬木扁盒,一甩手扔给了齐君元。

齐君元没有马上打开盒子,因为拿到盒子的那一刻他心中又有疑问。"一叶秋"是极为严密的指令传递方式,是要一个很可靠的谷生或谷客以生命来保护和传递的。从王炎霸的身份来说,他不应该具备这样的资格。但是这一点齐君元并不怀疑,因为之前王炎霸已经暴露出他的身份绝不是像告诉给大家的那样简单,他真实的身份以及在离恨谷中的地位肯定不同一般,所以让他传递"一叶秋"是完全有可能的。但是,"一叶秋"是秘密传递的指令,传递给谁除了传递者外是不应该让别人知道的,那么秦笙笙又是如何知道谷里会给自己"一叶秋"的?

"你不看?"王炎霸问这话时,齐君元感觉他的眼睛中有一丝不安闪过,这不安是为了什么?

"我会看的,你很着急吗?"齐君元很冷然地回一句。

王炎霸似乎意识到什么,于是用他惯常的讪笑和油滑的口吻说道:"我是有些着急,你要不看,我总觉得自己的活儿还没了,呵呵。"

齐君元打开看硬木盒,里面是一片青绿的叶子。他将手指压住叶面整个抹了一下,随即叶片上的绿色流动,出现很大的色差变化。色差可以产生不同的图案、纹路,而刻意制造的色差可以产生特定的图案和纹路,包括文字。

"刺齐王","一叶秋"上出现的只有三个字。三个字不算很清晰,而且笔划也不太规整。齐君元转移了几个方向后才确认出是这三个字。

选客行

齐君元的脑子转了一下,几个国家中尊位为齐王的只有南唐的李景遂。这是个被皇帝指定继承皇储的王爷,刺杀这样的重要人物的确够得上使用"一叶秋"来传令。但这也是齐君元迄今为止刺杀的最高等级的目标,所以他觉得只是凭"一叶秋"上的三个字显得有些不够严谨。

"这字儿不清爽啊,你们也看一看吧,就算帮我确认下。万一活儿做错了你们也好替我给谷里做个证明。"齐君元这是故意的,他想看看其他人见到这个指令后的反应。

"不看,你的活儿我们不能知道,就像我们的活儿不能告诉你一样。这规矩你难道忘记了?"其实有人已经很好奇地往前去想看一眼叶片上的内

第八章 落鼠口

容,比如说楼凤山,但是秦笙笙这句话阻止了他们。最好奇的秦笙笙现在变得最守规矩,这有些反常。

齐君元笑了笑,得到这样的回答他一点都不感到奇怪。但是如此回答他的是秦笙笙却又让他感到意外。自己只是两个多月没见到她,她怎么就变得如此老练、谨慎?这两个多月里到底发生了什么事情?

"就叶子上这点交代,谷里没有其他嘱咐?"齐君元依旧没有放弃,他这是在放话套。如此很随意、很自然的问话,其实是带着某种诱导。因为如果这"一叶秋"不是由谷里传递给自己的,而是别人仿制的,那么就有人知道其中的内容,那么在回答这问话时就有可能露出破绽。

"叶子里交代的什么不知道,但是谷里另外传话,在此所有与离恨谷有关的人手,除了秦笙笙外任凭你选用。"王炎霸没有中话套,或者事实本就是如此,总之他滴水不漏地传达了离恨谷另外的传话。

"从你们几个人中选?"齐君元扫视了一下在场的几个人。

"等等,等人到齐了你再选。"秦笙笙每次开口都让齐君元感到惊讶,所不同的是刚才是因为语气,这次是因为内容。她不在被挑选之列,她知道还有人要来,她可以让要来的人让齐君元一起挑选,这一切说明另外一项刺局是由她主持的。不,似乎连自己刚接到的活儿她也有着很重要的参与。可这是多人合作的大活儿,为何会让她一个谷客、一个雏蜂来主持?

秦笙笙的话刚说完,那些老鼠突然发出一阵骚动。"急瘟皆病"两人眼珠一转,立刻朝着一个方向扑去。那个方向其实根本没什么,就是一个土堆、几棵树。但是"急瘟皆病"却似乎眼盲了一般,直对着树和土堆冲了过去。

"啪""啪"两声轻响,紧贴着"急瘟皆病"两人的脖颈边扬起一片沙尘。两个人立刻收身滑步止住前扑的势头,然后摆出一个可以笼罩住全身要害部位的守势,紧张得一动都不敢动。

两声响是因为有连续两枚沙丸射中了他们背后所背箩筐的边沿,沙丸粉碎,扬起了沙尘。对于这两枚沙丸,他们一点阻挡、躲避的意识和反应都不曾有。所以如果这不是沙丸而是石丸、铁丸,如果不是射向箩筐而是直射他们咽喉，他们同样一点反应都不会有。也就是说，刚才那一刻，他们两个的命已经是在别人的手里，这不能不让他们感到惊恐和后怕。

土堆和几棵树摆晃了一下，然后土堆还是土堆，树也还是树，只是光线亮度、颜色深度有略微的变化。还有就是在树后和土堆边多出了三个人。

"哎呀，齐兄弟，又见到你了。太好了太好了，你听我说，这次我可是玩了个大手笔，真是运筹帷幄于锋口刀尖。这个兜子我是亲身入局，真真假假使的反间计，回头我给你细讲讲。"多出的三个人里有范啸天，他看到齐君元之后显得又兴奋又热情，也许是因为觉得齐君元才是他的知己。

除了范啸天外，那三人里还有倪稻花，还有个齐君元没有见过模样猥琐的人。

就在这时，从不远处的高房屋脊上连续纵跳着下来一个人，而在这人前面开道的竟然是条狗，一条在屋脊上纵跃、滑翔动作比狸猫还迅捷的狗。那狗是穷唐，刚落地便龇牙喉咆着与鼠群对峙。那人是哑巴，他落地之后便急切地张口"呜呀"两声，边"呜呀"边连打手势，看着是有什么非常紧急的事情。

"先别啰唆了，这地方马上就是个局眼（一个布局中某一处或某一阶段具体实施的位置）了，很不安全，得赶紧离开。我们还是把下一步的事情分派下各自分头做活儿吧。"王炎霸插了一句，打断了范啸天的话头。他没有去和范啸天行师徒间该有的常规礼节，反而毫不客气地阻止自己的师父说话。可见这两个人的关系不像他们告诉大家的，其中肯定有隐情。

"对，人到齐了。齐大哥，你选人吧，这里的人手你随便挑，余下的由我带着。"秦笙笙也在催促。

齐君元眯着眼睛，脑子里快速转动了两圈。之前的经历虽然奇怪，但是从自己接到"一叶秋"之时起，前面的事情其实可以告一段落了。尽管有些现象无法说清，尽管感觉过程中自己像被陷害，尽管感觉在自己的背后像是有只无形的手在操纵，但如果继续追究下去的话，那就是对离恨谷执掌层面所做决策的一种怀疑。

第八章　落鼠口

作为刺客而言，最重要的就是将委派给自己的刺活儿完成。如果从这一角度来说，齐君元其实从一开始就没有能够做到。而且谷里对他的几次失手和未按指令行事都未曾予以追责，反是再次安排重要的刺活儿，这其实也算是大不合理的现象。所以齐君元在心里不停地问自己，自己到底是可用的还是被利用的？这一次自己主持的刺活儿会不会仍是将自己当成个傀儡在摆布？

齐君元很快推翻了自己的怀疑。如果自己仍是一个傀儡，那么就不会让自己随便挑选人手了。因为没人知道自己会选中谁和自己一起行动，无法预先安排下背后主持的那个人。再有，如果自己是一个傀儡，那么就不会采用"一叶秋"传达指令了，因为刺活儿的内容只有他一个人知道。所以齐君元暂时放下了所有疑惑，将念头转回，完全投入到自己刚接刺活儿的运筹之中。

一般而言，离恨谷很少用多人组合来执行一项刺活儿的。一个是不需要，大部分刺活儿一个优秀的刺客就足够应付了。还有一个是，多人行动反相互牵制，哪怕是两个人间很细微的不默契都会让高手觉察以至于窥破整个刺局。所以只有当某件刺活儿的环境复杂，牵涉面广，刺标为多人或守护众多，估计必须同时运用多个人手的情况下，才会采用组合的形式。所以从这些方面来判定，刺杀南唐齐王李景遂还真不能少带人。李景遂身边高手护卫众多，住所和平时走动的地方都是范围极大的大宅大府，要是只去一两个人，要想找到他在哪里都是件非常困难的事情。

齐君元思忖了一下，然后像是很随意地报出了几个人隐号："飞星、二郎、氤氲、六指。"

那四个人的隐号看似随意报出，其实却是花了齐君元一番心思。离恨谷组合刺杀，如果没有已经掌握到的针对性资料，那就应该尽量将各属技艺凑全，这样才能在需要时选择最为合适的杀技做局。

飞星牛金刚位属力极堂，是齐君元最早在秀湾集接上头的，他天生神力，善使长距离攻击的弓弩弹子，所以可以信任和使用。二郎范啸天，位属诡惊亭，他的掩身之术出神入化，可派上大用场。

氤氲唐三娘，虽然可以看出她对一些事情一直都有隐瞒，但隐瞒的事情对于自己这项刺活儿却是没有一点意义。而且她不管隐瞒不隐瞒，很明显都是轮不到她做主的，所以不要担心她会成为背后主持的人。另外，用毒之技虽只是谷中一般之列，但也可用。

六指虽然和哑巴一样是力极堂的谷生，但他练的是巧力，然后又兼修了妙成阁技艺，否则也不会做出那么精致的八俏头。另外，他还会勾魂楼的"随相随形"，是个别有特长的刺客。在刺活儿中自己可能需要主持整个局面，那就可能会需要一个会妙成阁技艺的高手替代自己，所以六指应该是可以的。另外，六属中缺少一个勾魂楼的，但在场的只有秦笙笙一个是学这一属技艺的，而她却是唯一不能选择的。但六指懂些勾魂楼技艺，所以只有他可以勉强作为替代。

还缺少一个天谋殿的属下，现场就一个楼凤山，齐君元未曾选用。一则这楼凤山难以摸到底，让他不是太放心。再一个他觉得自己是学过天谋殿技艺的，需要时自己应该可以撑住。

其实齐君元这样选择还有另外的原因，从技艺上论，在场随便谁都可以选用。但从人色上论，有些人却是绝对不能用的，比如说王炎霸。之前王炎霸已经暴露出自己的身份不同一般，虽不知道他最终的底细，但是可以知道其重要性肯定是在众人之上，否则也不会成为监督、护送秦笙笙去往呼壶里的主持者。另外，从一些细节上了解到，他的技艺应该也是有所隐瞒的。所以他这个人虽然年轻，但隐藏很深，背景复杂，难摸底料，并非像其他入道不深的谷生、谷客那么容易控制和调用。反倒是范啸天虽然年岁不小，但心性单纯，应该不会背地里玩什么花样。

还有"急瘟皆病"二人，唐三娘肯定是无法与他们相提并论的。唐三娘只是个谷客，用毒的技法招数首先就比不上他们两个。更何况这二人还有一大群可怕的老鼠为助，所以秘杀、攻击、预警等能力都不是唐三娘可比的。但是这两人的来路自己一点都不清楚，只是刚刚才听其他人说过。而且他们出手凶狠毒辣，又有鼠群帮衬，自己不一定能够控制。

再有就是楼凤山，虽然组合中缺少天谋殿的高手，但齐君元却不敢用

第八章 落鼠口

他。因为他的心机和技艺让齐君元同样感到无法驾驭,有这样一个人在身边说不定什么时候自己反会落入他的兜中。这也正是因为前面那几件说不清的事情,才让齐君元留了这么多的心眼。

"那好,就这样定了。其余人随我而行。我的活儿没有齐大哥那么凶险,但也是出不得一丝差错的。"秦笙笙对齐君元的选用没有提出任何异议。

齐君元扫看了一下在场的其他人,没有一个人提出些什么。这情形让他感觉很是奇怪,他原来觉得至少应该有人会有些不同的反应。比如说哑巴,他是铁着心要跟着倪稻花走的,这次怎么一点不愿都没有表现出来。还有倪稻花根本就不是离恨谷的人,怎么秦笙笙说剩下的人跟她行事,她也没有丝毫反应?

"还有什么问题吗?"秦笙笙又问一句。

有,其实齐君元有很多问题,但他知道有些自己没必要问,有些问了也等于白问,所以不如不问。

"现在给你们两袋烟工夫,私下还有什么话相互间赶紧嘱咐交代一下。"秦笙笙这句话让所有人都愣了一下,大概谁都没有想到还有这样一个环节,所以一时间谁都没有动。

只有秦笙笙自己走到齐君元身边,将他拉到一边小声说道:"'急瘟皆病'所驱鼠群为钵鼠,呼气带毒,有麻醉作用,口液带腐,能化石化骨。你以后遇到的话千万小心,如果没有绝对把握对付,见到它们应立即逃离。"

齐君元皱紧眉头,不是因为秦笙笙说了那鼠群的可怕程度,而是因为不知道秦笙笙为何要对自己说这些。

而更让齐君元感到奇怪的是秦笙笙说话时始终拉着他的手臂,说完之后也没有松开,一双眼睛里有水光闪动。一瞬间,齐君元从秦笙笙的表情中感觉出生死离别的情感来。

夜匿迹

所有人都用奇怪的目光盯视着齐君元和秦笙笙，没有人说话，场面显得很是怪异、尴尬。

"咳、咳"，楼凤山干咳两声，打破了沉寂。"齐兄弟，我也和你说两句。"说完也朝齐君元走过去。楼凤山此举打破了怪异、尴尬的局面，也算是给秦笙笙和齐君元解了围。

楼凤山来到齐君元面前站定后，秦笙笙这才松开齐君元的手臂转身走了回去。

"楼兄有何指教？"齐君元很谦逊地问道，自己的组合中没有天谋殿的高手，所以临别时楼凤山的建议可能会对自己有极大的帮助。

"兄弟杀技卓绝，烟重津一局可谓神妙，但是反被别人下了反兜，应该是有人提前泄露了消息。细想之后觉得最有可能的是六指，当时只有他离开过我们几人。另外，那次我逃出之后，曾看到六指独攻南唐使队车驾，像是夺取了什么东西。我后来一直在想，他提前将你主持的刺局露底了，然后就是要想借助这个机会，拿到什么重要的东西。你此番与他同行一定要当心，必要时可设局探明他的底细。"楼凤山的说法应和了齐君元很多的想法，但齐君元的表情没有丝毫变化，好像对这些信息没有一点兴趣。

"楼兄，求教一事。你们下一步是要往哪个方向？"齐君元说这话时目光一直落在秦笙笙的背影上。

楼凤山表情纠结了下，然后极轻极快地吐出个字："西。"

"哦，这样啊，刚才在这里我听到一群秘行高手以数字传讯，感觉他们就是从那方向过来的，你们也要小心。"

"我知道，那种用数字传递的暗讯其实是针对一部指定的书籍。每一组数字都可以从上面找到相对的字，然后连起来就是讯息内容。"楼凤山似乎早就已经掌握了蜀国不问源馆传递指令的方法。而且按照他这种说法的话，蜀国不问源馆用的这部书籍就是中国最早的密码本。

"什么书？"齐君元。

第八章　落鼠口

"呵呵，齐兄弟一路保重。"楼凤山转身而走，他觉得自己说得已经有些过了。

就在这时，"急瘟皆病"的钵鼠群再次出现了骚动，穷唐也竖耳扭头警觉地看着远方。

"有人过来了，人数不少，分三个方向包抄而来。距离虽然还远，但我们必须赶紧离开这里。"急瘟刘柄如辨别了下鼠群的变化后，很断然地告诉大家。由此可见钵鼠的觉察力比穷唐更加灵敏，穷唐的嗅觉只能发现到异常和大方向，而钵鼠的发现却更细致，可以具体到数量的多少和方位、方向上。

"看来已经耽搁时间了，不然不会让别人离得这么近的。不多说了，赶紧离开。"王炎霸脸色阴沉着说。

没人说话，但是哑巴立刻示意齐君元那几人跟着他走，穷唐开路，几个人豹纵兔蹿般消失在了白墙黑瓦、翠山绿树之间。

而剩下的人则由"急瘟皆病"带领，缓缓地往小戏台后退去，断后的是几只肥胖的钵鼠。

因为有穷唐和哑巴的带领，齐君元他们很顺利地就从围堵而来的几路人马中间穿过，并且选择了最直接的路径，离开楚地布设了大批人马的范围。一直来到一个山清水秀的小山村后，他们才找到一家住在半山坡的猎户，给些钱打尖、借宿。

这家猎户住得离其他人家很远，虽然是不大的木头房子，但住进了几个人并不会引起别人注意。而哑巴本身也是猎户出身，对猎户家的一些规矩非常清楚，所以这家人对莫名其妙出现的几个人也没有太多戒心。另外，这家猎户家徒四壁，没有什么值得别人觊觎的。像这样的清苦人家只要塞给他们大把的银子，那么好多要求都能满足，包括封嘴。

对于刺客来说，他们最喜欢打交道的人就是远离人群的人。这种人一般处世另类，这样即便自己不小心让他们知道些什么，他们也是不会告诉别人的，即便告诉别人了人家也不大会相信的。还有就是贫苦的人，这种人心不会贪，给些好处就感激涕零，然后还能为此感恩，坚决不做对不起你的事情。这些也是刺客的学问，不仅是江湖经验，也是对人性的一种洞悉。

在猎户家的那个晚上，齐君元才知道与范啸天一同出现的那个猥琐老头就是倪稻花的爹倪大丫。这个人虽然之前一直都没有露面，却是始终无形地存在于他们这大半年的各种行动和遭遇之中。然后齐君元通过范啸天知道了他们潭州一行的经过，也是到此时他才知道范啸天要送给倪大丫的东西就是寻找宝藏的关键。但是将一件寻找宝藏的关键送给一个普通的盗墓者是为了什么？是盗墓者本身就不普通，还是要以此掩盖些什么？或者就是要通过这个盗墓者将这东西交到谁的手里，齐君元真的有些弄不清。但这是离恨谷中直接安排的活儿，即便知道其中有很深的隐情，自己也不需要去将其搞清楚。知道得越多越可能遇到危险，知道了不该知道的则必然危险。

范啸天则很为自己孤身深入虎穴的壮举而自鸣得意，他口水四溅、添油加醋地给齐君元和六指讲述了一遍经过。但齐君元听完后却很不以为然，只是通过范啸天的口述，他便知道周行逢不是那么简单。从一开始他就看出范啸天很明显是被周行逢落了反兜，成为被他利用来寻找倪大丫和宝藏秘密的工具。但是周行逢却怎么都没有想到，这宝藏的秘密就在范啸天的身上，而范啸天行此险招竟然就是要将这秘密送到倪大丫的手上。

"范大哥，你知道那'急瘟皆病'是怎么回事吗？"齐君元一直想问这个问题。因为他做刺客以来，也遭遇过不少凶险，但每次都能利用技艺和智慧脱身而出。只有这次被"急瘟皆病"驱钵鼠困至没有生还可能的地步，虽然这在经历中是第一次，但如果不是秦笙笙及时出现并阻止，差一点就成为了最后一次。

范啸天皱着眉头思索了一下，然后咂咂嘴说道："你知道的，我这人平时低调，不喜欢与谷里其他人称兄道弟套近乎，所以对谷里的人也了解不多。这个'急瘟皆病'我就从来没有听说过，你看这两人的一副怪样子，会不会是谷里外遣的，这次是临时唤醒做活儿。"

"哦，真的有可能是这样的，我也是没有听说过这样一对厉害人物。"齐君元口中附和着，同时用眼角瞟了一眼哑巴，这哑巴就是个外遣谷生，自己以前也从来都没见到过。

第八章　落鼠口

但也就是在这个时候，齐君元灵光突闪，一个他以往没有注意到的现象突然闯入他的脑中。他强自按捺住自己翻腾的心绪，让表情尽量平静，然后缓缓将目光在其他几人身上扫过，包括范啸天。

是的，自己从没有听说过"急瘟皆病"，但是不仅仅这两个。面前的范啸天、哑巴、唐三娘，以及六指，他们不管身份是属于离恨谷的谷生还是谷客，自己也全都从来没有见到和听说过。还有，没有和自己同路而行的秦笙笙、王炎霸、楼凤山，自己之前也没有见到过。只有楼凤山这人曾经听说，但那也是因为他的江湖名号和风水技艺，并不知道他真正的身份竟然也是离恨谷谷生。

这时候齐君元再次想到倪大丫。在秦笙笙让自己挑选帮手分路而行之时，那个倪大丫和倪稻花明明不是谷里的人，为何听到分配之后没有一点异议？就好像很清楚自己下一步要做的是什么事情一样。

"不过那两个人驯化驱动的小兽子我倒是听说过。"范啸天不甘让自己显得孤陋寡闻，于是另外找个与"急瘟皆病"有关的事情来表现下自己，"那小兽子叫钵鼠，也叫鼓鼠、飞盘鼠，有些地方还称它一口肉，因为钵鼠食量很小，一口肉就能维持很长时间的身体需要。特点是体大、骨软，体型可以进行很大程度的变化。屏气时如钵、如鼓，可承受极大重力，吐气后可收缩成薄翼一般，从高处下坠时如叶片飘落，无损无伤。如果高度足够，还可以滑翔飞行。这些特点也可能就是它们为何进食时只取一口肉便不多食的原因。"

齐君元听了这话之后连连点头："你这两点说得没错，但他二人所驱钵鼠好像还有不同之处。一个是咬嚼力很大，可以很快打通土石洞穴。还有被它呼气之后人会产生麻醉感，全身无法动弹。"

"这样的叫疫钵鼠，但并非品种特别，而是需要经过特别培育。因为钵鼠除了我刚才所说的特点外，它们还有个特点就是内脏、血液非常特别，一般毒药都无法将它们毒死。所以有人便在养殖驯化它们的过程中，刻意喂食它们一些带有毒病的物质，让它们成为一种带病体或带毒体，甚至是带腐体。急瘟、皆病都是毒隐轩的用毒高手，所以要说他们两个培育出的钵鼠有什么特别之处那是一点都不奇怪的事情。"

"能说得具体一些吗？"齐君元想尽量多了解一些，因为他想到秦笙笙和自己分手时偷偷警告自己的话。

"你说的咬嚼力大，这除了它们的口腔肌肉被药物训练过外，最重要的是它们口液中带有腐蚀性的物质，可以让石块酥脆或松软。呼气让人产生麻醉感那就更在情理之中，平时喂食的毒素肯定会带有一些麻痹功效。入血要命，入息成迷，不过只要是在应对中注意避让，站上风口，或者人多的大环境中，这迷人心魂的呼气便见效甚微或根本不起作用。"范啸天真的懂得很多。

齐君元回想了下，范啸天说的真有道理。按理说自己的功力应该是在之前那群被钵鼠要了性命的高手之上，但自己在被钵鼠群困住之后便一点反应都不曾有，直接就被麻痹得一动不动。而那群高手从形态上看多少还是有些反击和挣扎的，这应该和自己只有一个人又是被困在较为封闭的巷道中有些关系。

知道了钵鼠的特性，齐君元心中开始暗暗思考，他要想出个妥善的法子，以便以后再要遇到钵鼠群时能够从容应对。而他之所以会有这样的想法，那是因为秦笙笙临别时对他的警告。

大家吃过饭后便马上休息，也不安排人轮流警戒。但是刚过子夜，他们便立刻偷偷起来离开，就连猎户家的人都全然不知道，就像几个暗夜的鬼魅消失在山林之中。

这次停留打尖其实是离恨谷中一种独特的匿迹手段。如果有钉子追在他们后面的话，不管是借宿在聚集的人家还是独住的人家，都会很快被发现。一般而言，遁逃之人能想到的江湖伎俩追踪之人也能想到。所以齐君元故意留宿，而且采用很正常的江湖潜走方式，选择借宿远离村寨的独住人家。但是追踪之人一般很难想到的是他们只休息了两个时辰，然后趁着夜色最深时突然离开。而且齐君元的后续手段可以保证，这次离开之后，别人再难找到他们的行踪。

第九章　游龙吞珠

翘首待

"又是秋时凉入怀，清灵出窍上月台。"本来这样的季节对于最怕暑热的蜀主孟昶来说是最享受的时候，但是现在的他却没有闲情来品味这风爽露浓、酒醇果香。

蜀国最近很乱，出乎意料的事情连续不断。蜀主孟昶很烦，因为好些事情不是轻易可以解决的。而且照目前的状态发展下去，产生的后果会非常严重。虽然孟昶已经召集满朝文武商讨了好几次，但是话头翻过来倒过去始终没有一个实际可行的办法。

第一个难事孟昶觉得是自己上了大周的当。而且不止他上当，就连南唐李弘冀也都没有看出大周的险恶用心，否则他也不会派德总管过来和自己商讨谋划。这件上当的事就是与大周进行的易货交易。

大周现在正处于粮盐紧张的困窘状态，其实不管易不易货、怎么易货，蜀国都不会吃亏。而大周则是求着蜀国易货，这也是他们派来特使的主要目的，这样才能减缓他们国内粮盐紧缺的窘境。而李弘冀派德总管过来商讨谋划，并且亲自参与确定易货价格。这目的是要让蜀国在易货过程中得到最大利益，同时还能恰到好处地卡抑住大周的脉门，让其不能很快恢复元气，甚至可以让它始终无法彻底地恢复元气。另外，李弘冀可能还有其他想法，想让大周迁怒提税的南唐，给予南唐军事上的压力，迫使李璟退位，那么李弘冀便有可能在危难之前担起重任。

事实上所有计划的实施都没有问题，蜀国用苛刻的价格从大周那边易换到大批的马匹牛羊。不但可以立刻提供给军队使用，还有很大余量。那么下一步再按照王昭远的计划，开辟官营牧场，繁殖更多马匹牛羊，只需一两年的时间，蜀国大型牲畜和食用牲畜便可以自给自足。特别是军用马匹上，原来蜀国只有矮小的川马，虽耐力足却不适合沙场争斗。而这次大批引入的西凉和中原马种，可以大大改善蜀军骑兵的实力。

但是谁都没有想到，这些易货得来的马匹牛羊，不管已经分派到军队里的也好，还是赶往官营牧场准备畜养繁殖的也好，都纷纷显出了病态，完全不能负力劳累。这种病势刚开始很难发现，不发病的马匹牛羊外相看生龙活虎，但是奔跑负重劳累之后，就会筋松骨软，内腑抽搐，口鼻呼喷血沫。而一旦症状出来了，也就没办法治了，不是暴毙就是瘫软如死肉。

更为严重的是，这种病有极快的传播性。那些赶往牧场的牲畜还好，往往都是在半路之上就已经出现了病状，传染范围还不算大。反是分派给军队的马匹，不但相继发病而亡，而且还传染给了蜀军原有的马匹，大有不可控制的态势。

没人知道这是一种什么病，所以也就没有人能治愈这种病。现在唯一能做的就是隔离得病的牲畜，将死去的病畜深埋或焚烧。但唯一能做的并不意味着是可以妥善应对的，牲畜发病之前没人能看出其是否得病，所以也就不知道哪些该隔离哪些不该隔离，而病症的传染却是不管发病不发病时都会传染。

值得庆幸的是牲畜的病症并不传染给人。但从历史上很多事件可以看出，对牲畜、家禽所得传染病的防治要比人群中的传染病更加难以防治。因为牲畜、家禽无法说出感觉，无法说出病症发作时的特征，所以发病致死的

第九章 游龙吞珠

症结在哪里很难发现。

第二件事情是第一件事的连锁反应。易货得来的牲畜得了奇怪的传染病，这消息才传出，百姓之中便产生了恐慌。这恐慌来自两个方面。一个是自家养有牲畜的百姓，他们担心自家的牲畜会被传染。于是不管发病的区域离着自家有多远，畜养牲畜的人家都将家里的牲口、家畜关了起来。这样一来，运输瘫痪，矿采停工，农作荒废，市场出现货流运转缓慢或货物滞缺。另外一个方面是当初那些拿出粮盐参与官营易货的百姓，官府拿走了他们的粮盐，只给了一张写了数额的抵粮券或抵盐券。本来说得天花乱坠，这抵券可以在运营之后利益不断叠加，带来丰厚的回报。但现在运作才刚刚开始，就已经出现这种意外状况。手里有抵券的那些百姓开始千方百计地想将抵券出手，但是易货牲畜得病的消息已经传到蜀国的每个角落，这时候谁再接手抵券除非他是傻子、疯子。抵券出不了手，自己的粮盐就会打水漂，于是有人开始怂恿大家找官府讨要说法。在讨要说法无果的情况下，说蜀国官府采用这样的手段侵吞百姓钱财的谣言开始到处传播，蜀国官家的信誉迅速下跌。

易货牲畜得了奇怪的传染病，然后国内百姓恐慌，以及恐慌之后带来的一系列后果，这些问题虽然都是出在蜀国内部，但孟昶和朝中大臣们都一致认为是中了大周的釜底抽薪之计。很多开始对王昭远私货官营做法持反对态度的人，都认为出现这种状况与王昭远的策略错误是分不开的。但是后来王昭远在实施过程中拉上了太子，并且将太子玄喆推到了主持的位置上。而且孟昶在大周特使的要求下也是力促此事的，所以此时也没谁再将罪责落到王昭远身上。因为问罪王昭远就是问罪太子，问罪太子就是问罪蜀皇孟昶。

如果只是易货受损、民众恐慌，这还算是好解决的事情。最多是将屠宰牲畜的范围加大，然后国库出血贴补。对持抵券的百姓，则可许以几年税收减免，这也就能将他们安抚下来。但现在的问题不只是这些内忧，而且还有外患。据边关探马汇报，大周将这些日子易货得来的粮盐大部分都囤积在边界处的粮草营中，并且还就地灭佛毁庙，征得大量钱财和铜铁物资，也都囤于边界。这种种迹象表明，大周是要大动干戈。

随后又有密探道从大周东京传来密折，报说大周实力最强的禁军开始调动，从迹象上看是往西南一带在运动。这更加表明大周是要对蜀国下手。

本来从正常思维逻辑上来讲，大周国内出现经济和市场的窘迫状况罪魁祸首是南唐，他们应该对南唐出兵问罪才对。而蜀国本来与大周是有互助盟约的，这次大周出现窘迫状况后蜀国还以易货之举施以援手。虽然这援手并不完全真心，其中掺杂了些自己的小九九，但最终结果是对大周有利的。

现在看来大周的计划似乎是要对蜀国下手，却不对南唐下手，孟昶觉得其中很大缘由是因为蜀国的秦、成、阶、凤四州深入大周腹地，大周方面肯定认为这是极大的局势压迫和军事隐患。如果大周实力未衰，国资、民财、物产依旧像他们北征时那样，他们绝不会先对蜀国下手。而现在他明知南唐是罪魁祸首，明知应该对南唐出兵问罪，却也必须先除去隐患后再对南唐开刀。抑或大周原本就认为自己国力衰弱之际正是蜀国趁势东犯的大好时机，所以一定要聚集所有力量先断了这种可能。

所以孟昶和蜀国文武群臣推断，正是出于这样的计划，大周才会遣特使来成都促成边界易货，然后用得了疫病的牲畜易取蜀国粮盐，造成蜀国内部恐慌，市场运转停滞，军需用马锐减，整体兵力下降。另外，特使这一路看清了蜀国的地势、地貌，知道从蜀国腹地往秦、成、阶、凤四州的路途山险水恶，调动人马和粮草很不方便。如果再因牲畜传染病的传播恐慌造成运输停滞，造成蜀国军需所用牲畜的紧张，那么趁这个时机拿下秦、成、阶、凤四州应该不会费太大的人力、物力。这也是大周在国内物价飞涨、物资紧缺的时候，还敢以易取不多的粮盐和民间搜罗到的一些物资充作军用来攻打蜀国的原因。

世事转换瞬息之间，谁能想到原本最不会受南唐提税影响的蜀国，始终可以以提税为契机获取到大量利益的蜀国，现在却因为大周的险恶用心和歹毒伎俩，顿时变得同样的窘迫，甚至是危机四伏。

所以目前的状况下，最应该看清形势的不是蜀国也不是大周，而是南唐。如果能够趁着大周进攻蜀国之际出兵大周，与蜀国两边夹击大周，只要

第九章 游龙吞珠

是拖住周军让其不能一举得手,那么就他们现有的军用补给肯定坚持不了多久,很快就会不战自败。

本来孟昶与南唐太子李弘冀私下交好,暗中是有互助互利约定的。但现在的问题是孟昶已经连遣五路密使,其中还包括李弘冀派来蜀国协助边界易货的德总管,可是李弘冀那边到现在都不曾给自己只字半语的回复,不知道是何缘由。按理说南唐大部分兵权是掌握在李弘冀的手中,他是有能力做出决断和部署的。可现在这种态度是突然间另有什么想法?还是他自己被什么事情困扰住而无法抽身处理合击大周的提议?

总之,不管大周的暗中储粮运兵,还是李弘冀的始终不予回复,这些对于蜀国而言都不是一个好的兆头。所以这些时日孟昶心中中烦躁难安,即便是秋凉也无法让其有丝毫爽怀的感觉。也就只有申道人送来的"仙驾云"可以让自己服食之后能够飘飘欲仙,完全放松,暂时忘却身边所有的烦恼。

此时孟昶端坐在书案背后,已经感觉到腰背的酸胀、眼皮的沉重,一股股倦意将他围裹得紧紧的。虽然心中很清楚自己和毋昭裔、赵崇祚等几位朝廷重臣聚在自己的"亦天下"书房中是在等待一个重要的消息,但他却有些不由自主地就想到了"仙驾云",想到了花蕊夫人温软的怀抱。

他们等待的消息真的是一件极为重要的消息,是关于几个国家都全力以赴想得到的那个巨大宝藏的消息。蜀国目前虽然一下子面临了这么多的问题,陷入了重重困境,但其实只需要一个办法就能将所有问题都迎刃而解,那就是找到巨大的宝藏,从中获取到巨大的财富。

有了钱,那些易货的损失、民众的恐慌就全都不是问题了。至于大周欲以刀兵相加,自己也可以与之协商,以替他们缓解国内的窘境来平息这场战乱。即便大周一意孤行要动刀兵,那么自己有足够的钱财购买军资、马匹、激励兵将,还是可以与大周一战的。只要有了这笔财富,还可以直接许给南唐好处,让其协助自己共同应对大周。也可以买通吐蕃、党项,让他们从西面出兵,由侧翼攻击周军。甚至有可能什么都不用做,只要将蜀国得到宝藏的确切消息传出,大周就会马上心生惧意,即刻退兵。

藏肉方

　　前些天从楚地有消息由各种途径连续传来，说是蜀国不问源馆的高手从其他几国的高手手中夺取到关于宝藏秘密的皮卷。只是被楚地周行逢手下的各路兵马和地方衙役、捕快层层围堵，一时不能从重围中脱身。

　　得到这个消息后，孟昶和毋昭裔、赵崇柞商议决定，立刻派遣内防总管太监华公公前往楚地界内接应不问源馆的人，及时将宝藏秘密的皮卷带回蜀国。

　　这华公公主要是负责蜀宫内部安全的，御前侍卫、内宫守卫以及九经学宫的人手他可以随便调动。虽然是关系到蜀宫和皇上安全的要职，但这个华公公其实并不会一点技击术。好在作为内防总管，需要的不是亲自出手拒敌杀人，而是需要有很高的警惕性和严密的布防手段。而华公公虽不懂技击，却钻研于诡道攻防和坎子行技法，熟知防护守卫的布设以及机关消息的运用。

　　诡道攻防，除了严谨细心外，最为重要的还有天性之中极强的怀疑态度。不会技击的华公公正是一个疑心极强的人，蜀国上下，除了孟昶，任何一个人都可能成为他的怀疑对象。包括毋昭裔、赵崇柞、王昭远这样的朝廷重臣，也包括经常在后宫里进出的申道人和一直住在后宫里的阮薏苡。

　　就算是现在，华公公都一直派人暗中盯着这些人。对于这一点几位总被前呼后拥的大臣也许难以觉察到，一直住在内宫里的阮薏苡更难觉察到，但总是小心谨慎穿梭于宫里宫外的申道人却是觉察到了。并且有一次因与人接洽之事半路进茶馆听唱，听一半时，接洽事完又出茶馆，结果觉察到身后异常，并且确定是有学宫高手盯着自己。幸好此番接洽事做得隐秘，不然真就要无名祸上身。自此之后，申道人做事才会处处小心、时刻提防。与萧俨私下见面说字画的事情，要辗转由童子半路突然拦车，带萧俨走过多少巷弄小路，还要预先嫁罪于青羊宫。这都是拜华公公所赐。

　　另外，华公公还是个追求完美的人，特别是对内宫守卫的布置，以及一些防卫器械和机关的设置，他都是力求不留一丝漏洞。而他这一特长在孟知

第九章　游龙吞珠

祥出事之后被蜀国皇家十分看重，这才直接将其升为了内防总管。

这一趟让华公公出马，除了他办事谨慎外，还因为华公公祖上就是楚地人。原籍就住在楚地永顺府界内的清平村。

华公公带领一众高手出成都直扑楚地，随后便一直没有消息。反倒是在几天前有不问源馆的丰知通传一份密信给赵崇柞。说自己所带的一帮人已经脱出楚地官家的包围，但是折损很重，现正尽快赶回成都休整。

密信中只说尽快回来休整疗伤，并没有提及那个与宝藏秘密相关的皮卷。所以本来就很焦虑的孟昶又增添了一番焦急，与几位重臣聚在这"亦天下"的书房中连着坐等了三个白天。现在即便是腰酸背痛、神疲体乏，却依旧抵御着"仙驾云"和花蕊夫人的诱惑，坚持留在书房中。

"皇上，要不你先回内宫休息半日，一有消息我立刻让人奏报与你。"毋昭裔看出孟昶的状态很不好。而实际上因为有孟昶在，几位大臣的状态更加不好。因为作为皇上有些时候还可以随意一点，坐得尽量舒服一点。而作为大臣却是绝不敢在皇上面前有丝毫放肆的，所以劝孟昶进去休息也是给自己休息的机会。

"对，皇上，按丰知通那些人的行程速度，的确应该是在密信之后这几日内到达。但是他信中说了，折损很重，需要休整。估计是带着伤痛之人无法快行。这样，我领人前往成都城外东来的几条道路迎一下。皇上你先回去休息，一旦迎到他们，我立刻带丰知通直接入宫见你。"赵崇柞也劝，另外他主动说出去迎丰知通他们，其实也是坐在这里僵硬得难受，还不如到外面纵马吹风的舒服。

"也好，你去迎一下，毋大人留守此处，其他人且到论典殿等候。"孟昶说完这话后起身往内宫而去。

几位大臣都松了口气，一个个站起身来舒展已经麻木僵硬的肢体。

而赵崇柞则不敢有丝毫耽搁，出蜀宫直接到不问源馆，然后分派几路人前往各条道路去迎丰知通。但他对能迎到丰知通并不抱太大希望，如果丰知通是个可以被别人预先在道路上迎到的人，那么他也就没有可能从楚地的重重围堵中逃出来了。

且不说那几个大臣各尽其职、各缓其神，单说孟昶回到了内宫。今天他没有径直前往花蕊夫人的慧明园，而是先回到自己的寝宫。让人拿来"仙驾云"的葫芦，倒出两颗药丸含在了口中。于是一股轻灵在浑身上下游走，七窍百孔俱开，浊气外泄，清气内收。整个人就如同由里至外洗过一遍，再没有一丝疲乏酸痛的感觉。

"仙驾云"真的是一副好药，据申道人说这是无脸神仙写在洞壁上的方子，他是前往求解时用心记下后才配出了这种养生明神的良药。但是不管什么良药好药，也不管是谁拿来的药物，孟昶现在都是不会随便入口的。以往送入后首先是要经过御医馆里所有御医仔细分析、试用，在确定没有问题后才会服食。而现在不仅御医馆要查辨确认，花蕊夫人吩咐下来，孟昶所用之药还须经过后宫中阮薏苡的确认。这是孟昶那次服用申道人给的养精露与花蕊夫人行事久攻不泄之事发生后定下的新规矩。所以在这样两重绝对严密的检查分析下，一点点带有邪性的药物都是不会让孟昶碰到的。

"仙驾云"的辨查分析过程其实非常简单，所有御医还有阮薏苡都一致确认这种药里的所有成分都是良性的上好补药，而且药性间也没有丝毫冲突，君臣之理完全应和身体的阴阳之道。即便这样，阮薏苡还是让人和动物经过一个月的使用后，没有发现一丝异常的情况下才让孟昶开始服用。

孟昶两颗药丸含服之后，直直地躺在榻上，而心神则真似驾云飘起来了一般。一呼一吸，一举一动，似乎全是随着自己的心意愿望。觉得怎么舒服，怎么舒服的感觉就来了。但孟昶知道这还不是最舒服的状态，于是朝着旁边招招手。

从旁边过来了两个美艳的宫女，她们开始替孟昶按摩揉捏起来。按摩揉捏是由四肢开始，然后往胸腹等敏感位置游走，四只柔荑般的小手不时从敏感处拂过，就像轻风在撩拨刚出水的荷角。

很快，孟昶的下腹连续跳动了几下，并且发出类似哀号的呼叫。这是服用"仙驾云"后最为舒适的一个瞬间，是孟昶自己在无意间发现的。这感觉和趴在花蕊夫人身上相比又有不同的妙趣，趴在花蕊夫人身上，那是全力激情的喷发，然后是浑身松懈的快感。而这种全身处于飘忽的舒服状态，在轻

第九章　游龙吞珠

揉轻拂间下全无控制地喷泻，便如同少年时的梦遗。

喷泻之后，孟昶又静静地躺了一会儿，全不顾腹下的湿黏，只是不动，完全将自己融入还未消散的舒爽快感之中。等到这快感完全消失之后，他会起来清洗更衣，然后去找花蕊夫人，享受美酒、肥膏，在花蕊夫人身上再享受另外一种愉悦。而自从孟昶发现到"仙驾云"的妙用之后，他心中一直有着一种遗憾，就是没有办法将这两种快感结合到一处。花蕊夫人虽然娇美无双，体贴入怀，善解人意，但是出身上层官宦家庭的她却是完全不懂另一种床笫间的风情。

就在孟昶的快感还未完全消退之际，突然寝宫外有太监禀报："慧妃娘娘派人呈折皇上，皇上启否？"

孟昶心中暗想："也许是自己这几日都忧心忡忡，只想着等丰知通的消息，冷落了花蕊夫人，所以她听说自己今日回了寝宫，特意派人过来请自己了。"

想到这里，孟昶将一直躺着未动的身躯往榻枕上挪了挪，轻声说句："启了吧。"

外面伺候的贴身太监将折子启开："皇上，慧妃娘娘折子中说她有一法子可以缓解易货牲畜得疫病的损失。细读否？"

孟昶猛然坐起："不必，拿来我自己看。"

门外太监将折子递了进去，孟昶此刻也不先去清洗更衣，似乎全忘了自己身上的湿黏不适，坐在榻上直接将那折子打开。旁边有宫女将灯头拨亮，让孟昶可以清楚看到折子上的内容。

折子的内容其实很简单，就像刚才门外太监所说，花蕊夫人说她有一个缓解牲畜疫病的法子。但是折子中另外夹着的一个单子却不简单，那上面密密麻麻地写满了很详细的做法和配料。

"绯羊首？"孟昶只看到单子上前面的一点内容便知道这是什么。

准确些说，这个单子是一个菜谱，一种非常美味的肉食做法。这种肉食是花蕊夫人别出心裁之作，是取净白肥美的公羊头，以红姜煮之，再紧紧卷起，用石头镇压，以酒腌渍，使酒味入骨，然后切如纸薄，入口风味无穷，号称"绯羊首"，又叫"酒骨糟"。在《五代十国后蜀记》《蜀史奇录》等许多古籍中都曾有关于"绯羊首"的记载。

"不对，不完全是绯羊首。"孟昶又往下看了几行，便看出不同来。

绯羊首的制作首先是要选用净白的羊首，而这做法却是什么肉都行。另外，绯羊首是要先以红姜煮羊首的，但是这里的肉却不用煮，只需分块洗净即可。绯羊首需要用酒腌渍，这里的肉虽然也用少许酒，但只是作为调味，更多的是用盐和香料来进行腌渍。

"我知道了，这是要病肉能食、存肉代粮。"孟昶看到最后几个解释时，他完全明白了花蕊夫人送来这个菜谱是什么目的，也清楚了这的确是一个可以缓解易货牲畜疫病传播的好法子。

最后的几个解释是说加入几种香料所具有的功用，也正是因为这几种香料的功效，可以让易货的损失减到最低。

疑恩者

在知道牲畜疫情之后，花蕊夫人赶紧找到了阮薏苡，想让她找到抑制疫情、治疗疫病的方法和药物。但是对于一项无名疾病的研究治疗怎么可能在短时间中就办到，所以阮薏苡采用了另外一种办法，先确定一下这些牲畜所得疫病与人的关系。而这一个确定只需要很简单的手段就能办到，阮薏苡采用的办法是直接让死囚牢里的一些犯人和得病牲畜做各种不同形式的接触，再安排另外一些犯人食用病死牲畜的肉。

结果表明，疫病并不会在人身上传播，即便是吃了病死牲畜的肉，那也只会出现很小幅度的身体异常，如腹泻、恶心等症状。阮薏苡后来又仔细对病死牲畜的肉进行了查辨，发现之所以会出现这样的症状，是因为牲畜死时已经耗尽了阳气，遗留在身体内部的只有阴寒，所以食用之后才会出现腹泻、恶心等异常。

阮薏苡找到了几种常见的药料，如花椒、鸭嘴草、乌樟叶、烫舌果。这些都是可以消除阴寒，提升食用者内阳的药物。而且这些药物同时还是香料，具有独特的香气，在烧煮病死牲畜的肉时加入可以使其更加美味。验证

第九章　游龙吞珠

结果表明，那些犯人在食用加入药料的牲畜肉后，再没有一个出现身体异常的现象。

阮薏苡解决了病死牲畜可食用的难题，但即便是能吃，那么大片大片地死去，能吃也来不及吃呀。所以花蕊夫人将自己做绯羊首的方法进行改变，用盐和香料腌渍，到了一定时候取出放在阴处晾干，这样既可以长时间保存，同时也去除了肉中所带的阴寒之气。有了这个方子，不管那些已经得了疫病的牲畜，还是怀疑得了疫病的牲畜，或者为了控制疫情而大范围屠宰的牲畜，都不必深埋或火烧处理，而是可以采用这种方法将肉储存起来，作为存粮的辅助储备，在需要的时候再取出煮食。

而就在处理病死牲畜的过程中，阮薏苡得到一个意外的收获。她在用死囚犯人接触、食用病死牲畜的试验中，提取到一些致病的菌毒。为了找出这些菌毒的特性，她决定将这些菌毒培活成型。

"立刻将这个单子送到毋大人手中，让他将此事落实下去。"孟昶来不及取笔批复，急匆匆从枕头边的匣子里取出个私印盖了，便让近侍太监赶紧给毋昭裔送过去。

毋昭裔接到寝宫近侍太监传来的单子后，也是拍桌喊"妙"。然后赶紧传令给兵部、工部、吏部，让三部共同行事，将这单子上的方法尽快传到疫区。而随后没有疫情的地方也都得到了这个方子，以便一旦发现到牲畜异常可以立刻加以处置，将损失减到最低。

后来蜀地百姓发现，这单子上的方法不但可以长时间储存生肉，而且经过这种方法制作后的肉食会变得更加美味。于是形成过年、过节时将屠宰后吃不完的牲口肉按这法子制作成腌肉的习惯。制作方法再经过多少年的简化和改进，最后形成了如今全国有名的四川腊肉。

毋昭裔很快就将制作腌肉的办法传了下去，而赵崇祚却是没有在该到的时间里迎到丰知通，反而是非常意外地迎到了华公公。只是现在的华公公已经不是刚出成都去接应丰知通时的华公公，那时候他可以说是前呼后拥、八面威风，而现在却如丧家之犬惶惶而逃。他身边带出去的高手一个都不见了，只有几个不知道来路的人陪伴着他。

陪着他的人有三男两女，从穿着打扮上一看就知道不是蜀国人，应该是由东南什么地方来的。他们中有一个很漂亮的女子，还携带着一把古琴。一个年长男子说是这女子的远房舅舅，另一个年轻男子则是这女子的表弟，还有一对中年夫妇是这女子的家佣。他们这几人是送那女子到蜀宫来投亲的，因为女子家中遭遇灾难，现在只余下她一人。

华公公是在三台县桐木茶亭见到赵崇柞的，这里是不问源馆设在成都外围的一个暗点。

就像多少年未曾见到的亲人一样，华公公几乎是跌扑向赵崇柞的。平时里华公公只在蜀国内宫之中，与外部官员接触很少。即使是赵崇柞这种经常出入内宫的重臣，华公公与之也没有什么交集。这是因为怕被别人误会外朝内廷间有何勾结，这种事情在皇家可是大忌。另外，朝廷重臣和内宫太监总管们之间还是相互有些看不起的，一方觉得自己是国之栋梁，另一方则觉得自己是皇家亲信，就像皇上自家的人。

但是此刻华公公是将赵崇柞当成了自家人，全不顾自己的面子。由此可见他这些日子在外所遭遇的境况是何等艰难，所遭受的惊吓和打击是何等巨大。

一个人在某些状况下可以丢失了形象、身份乃至生命，但绝不会丢失了天性。而一旦状况能够有所改善，最快速度恢复并且可以运用的也是天性。所以当赵崇柞刚将差点跌扑在地的华公公扶住后，天性狡疑如狐的华公公立刻转身，指着身后陪伴他而来的三男两女尖声说道："拿下！将他们全部拿下！"说话时眉角、嘴角一阵乱颤，显得十分狰狞。

华公公一令既出，也不等赵崇柞有何指示，不问源馆的高手们便立刻身形闪移，将那几人团团围住。而最为重要的是将那几个人与华公公、赵崇柞安全隔开。

"为什么要这样？""我们可是救了你命的。怎么翻脸就不认人了。""我们根本没要求你回报什么，可你也不用这样对我们啊！"几个人感觉情况发生得太过意外，纷纷朝着华公公半是喊冤半是质问地嚷嚷着。

"这世界上有意外，有巧合，有幸运，但是当一个幸运很巧合地出现在

第九章 游龙吞珠

一个意外中时,那么背后肯定还会有真相和目的。"华公公的回应有些像是答非所问,但这话一说,该明白的都应该心中明白了,不该明白的也多少能听出点意思来。

也就在华公公说出这话之后,有人开始在心中暗自思忖,自己到底在什么地方露了破绽。有人已经在偷偷观察周围环境和形势,寻找可杀出生天的机会。还有人则现出惶恐惊惧的神情,用一种难以置信的目光望着华公公,而这个人就是那个年轻美丽的女子。

"按理说,我带领一众大内高手秘密行事,是不该有意外出现的,但是却偏偏出了意外。没人知道我们来自哪里,没人知道我们要去哪里。但偏偏我们才到清平村,自己人一个没见着,就遭遇大股高手的袭杀。而意外发生之后,偏偏是我这个最没用的人能够逃出。当我昏倒在路旁的时候,你们很巧合地出现了,于是我很幸运地成为唯一一个获救者。然后你们又很巧合的是要来成都,我又很幸运地成为你们的同行者,或者也可以说是你们的引路者。因为有我的御牌路引,你们就可以在蜀国的所有关隘卡口畅通无阻。"华公公分析得很是到位。

而那几个人的状态此时却有了些改变,因为他们没有听到华公公说出什么实质性的东西,所以心中知道自己所处境地还没有到最后地步,计划依旧有进展下去的可能。几个人中只有那年轻女子的神情始终没有丝毫改变,而这种没有变化的状态才是最正常的状态。

华公公在继续说:"我之前在几处关隘卡口未戳穿你们,是因为无法确定那些官兵能否在你们手下保住我性命,所以才一直装傻与你们周旋到此处。而现在你们已经落在不问源馆赵崇柞赵大人手中了,有什么歹诈念头还是都断了吧。"

那年轻女子依旧没有变化,这仍是正常表现。一个家在千里之外的闺中女子如果立刻因为不问源馆和赵崇柞的名头动容,那倒真有可能是怀有着什么目的和企图。

不过年轻女子此刻心中却是另外一番情形,她在暗自庆幸,庆幸还没到成都就见到了赵崇柞这样的蜀国重臣,庆幸自己是落在赵崇柞和不问源馆手中。这样一来，下一步计划不但可以继续得以实施，而且能更可靠、更可信地实施。

秋风劲飒，山势连绵，重翠无际。在杳无人迹的秦岭南麓，有一支装备精良的轻骑军在丛林、石崖间穿行，快速朝着西面行进。

赵匡胤意气风发纵马奔在这支轻骑军的最前面，身后紧随张锦岱和程普。现在的赵匡胤已经是禁军伐蜀的前营大帅，但他却是带着队伍一马当先，从位置状态上看，则更像是替代了张锦岱做了前营的先锋。

前营大帅这个职务是赵匡胤主动从柴荣那里争取来的，能顺利得到可以说是幸运，也可以说是柴荣特别看重于他，不忍拂了他的心意。而其实柴荣不忍拂他心意的事情又何止是这前营大帅的职务，就连这次改变之前敛实抚内的策略，转而大胆攻伐西蜀，也是因为赵匡胤的力推才临时确定的。

其实在此之前，柴荣与赵匡胤、王策、赵普有过一番当前形势的分析和商榷。赵匡胤认为南唐不能动，动了以后会促使李弘冀拥权，然后与蜀国联合夹击大周。所以要动南唐，先要解决蜀国这个后顾之忧。而目前动蜀国的话，不管是从大周的经济实力、物资供给来看都不是恰当时机。再有一个，灭佛取财，致使民心动荡，此刻更应该抚内而不适于攻外。而且赵普设计以渭南感染疫情的牲畜与蜀国易货，一旦疫病在蜀国大范围传染开来，蜀国军备用马数量锐减，可保三年内他们无法对大周构成威胁。

但是就在这次分析商榷过去了一段时间，大周国内的状况已经开始一点点平复之际，赵匡义从楚、蜀边界处传来一封密信。密信是通过"千里足舟"走的江湖信道，对于官家密信来说，走江湖信道虽然稍慢些，但其实比官家密探道更加保险。如果走的官家密探道，还是会有很多其他国家的秘行力量和叵测之人会觊觎其中的秘密。而走江湖信道的话，江湖人一般是不会对这种信件感兴趣的，生怕惹得祸事上身，从此食路被断、家小飘零。

第九章　游龙吞珠

推征伐

　　江湖毕竟与官家是完全不交集的两个层面，就算密信能从江湖信道传递过来，但如果没有能够脚踏江湖、官家两道的可靠人物过手的话，这密信即便到了准地儿，也是无法到达准点儿手上的。而赵匡义这封信是要递给十万禁军的总头领、殿前都点检赵匡胤，那更不会有一个江湖人会主动做这事情的。

　　幸好的是十万禁军之中各种人色都有，包括能够脚踏江湖、官家两道的可靠人物。而且这人物不管是江湖中的还是官府中的身份都还不低，所以从一个破落户手中交出的信件由他递给赵匡胤，赵匡胤绝不会对信件的真实性有一丝怀疑。这人就是赵普。赵普官职是禁军谋策处参事，但他的出身却是沧州"善学院"。"善学院"确实是个读书研究学问的地方，但它也确实是个江湖门户。这里研究的学问大都是和江湖谋略、帮派管理等有关，而从这里出来的人大部分会成为江湖门派中的师爷、军师、主管，等等，也有少数能凭着对江湖门道和奸诡伎俩的了解，跻身到官府、军队之中。总体而言，"善学院"里出来的人都算是江湖中有学问的人，身价、地位直接可以达到中上甚至更高。

　　赵普已经身入官家，其实应该和江湖断了关联。但是利用一下江湖信道、打听些江湖中不算秘密的消息，以他"善学院"的出身还是可以做到的。所以赵匡义让"千里足舟"将信件直接传递给赵普。而东京城中的江湖信道暗点只要一有赵普的信件，都是会从街上找到个可靠的破落户，让其将信件直接送到赵普手中。而赵普对送信来的破落户出手一向很大方，那些破落户都将给他送信这件事情当做一件难得的肥差，所以每次的信件都小心谨慎没有丝毫差漏。

　　但是这次的信件却是出了些差漏，那个送信的破落户在送信给赵普的途中遭到其他破落户的拦截和纠斗。大概是知道他又去给赵普送信得大好处，于是几个人心生嫉妒想把信抢来自己去送。

　　纠斗的结果并不严重，那个破落户还算忠诚，或者是对赵普打赏的银两忠诚，拼着命把那封密信给护着了。唯一有些问题的是信封上禁军的秘用蜡印在争抢中给弄坏了。

大周的秘行组织虽然只是以江湖经历不多的鹰狼虎豹四队先遣卫为主力，江湖上的技法伎俩知道的也不多，但是他们也有自己严谨的一套。比如说密信，信封上的蜡封看似一样，其实却是有着极微小的区别的。这区别是对应了里面信件所署书写日期的，也就是说，这蜡封至少是有三十种不同，一个月中每一天都是用的不同蜡封。

蜡封坏了，所以赵普先将信件看了一遍，从字体语气上确认是赵匡义所写的，这才交到了赵匡胤手中。

赵匡胤不仅从字体语气上分析出这是弟弟赵匡义亲笔所写的信件，而且从内容上也能够确定。这是因为信件里写了两件事情，两件事情分写在两张纸上。一件事情只有赵匡义知道，是赵匡胤自己的私事。与别人没有丝毫关系，别人根本没有伪造的价值。这件事情就是他让赵匡义此次外出做差过程中，替自己顺便打听一下京娘的生死真相，到底下落如何。另外一件事情是告知巨大宝藏的秘密被蜀国争夺到手，将这个消息传递回来只为让大周早做打算和准备，及时拿出应对的措施。这是有百利而无一害的事情，别人伪造也不存在意义。而没有伪造的可能，那就根本没有必要追究蜡封的事情了。再说赵匡胤不久前刚亲身经历蜡封完好折子内容却变了的事情，觉得就算蜡封完好也不见得就是可靠信件，重要的还是要自己懂得判断。

信里提到的两件事情，对于赵匡胤来说，对于大周现在的形势来说，那是有着太多价值和意义的。拿着这封信，赵匡胤只思考了一盏茶的工夫，随即立刻上马，带着赵普直奔皇宫进见柴荣。

赵匡胤这次进见柴荣，想要表达的意愿是立刻出兵西南，对蜀国动手。而他带着赵普一同进见，是因为赵普之前就是主张立刻对蜀国用兵的，他还可以为赵匡义信件的真实性做佐证。

"立刻出兵蜀国？九重将军，我记得不久前你刚说过还没到时候。"柴荣皱着眉头回问一句。

"是的，臣之前确实是坚持此种策略，并且直到刚才，也一直确信这种

第九章 游龙吞珠

策略正确无误。但是现在情况发生变化了,我弟匡义发来密信,说几国都在争夺的巨大宝藏如今落到了蜀国手中。"

"宝藏落在了蜀国手中?也就是说,他们短时间中就可能国力大增,那我们不是更加不应该与蜀国对敌了吗?"柴荣又回问。

"不是这样的。宝藏的秘密就算落在了蜀国手中,但目前为止他们只是在寻找宝藏具体地点或者是刚刚开始启开宝藏的阶段,所以还不曾真正有收益让他们的国力快速提升。"赵普插了一句。

"对!所以此时应该是对蜀国用兵的最佳时机。"赵匡胤马上加以补充。"一则他们现在还未曾找到宝藏,找到了也不见得就能将宝藏启开。所以国力尚未恢复,国内依旧动荡、恐慌。此时因为宝藏秘密是被蜀国得到,其他几国都是对其心生怨恨,我们对其用兵,其他国家不但不会相助于他,甚至会拍手称快。但是一旦他们将宝藏中的财富取出,那么其他国家可能就会因为垂涎于那些财富而亲附于他,与其联盟共同对敌我大周。即便是那几国顾忌面子不与他联盟,他们也可以用大笔财富买通吐蕃、党项、北汉、辽国,从四面合攻我国。"

"还有我们易货过去的带有疫情的牲口,到此时应该差不多是疫病传播最广的时候,之后可能就会逐渐得以控制。而万一有什么人能治愈了那疾病,他们的军力就会迅速恢复。到那时就算他们没启出宝藏,要想制住他们也是不易。"赵普再插一句,道理凿凿。

"还有其他什么有利出兵的说法吗?"柴荣很冷静。

"蜀国边界易货在发现牲畜出现疫情后便即刻关闭了易货市场,但是他们运至边界的粮盐都还在。此时突然攻击,可以获取大量粮盐以充军需。"赵匡胤又说了一个有利点。

"如果说到夺取粮盐,我们为何不向南唐的淮南一地出兵?此时正是稻米秋收之际,淮南除了盛产稻米,又是产盐之地,夺了那里,不是什么问题都迎刃而解了吗?"柴荣其实是有自己的想法的。

"南唐提税之际可能就已经想到了这一点了,所以对于淮南一地肯定布置了重兵防守。我们现在的国力、军需都不足,去打这只虎肯定非常艰难。"

而且攻打南唐即便顺利，李璟一旦觉得势危让太子李弘冀拥权，他再联合蜀国共同对抗我大周，大周危矣。而西蜀是躲在我们身后的一只病狼，而且是一个抢了大家美食人人都恨的病狼。此时打他，没人会助他。就是那南唐太子李弘冀要助他，李璟也绝不会答应。再说了，南唐淮南一地虽然多产稻米、食盐，但蜀国物产也丰。其他不说，就那秦、凤、成、阶四州也都是物产丰饶之地。如果能将四州拿下，不但可以获取大量物产，而且可以堵住东西川进入中原的要害，让蜀国再无机会直插大周腹地。"赵匡胤依旧坚持自己的观点。他打心底是想要柴荣出兵蜀国，为了达到这个目的他甚至已经退让一步，只求先将秦、凤、成、阶四州拿下。但他知道柴荣的性格，只要是这四州拿得顺手了，肯定会一鼓作气直打到成都。

"而且这条病狼是不能让它缓过劲来的，否则一条跟在身后的狼会比迎面遇到的一只虎还要可怕。"赵普虽然话不多，但总能抓住要点。

柴荣沉默了好久，这是在思考、在权衡。帝王决策，一字一词都关系着千万生灵、万代基业，不能轻出，更不能轻改。所以必须在决策之前将方方面面都考虑到位，然后才能无所反顾、立言立行。

"如果决定对其行事，如何做才为最妥？"沉默许久，柴荣才又问了一句。

这一次轮到赵匡胤沉默了，他也需要思考和权衡。周世宗柴荣能问到这个问题，其实已经是被自己和赵普之前的说辞打动了。柴荣的雄心是一统天下，他不介意先打谁后打谁，他介意的是谁会给自己带来威胁和后患。但柴荣还是个胸有韬略的明君，他不会随意打谁，即便那是一个危险和后患。因为要打就要打赢，不能打赢那还不如不打。所以他虽然看着决断果敢，南征北战，但其实都是有一定胜算保证他才会去亲力亲为的。所以赵匡胤如果想让周世宗能够按照自己的心意征战西蜀，就必须先拿出几成必胜的保证出来，否则就算理由说得再天花乱坠，他都不会拍板决定的。

"就我大周眼下国力军需和外围形势，须提防多国叵测之念，还须维持民生至明春冬麦入仓，这又该如何周转？"周世宗柴荣见赵匡胤长久沉默便加问一句，这其实是说出了他的担心。

"其实大可不必全面用兵,江湖、市井间还有'圈殴'之说呢。"赵普轻声一句,不知是在答复柴荣还是在提醒赵匡胤。

柴荣的、赵匡胤的目光同时转向了赵普。

"什么意思?可用吗?"柴荣带着很大怀疑地问了一句。

赵匡胤则顿时目闪眉开地替赵普回答:"我明白了,可用!"

龙吞珠

"游龙吞珠",是赵匡胤最终给柴荣的伐蜀策略,其方式方法与江湖、市井中的"圈殴"极为相似。"圈殴"一般用在群斗之中,是将对方一两个人拉入或围进自己的人群,集中殴打。

但是"圈殴"必须要做到一个前提,那就是一定要将圈外的人挡住,不能让他们将圈中被殴的人救出,更不能让他们里应外合、两面夹击。

所以赵匡胤要想实现"游龙吞珠",首先要说的就是挡住圈外人的事情:"要想对蜀国动手,首先必须解决南唐方面的后顾之忧。这后顾之忧包括两方面,一个是防止南唐乘虚发兵大周。我们北抵北汉、大辽,西南征伐蜀国,南御的兵力着实是弱了些。其次是让他无暇顾及大周从南唐境内偷运私粮的暗道,虽然暗道输入的低价私粮盐量少速慢,但是却可以起到稳定军心的作用。"

"那该以何良策达到此目的?"周世宗问。

"先发攻势,让其只求守而不求攻。具体可发两路人数不多的轻兵,以偷袭态势至淮南界,分别在汝宁府与颍州府间的陆路通道和信阳府至庐州府间的水路通道周围游弋。这两路兵马虽是以偷袭态势,但一定要以偶尔现象暴露踪迹,让南唐方发现到。这样一来,南唐肯定会认为我们是因为国内粮盐窘迫,要抓住时节对其盛产秋粮和食盐的淮南一地下手。那么他们肯定会将兵马聚集调整至固守淮南一带,唯恐失守绝不敢冒进。这事做妥,然后西南才可实施'游龙吞珠'策略。"赵匡胤越说越有信心,他相信这个计划对周世宗具有极大的诱惑。

"游龙吞珠"的确是个好计策，它具体实施分为三部分。第一部分叫"断源"，就是将攻击的目标先与其整体军事力量脱离。这部分的实施是利用赵匡胤原来安排在陕南郡遗子坡的三千禁军。这三千禁军的原本用途是在蜀国东侵大周腹地之时，佯攻青云寨。侵扰东西川通道以及与秦、凤、成、阶四州之间联系，破坏蜀兵进犯的意图和速度，拖住蜀国大军，给大周争取时间。但是现在的"游龙吞珠"却要他们改佯攻为实攻，改侵扰为堵死，将秦、凤、成、阶四州变成割离蜀国的一块死肉。

不过三千禁军突袭青云寨的成功把握虽然是有的，但要凭他们抵挡住东西川和四州驻军腹背夹击，守住青云寨，却很难完成。所以赵匡胤会在发出让三千禁军突袭青云寨的急令同时，派遣禁军都统领石守信率六千禁军精英火速前往遗子坡，增援并主持守寨一事。另外，他还会送燎角密信给赵义，让其带虎豹特遣卫也往遗子坡那边移动，从暗中协助防守。

第二部分叫"立坝"。所谓立坝，就是要将已经断源了的秦、凤、成、阶四州再单独隔开，也就是"游龙吞珠"之前的"缠珠"。赵匡胤知道，这件事情不可能四处同下，那样需要的兵力和物资会很多。大周目前的状况恐怕难以调动如此多的兵力，否则其他地方的军事布防则变得极其薄弱，难免会被一些奸小之人利用到。对于大批物资军需，大周更是不堪重负。所以正确的做法还是应该以轻骑突入，占领重要道路和隘口，然后虚张声势，让四州兵马不敢出城正面对敌，更无法形成相互为援的态势。

赵匡胤主动请缨，希望能负责主持第二部分的计划实施，担任伐蜀前营主帅。他准备带上三万禁军，先行从秦岭南麓西进。插入到四州中间，攻驿拔寨，清扫四州外围的小股力量。假造声势，让蜀军闭关坚守不敢迎敌开战，然后立坝隔流，先将凤州孤立起来，使其与外界失去所有联系，陷入绝望的境地。

第三部分叫"水落"。都说水落石出，但这回赵匡胤却是要水落珠出。要想水中珠子出来，最简单的办法就是在分隔出的水中填入石头和沙子。让水溢掉，让珠子自己冒上来。

对于秦、凤、成、阶这四颗珠子来说，要想让它们冒上来，填入其中

第九章 游龙吞珠

的石头和沙子应该是大周兵马。要让其周围不但联系不到一点蜀国的军事力量,甚至连蜀国民众都见不到一个。在这种状况下,守城的蜀军兵将就会感到绝望,稍稍一战甚至不动刀兵就能将这四颗珠子吞了。

这第三部分的计划赵匡胤建议是由周世宗柴荣亲自主持。御驾亲征很重要,是要那四州里的蜀军知道周国伐蜀的决心,清楚他们面对的是何等强劲的力量,起到立威震慑的作用。而实际上柴荣只需亲率五万禁军走渭西道直扑凤州,同时让甘东、陕南两道大营出些兵马协助,然后就从凤州开始,将四州逐个拿下。此策略叫"游龙吞珠",也就是应合了柴荣"人龙"之喻。

柴荣对这个策略应该是满意的,如果不满意,他不会在第二天早朝时就将这个策略提出,让满朝文武共议。如果不满意,他就不会在众臣共议时多次点评,有意无意间对赵匡胤的思路和细节表示赞赏。如果不满意,他也就不会对一众大臣说,前营主帅之职赵九重最为合适。也正因为从柴荣言语之间听出了他的满意,所以满朝文武心中即便不满意也都没一个提出异议。伐蜀之策在退朝之后付诸实施。

朝上大臣不满意伐蜀之举的大多是文官,比如说王策。他出使蜀国,督促孟昶履行前盟之约,实现边界易货,缓解大周内部危机。而赵普用渭南疫病牲畜易货,他当时就觉得有失诚信。而后来蜀国因疫病牲畜进入而关闭易货市场,他更觉得赵普之举是贪小利而失长效。而那次出使归来,世宗召见,也曾谈到伐蜀之事。赵普当时力推此事,世宗似乎也有此意愿,只有赵匡胤因为考虑到国内状况,出兵没有十分把握而一时不做决断,还有就是他王策觉得师出无名、有失诚誉而加以阻止。

其实就是赵匡胤自己也知道在这种时候选择伐蜀并不算一个智慧的策略。他之所以突然间改变之前态度,极力怂恿周世宗出兵进伐蜀国,并且主动承担前营主帅率先攻入蜀境,是另有一番缘故的。这缘故就是赵匡义那封密信中与他私人有关系的那部分内容。

赵匡义南行行暗差之际,赵匡胤委托他兼带着查寻京娘的消息。京娘是赵匡胤心中永远的痛,当初护送京娘回乡,孤男寡女千里同行,难免心中不会有真情爱意生出。但赵匡胤为了自己的英雄形象，不想让江湖人误会他千里送京娘其实是贪恋美色，所以拒绝了京娘的真情表白。但后来投军入仕，经过多年的争斗碾磨之后，他才真正懂得京娘当初那份纯挚情意的珍贵，于是极力想重新寻找回来。但是当他再次找到京娘家乡时，却听乡人说京娘在被自己拒绝后已经投湖自尽。赵匡胤不愿意相信这是事实，所以他要继续利用自己现有的能力，找遍天下，找到京娘。另外，乡人所说也的确不像事实，京娘的父亲被贼匪杀死，又跟着赵匡胤历经艰险行走千里，心理不应该如此脆弱，怎么都不会因一次感情上的表白被拒就投湖轻生。再有，赵匡胤也没见到京娘墓茔，就算是投湖死了，那么尸体最终总该漂上来的，总不会就此不见了吧。所以，赵匡胤坚信京娘还活在世上。

赵匡义这次送回的密信中，有一页是专写关于京娘消息的。赵匡义前往楚地秘行办事，沿途还带上了"千里足舟"的门人相助。这"千里足舟"陆行水行是一绝，所以江湖上、官道上有很多重要信息的传递都要请他们帮忙。也正是因为这个原因，他们要想探听些消息的话，黑白两道也是会尽量帮忙的。

关于京娘的消息很容易就打听到了，而且没有动用太高层次的关系，只是从一些地方的户部官员和江湖雀户、蛇户中就已经打听得非常清楚。

雀户、蛇户这两个江湖中档次最低下的行当有个共同之处，也是他们行当中唯一还算得上有档次的活儿，那就是替人改头换面，打造完全不同的一个身份。所以一些人为了躲避仇家、债家会找他们，一些人为了冒充别人、替代别人也会找他们。

而类似的活儿中他们做得最多、最有利可图的就是将一些年轻美貌的民间女子，经过一系列装扮、训练的手段，让她们达到官宦、大户人家小姐的外形气质。然后会有一些官员、富户出钱购买，在皇家挑选美女入宫时当做自己家的女儿选送进去。这事情就是我们前面提到过的"替钗"。

"替钗"这个活儿是几方得利的好事。那些女子绝大部分都是自己愿意的，谁都想过上皇帝家富贵荣华的好日子。即便最后没选入皇家，被那些官员、富户留在家中做妻做妾也一样可以过上富裕丰足的日子。买家也是愿意

第九章　游龙吞珠

的，只需花些钱财说不定就能和皇家拉上亲戚关系，这事情何乐不为。如果买到的姑娘再灵巧懂事些的话，一旦得宠，那真就鸡犬升天了。所以这样的投资是非常超值的。雀户、蛇户的卖家也乐意，这事情利润丰厚，又没什么风险，而且可以掌握一些官家、富户的内幕。万一哪天做其他事情翻船掉沟了，还可以通过这些路子来给自己加道保护。

而这些买回去的女子要想能有个真实身份可以参与皇家挑选，就必须买通地方上的户部官员造册并插入户部文录。而事实上五代十国时的人口管理是十分松散的，临时增加些户籍资料根本不算做假。最多只能算是补漏，是进一步完善前面没有做到位的工作。所以，什么人通过自己进入到皇家的，这些地方户部官员也是最清楚的。

但是"替钗"这活儿也不是哪里都可以做的，如果不是知根知底的卖主，那些官员、富户是不敢交易的。他们不清楚自己买回家的到底是什么人，一旦是有对皇家不利企图的，自己非但荣华富贵得不到，可能还得搭上一个祸及九族。所以在逐渐的淘汰整合、再淘汰再整合后，江湖中很自然地形成了一个聚集地专做此类活儿。这个地方就是我们之前提到过的呼壶里。

赵匡义给赵匡胤的密信中直接告知，京娘在赵匡胤舍她而去后，因家中再无亲人便随族中远房亲戚南投呼壶里了。在这里，她的远房亲戚设局让她入了"替钗"，经过严格训练之后，因姿色、才艺超人，被前蜀皇帝的外戚徐国璋买了回去，并当做女儿进献给了蜀皇孟昶。孟昶对其宠爱非常，封慧妃，赐号花蕊夫人。

京娘竟然已经成为了别人的爱宠，赵匡胤心中顿时生出些难忍的疼痛，更生出一股无法抑制的怨恨。他并没有细想夺走他心中最爱的那一个是谁，他根本也不管那是谁。此时他的脑海里只有一个决断的念头，摧毁那个人，摧毁那个人的一切，夺回京娘。

随后赵匡胤所做的一切都像是出于本能，而出于本能的行动往往更容易达到自己思想中的意图。柴荣最终的决定似乎正说明了这一点。

第十章 三重计

且回头

秋叶铺秦淮,寒露浸枯苔。金陵寻清静,醉倚望江来。

江水滚滚,浊浪滔滔,长江如一挂白练由天际飘出,带着一路上搜罗来的所有喧嚣。但即便是如此一番情形,那也是金陵城中最好的清静之处。因为此时那城中的每处角落都已经被繁杂人心、焦虑猜疑、虞诈提防搅浑得没有一丝清爽可言,没有一点清静可安。

这种人心纷乱、疑云重重的状况是从顾子敬将一个重要的犯人送回金陵城后开始的。

顾子敬没有和萧俨一起回来,就是这个重要的犯人送到金陵城后,他还在南平王都荆州花天酒地没有回来。但他回不回来关系并不大,重要的是那个犯人。

这个犯人伙同其他一帮刺客在烟重津企图刺杀南唐特使萧俨和顾子敬,夺取韩熙载让萧俨带去蜀国求解的三幅字画。但是他们刺杀的消息提前被人泄露,于是在九流侯府高手的协助下,生擒了其中的一个刺客。

第十章 三重计

现在这个刺客已经成为揭开对元宗李璟不利计划的唯一证据。因为就在烟重津的刺杀发生之后,萧俨携带的三幅字画,其中得到无脸神仙辨语的"神龙绵九岭"被人夺走了。也就是说,最终就算找到进献字画的那个人,也没有确凿的证据来证明他要用画中的诡道杀技来加害李璟。值得庆幸的是,现在有一个刺客落在他们手里,那么只要能从他嘴里直接套出幕后指使者,或者由他提供的线索顺藤摸瓜找出幕后指使者,那么这桩公案也就可以了了。

而能将这么一个重要的人犯押解回来实属不易,此事顾子敬是有着大功劳的。

烟重津刺杀之后,顾子敬真正感到害怕了。这是一个内廷官员很少有的害怕,但也正因为是内廷官员才会如此害怕。

鬼党中人,一直是处于皇帝的罩护之下,平时只有他们狐假虎威让别人害怕,而自己即便是在元宗李璟面前,也都是可以做到周旋自如、镇定自若的。

但是顾子敬近期却是连续遇到了可怕的事情。灌州城他成了刺标,如若不是提前得到讯息,那他定然已经命归黄泉。紧接着临荆县县令张松年遭人刺杀,脑子都被磨红的铁甲烫熟了。这些事情都是他这种内廷官员从未遇到过的,所以顾子敬害怕了。而当他在蜀国听萧俨说,有人利用字画对李璟行诡杀之术时,他更加害怕了。作为内廷官员,最担心的就是有什么人对皇上不利。因为他们只对皇上负责,皇上就是他们立足的根本、存在的意义。所以他才让萧俨立刻告辞离开成都,欲急速回到南唐金陵将这情况汇报给元宗。而且从他作为鬼党成员的素质和经验来说,可以由此事看出危及元宗的力量已经渗透到南唐朝廷内部,甚至就在元宗身边。

烟重津刺杀之后,顾子敬的害怕到了极点。因为他不仅仅看到一场绝妙凶狠的刺杀,更是看到背后操纵这场刺杀的力量是何等强大。而这股力量很明显就是对付元宗的力量,能拥有这种力量的人肯定非同一般。这更进一步印证了他和萧俨之前的猜测,对元宗不利的人离得元宗很近,而且身份地位之高可能是别人很难想象的,却又是很容易想到的。

烟重津的刺杀又是提前得到了讯息，所以顾子敬设了个反手兜，想将这些刺客一网打尽。但是最后他发现自己错了，因为对手真正的意图可能并非是要自己和萧俨的命。只是因为自己不久前刚遇过一次刺杀，便很自然地认为别人是要他性命。其实别人真正的目的是那幅"神龙绵九岭"的画儿，没了"神龙绵九岭"，即便自己和萧俨带了画中正解回去，查出以画加害元宗的主谋，那也没有了真凭实据可确定其罪。很可惜的是，这一点并非顾子敬自己想通的，而是因为别人行动成功后，才提醒他想到这一层。别人的行动简单、快速，就在他们聚集了几乎所有护卫和高手围住烟重津，捕捉那几个布设刺局的刺客时，有人突然袭击了坠在后面的南唐特使车驾，从寥寥可数的几个护卫中抢走了"神龙绵九岭"。

没有了"神龙绵九岭"，却很幸运地捉到了一个人。烟重津布兜设刺局的这群刺客技艺超群、计谋过人，而且韩熙载大人飞信传来的刺杀信息很有可能就是他们自己放出的。他们就是要让南唐使队这边出反手兜，这样就可以借此机会突袭兜夺取字画。所以在别人完全掌控的兜局中，还能拿住对方一个刺客高手真的是侥幸中的侥幸。能够有这种侥幸出现，应该是对方完全没有想到自己有九流侯府的高手相助。

抓住的这个刺客在"神龙绵九岭"丢失后价值陡然提高，因为只有他这个活证据可以弥补画作那个死证据。但是顾子敬他们虽然知道抓住的这个刺客很重要，却并不知道他的名字叫裴盛，不知道他是来自离恨谷的谷生，不知道他的隐号叫锐凿，不知道他除了会使用天惊牌外是否还有其他什么特殊的技艺能力。也就是说，他们虽然是擒住了一个他们认为很重要的对象，却并不知道怎样才能以最好的方法控制他。这种情形就像是猎者抓住了一只珍贵稀有的凶兽想了解它、驯化它，却又完全不清楚它的凶性到底是怎样的。毋庸置疑，这是一个极大的隐患，会带来很多可怕的后果。

不过顾子敬现在已经考虑不了太多，当务之急他就是不能让这个活证据逃走或被救走，也不能让这个活证据变成死证据。虽然顾子敬此次只是辅助出使蜀国，顺带观察蜀国各方对南唐提税的反应，但真的出了什么事后，能做主的却是他。因为鬼党成员是有特权的，不但可以调动地方官府和军队力

第十章　三重计

量,而且在外交上也可以权宜行事。像聘请九流侯府的高手为助,也就只有他能出面做此决定。所以面对眼前发生的一切,顾子敬做主了。他让使队所有护卫以及南平所派的地方军队保护萧俨快速往南唐境内赶,争取在最短时间里见到元宗李璟。而他自己只带了神眼卜福和九流侯府的高手,押着被生擒的刺客从荒途野路行走,准备秘密地将这个刺客带回到南唐。

顾子敬这一招是阴险的。那萧俨看着被一大堆的人保护着,浩浩荡荡地沿大道而行。但其实他就是个诱子,是将所有可能的危险都吸引过去。抓住的刺客很重要,顾子敬、萧俨这么认为,同样的,对方操纵一系列刺杀事件的背后主谋也会这么认为。所以他们会设法抢回刺客或者杀死刺客灭口,要实现这样的目的,也就很自然地会将萧俨的使队当做第一目标。

而顾子敬自己则离开了那个目标的范围,所以他相比之下要比萧俨安全得多。顾子敬离开时还将重要的刺客带走,这样的话虽然是萧俨得到了画中辨语,但是没了证据的辨语是比不过一个活生生的证据的,所以到元宗面前他的功劳就会远远大于萧俨的功劳。再说了,如果吸引了危险的第一目标萧俨在路途中不幸遭受意外的话,那么所有的功劳就会落到他顾子敬一个人的头上。

顾子敬这一招也是聪明的。萧俨带领使队在回南唐的路上连续遭受到攻击,而且已经不是使用巧力、妙招的刺杀,而是面对面、硬碰硬的突袭搏杀。这样一种情形很明显地暴露出对方的意图,他们真的很在乎被擒的那个刺客,不惜一切代价都要将其救出。但是有了之前烟重津的遭遇,南唐使队的护卫以及南平军队派遣的护送官兵已经早有防备。面对人数不多的突袭,他们稳固防守加远距离武器的反攻,最终使得对方连续的几次攻击都铩羽而归。虽然保护使队的官兵、护卫死伤不少,但对方折损的人也不在少数。

顾子敬不但阴险、聪明,而且他所带的卜福和九流侯府的人都是非同一般的高手,个个身怀绝妙的技艺和丰富的江湖经验。所以在顾子敬将萧俨当诱子甩出去后,他在这些高手的提议下并没有马上另寻荒途野路往南唐赶,而是调头退了回去,回到之前进入烟重津的道路口,然后由此往北到了最近的一个小县城。

凭着顾子敬的身份，或者凭着九流侯府的名头，要是和这个小县城的县衙官府沟通一下，肯定会得到最优厚的款待。但是他们没有这么做，一群人稀稀拉拉地进到城里，就和一般进出城门的乡民过客一样。所以几乎不曾有一个当地人注意到他们，只有顾子敬的仪态显得有些突出，让街道两边一些店铺里的老板、伙计多看了两眼。还有就是被多道绳索捆绑后再用袍衣披风裹住的裴盛，引来路边几个玩耍小孩的诧异目光。

进城之后，顾子敬这些人带着裴盛进了一所极为平常的宅子后就再没出现过。九流侯府的人想要在南平境内找一处藏匿不出、与外界隔绝所有联系的住所是很容易的事情。只是躲在这种地方日常的食物和环境条件会比较艰苦，所需要的一切都是由安排好的人定期送过来。

顾子敬从来没有经历过这种艰苦的、不见天日的日子，但是他现在只能非常情愿地过这种日子。他心里非常清楚，现在自己只要带着被抓的刺客一露面，立刻就会惹来无数杀机。因为不管萧俨那一路是被半路截杀还是顺利回归，背后操作之人都会知道活证据在自己手里。而自己只要未曾回到南唐，他们都会竭尽全力找到自己和被擒的刺客。

但是从对方的角度来想，他们可能会想到自己以萧俨为饵，实则押着刺客另找其他路径回南唐，但怎么都不会想到自己在成功破解烟重津刺局之后会重新退了回去，想不到自己会在最近的小城里秘密住下来。背后操控之人肯定会严密监视所有回金陵的陆路和水路，寻找自己的行踪，而且这种情况会一直持续，直到他们找到自己或自己主动出现。所以现在最需要做的就是一直藏匿，和对方比耐心，或者说是磨去对方的耐心。失去耐心的人往往会同时失去警惕性和洞察力，这样的话自己就可以顺利实施下一步计划了。

己为诱

鬼党之人真的不能小觑，他们能让元宗信赖肯定是有着过人之处的。比如说这顾子敬，他能在如此艰苦、如同牢狱的环境下待了两个多月，其忍耐

第十章　三重计

力是所有人都难以想象的。

两个多月里，外面寻找他们、围堵他们的人已经焦躁、松懈。而这个时候顾子敬决定采取下一步计划，这计划的做法让别人再次感到难以想象。

如果寻找顾子敬的人还在坚持和继续，并且已经有所觉悟在朝正确方向进展的话，那么在烟重津刺杀后的第七十五天，他们会发现顾子敬带人再次出现在烟重津。但此时烟重津上再没有预先布设好的厉害杀兜，所以他们平平静静地迅速通过了。

某些人的任务是要截住顾子敬，救出或杀死被擒刺客。如果他们的任务仍旧在持续，那么当顾子敬显露踪迹之后，这些人肯定会立刻做出相应部署，阻止顾子敬押带着裴盛回南唐。但是顾子敬刚过烟重津，便立刻择路赶往了南平王都荆州，所以做出相应部署的人会发现所有设在通往南唐道路上的兜子杀局全部落了空。

顾子敬在南平王都又盘桓了足有半月，而且始终没有丝毫离去的意思。这个现象非常反常，如果对付顾子敬的某些人是具备丰富江湖经验的高手，他们应该马上重视到这个情况。因为顾子敬可能真的不急着回南唐，因为有很多事情并非一定要回到南唐才可以做的。比如说逼供被擒刺客，他就可以在南平王都利用九流侯府的人力、手段、器具来进行，等问出真相后直接密信传给元宗就可以了。而一旦某些人意识到这种情况后，他们肯定会立刻改变原有部署，将所有人向荆都集结，然后采取最直接有效的方法对顾子敬和被擒的刺客下手。

不知道别人会怎样去做，但顾子敬却是完全按照自己的思路实施了计划。从这计划上看，最后应该有场发生在荆州的大对决，而且顾子敬会身陷这场对决。但是直到顾子敬离开南平王都，这个对决最终都没有发生。这和顾子敬预料的完全一样，因为在这个计划之外，顾子敬另外还有个计划在同时实施。而那个计划实施到一定程度，最终的对决就不会再发生。

另外一个计划其实很简单，只是非常出乎别人的意料，一般人怎么都不会想到顾子敬这么一个鬼党成员会这么去做。

就在顾子敬被一帮高手保护着走烟重津、去南平王都，实施一系列计划的同时，顾子敬另外安排了神眼卜福和另外一个九流侯府的高手押送着裴盛，缓缓悠悠地从官道往南唐金陵而去。

顾子敬将萧俨当诱子抛出，这是他的第一重计。然后自己调头回去，寻个隐秘之处藏匿起来，并且一藏就是两个多月和对手比耐心，这是他的第二重计。但是真正厉害的是第三重计，他接下来以自己为诱子，走烟重津，滞留南平王都荆州，那是别人很难预料到的。鬼党之中虽然不乏小聪明者，但很少有人能做出这种大计谋，更没什么人胆敢将自己当诱子。而且这样的做法会将自己已经拿在手里的大功劳丢掉，一般鬼党中人是绝不干这种得不偿失的事情的。

也正是因为别人预料不到，所以顾子敬的三重计策才能够成功。虽然并不清楚背后操控之人是如何针对顾子敬的三重计进行调整部署的，但知道自己是否成功并不需要清楚别人是怎么做的，只需看到最终的结果就可以了。而顾子敬的计划，以及计划外的计划，得到的结果是圆满的。神眼卜福押着裴盛顺利地回到了南唐金陵，一路上没有遇到分毫的阻碍。因为从时间差上推测，这个时候本该在各条道路上布局设兜的杀手刺客都应该往荆州聚集了。而顾子敬的这三重计对他而言也是没有实际危险的，因为不管卜福是将裴盛顺利押送到金陵城还是半路被人截杀，任何一个结果都意味着继续对付顾子敬已经没有任何意义，所以最终针对他和被擒刺客的大对决都不会发生。

"唐使出蜀滞荆都"，这个事情在《五代十国外史》上也有记载，但是没有说明其滞留原因。只大概推测是周国指使南平将唐使扣留，想从其口中知道他们出使蜀国的目的。

而之前萧俨闯过无数血腥杀机回到了南唐金陵，早就将字画中所藏真相告知了韩熙载，继而在韩熙载的引领下，再向元宗李璟细诉端详。如果只是凭着萧俨空口诉说画中存在的诡异刺杀手段，李璟是很难相信的。但是萧俨在获知真相赶回南唐的路途之上，遭遇重重截杀，并被人夺去"神龙绵九岭"的画，这就不得不让李璟意识到问题的严重。

第十章　三重计

如果只是为了一幅画，又何必大动干戈，在烟重津不惜将整个使队和护行的南平兵马杀光？然后为了一个被擒的无名刺客，又是不惜血本地重重围堵截杀，显然是下了决心要将刺客救出或灭口。这些做法已经很明显地说明了问题，就是"神龙绵九岭"那幅画真的是暗藏诡杀之道用来刺杀自己的。而如此千方百计阻止刺杀的真相和证据传递到自己手中，那是因为刺杀自己的主谋不是外敌，而是内贼，并且就在自己的身边。

萧俨带回有人密谋刺杀元宗的消息很快在朝堂上下传开，于是南唐的大小官员人人自危、个个谨慎，怕自己被利用、被误会卷入到这个是非的漩涡中。然后皇家、官家所有重要成员间都在相互猜忌提防，有些肖小甚至借此机会散布流言打击异己。

也就在这个时候，南唐皇家画院里的字画修补高手瞒天鬼才萧忠博失踪了。生不见人死不见尸，就像烟尘一样从人间蒸发了。

韩熙载手下的夜宴队展开了调查，是为了寻找到萧忠博，也是为了找到利用画作刺杀元宗的幕后主谋。韩熙载手下这些高手的介入便如同有利刃雪锋在大家身边游走，让人不寒而栗。所以这段时间中，金陵城就如同过早地进入了寒秋，冷籁萧瑟。

当裴盛被押送到金陵城，在整个南唐朝堂上下打了一记冬雷。雷声是震耳欲聋的，但冬雷之后，随之而来的是寒彻入骨的冷风冷雨。他将南唐再次过早地推入了寒冬。

南唐皇宫的御梅阁里，元宗李璟站在窗前，他望着满园横伸斜展却尚无一花一瓣的虬墨梅枝，心中烦乱纠杂更胜这满园梅枝。在他身后不远的梅几前站着韩熙载和冯延巳，这两人是李璟最为信任的朝臣，同时权衡之下也是最不会以谋害自己获取利益的人，所以最近这些日子李璟将心中疑虑之事交给了这两个人。今天他将两人召来询问一下事情勘察的结果，然后才能对以画刺杀自己之事做出正确判断。因为这个事件必须尽快解决，对朝廷上下有个交代。否则所有人惶惶不可终日，各种政事正务都有懈怠，同时还有损他一国帝王的威仪。

韩熙载和冯延巳他们两个心中则是忐忑难安，他们知道元宗私召自己二人来御梅阁密议肯定是为了以画行刺的事情。但对于这件事情他们两个人都未能顺利进行到底，到现在为止所获讯息也无法准确给出判断。

如果是要比较一下这两位重臣谁的心中更加忐忑，那毫无疑问会是韩熙载。此刻他心中所藏事情可能比李璟和冯延巳加起来还多。

对于以画刺杀这件事，他其实是掌握信息最多的。但是他却不愿将这些信息推断出的结果公布出来，因为那会在南唐引起轩然大波，会让李唐基业发生动摇。而且也只有他最为清楚，操纵之人可能已经做好了内变的准备，此时戳穿真相其实是对李璟不利的。

所以为了了结这件事情，在烟重津刺杀失败之后，韩熙载索性派出了自己夜宴队的高手，试图替那个最大的嫌疑者太子李弘冀将此事消于无形，以维持南唐现有的安定。但让他没有想到的是，夜宴队几次的突杀都铩羽而归，并非因为特使护卫队和南平护送军队的实力强悍，而是有暗中的力量在帮助护卫和军卒打击夜宴队。

出现这情况让韩熙载感觉事情不是那么简单，有人是下了决心要将证据送回南唐搞掉李弘冀或者搞垮李家基业。所以他先通过正常官家途径探出顾子敬让萧俨先回是做诱子，他自己带着被擒刺客并未与萧俨同行。于是，再次增派人手在南平至金陵的所有道路守候，定是要将被擒的刺客杀了灭口才能安心。

不过就算是老谋深算的韩熙载却也怎么都没有能窥破顾子敬的二重计和三重计。直到听说卜福将被擒刺客已经押入天牢了，他才恍然大悟知道被仍在荆州未回的顾子敬摆了一道。但此时能做的只有即刻发飞令，撤回正在往荆州集结的夜宴队高手。

不过，好在追查真相的大任最终还得落在自己身上，事情仍然可以加以控制。所以韩熙载并不十分焦急，他现在心中忐忑是因为在想如何用一个妥善的办法让李璟自己意识到事态的严重性，追查下来只会有害无利。从而放弃追究此事，既可以显得皇上仁厚慈善，又可以给予某些人不知底细的震慑，然后南唐还可以安枕无乱。

"韩爱卿，你之前说过要查清此事必须理清两个环节。既然方向如此明确，为何到现在却始终没能查出细末真章？"虽然李璟涵养很好，但还是听出愠怒之意。

"方向确实明朗，而且我和冯大人还分了工，各查一个环节，最后将所有结果聚集对口。但是在盘查过程中却不断生出些无法说清的旁支，所以到一定程度便遇阻无法深究下去。"韩熙载答道。

"怎么会有旁支？怎么会有阻碍？你们直接从画的来源查起不就行了嘛。不会到现在为止你们连这画是谁进奉到宫里的都不知道吧？"李璟觉得韩熙载所说要么是夸大其词了要么就是方法错误。他心中认为此事其实很简单，找到进贡画作的人便找到了背后主谋。

不可究

韩熙载知道李璟的想法，所以轻摇了下头说道："查找画的来源是冯大人负责的，还是请冯大人详说一下吧。"很明显，韩熙载是懒得和李璟费神解释，所以将说明问题的任务推给了冯延巳。

冯延巳喉中轻轻嗯咳了下，然后提高声音说道："这事情说起来就有些复杂了，当初内廷参务顾子敬在濂州评测提税事宜后回归金陵，濂州刺史严士芳和濂州都督防御使万雪鹤让其顺便带了些贡物礼品回来，此画便在其中。当然，这过程中首先可以排除顾子敬的嫌疑，因为他如果存有异心，便不会费尽心机、历经危险将画中秘密和所擒刺客送回金陵。所以疑点落在严士芳和万雪鹤身上，但后经详细了解后得知，此画是万雪鹤从民间商家购得。所以严士芳被排除嫌疑，疑点全落在了万雪鹤身上。为此我曾派吏部专员使密审万雪鹤，万雪鹤说他一介武夫，并不识得画的好坏，更不知其中还有什么诡异邪术，只知是前朝名家所画，便委托顾子敬带入京里。"

"只凭如此一说，并不能解脱万雪鹤的嫌疑。"李璟插入一句。

"不然，因为随后我们所查发现万雪鹤购得此画并非是让顾子敬将此贡奉给皇上，而是当做礼品送给齐王的。因为他听说齐王喜爱古人字画，想日后得到齐王信赖和照应，所以用此'神龙绵九岭'来沟通关系。"冯延巳说到此处其实已经将最有疑点的万雪鹤也洗脱干净了。齐王李景遂是被李璟指定了继承王储的，他也就是日后的皇上，所以现在一些官员给他送厚礼沟通关系，那也是无可厚非的事情。

"可送给齐王的礼品怎么进贡到朕的书房中来了？"李璟没有被搞乱思维，他依旧是紧盯住来源。

"这个情况万雪鹤说不清楚，不过不能怪他，画交给顾子敬后他便再不知何去何从了。下一步的情况应该顾子敬最清楚，但他还未从南平归来，无人询问。而且即便是顾子敬回来了，有些别人暗地里做的事情他也不一定能说得清楚。至于齐王那边，我们又不便查问，所以下官觉得还是从刺客身上下手。即便问不出真相，也能找到些蛛丝马迹，然后再将一些已经查到的情况联系上，总可以推断出些真相来。"冯延巳说的是实情，但也说得很狡猾。后面的话他已经很明显是在推卸责任，话头从齐王李景遂那边绕过，只以一句不便问就推得干净。其实这是关于刺杀皇上的大事件，皇亲国戚、王子王孙没有谁是不便问的。冯延巳其实是怕得罪了李景遂以后日子难过。

"照此看来，冯大人前前后后只是查询了万雪鹤一人了？难怪你负责的这第一个环节就此卡住深究不下去。"韩熙载毫不客气地质问冯延巳一句，话里带着些嘲讽。而冯延巳也知道自己这事办得比较欠缺，所以只当没听见韩熙载说什么，根本不搭话茬儿。

元宗李璟是个厚道之人，他知道要是顺着韩熙载的问话追究下去，冯延巳必然难堪窘迫。于是转而去问韩熙载："韩大人，你负责的那一部分又是因何追究不下去的，其中阻碍又是在何处？"

"第二个环节是从画作发生变化之处查起的。这方面要比冯大人所查的范围复杂得多，也细致得多。虽然'神龙绵九岭'原来就是个害人的物件，但按顾闳中所说，他两次见到的画儿并不相同。其中差异应该是增加了龙落甲和琼水的手法，将损害物完全变成了一个刺杀器。从整体现象上看，画在进到皇上书房前由画院修补过，这是一个可以让画作发生改变的过程，所以查辨的剖开口首先应该是在画院。但还没有等我们开始从画院处查起，画院里修补过此画的萧忠博就突然失踪了。这情况似乎是能说明问题，但细想又

第十章 三重计

十分蹊跷,存在着极大疑问。"

"这其实已经很明显了,萧忠博的逃走正说明了他做贼心虚,所以才畏罪潜逃。韩大人这极大的疑问不知从何而来。"说实话,冯延巳是真的不懂,官场弄权他是有一套的,但分析查辨案情真相他真的是门外汉。

"试想,此画是由宫中收贡处拿至画院的,所以画中刺杀手段到底是在画院修补过程中加入的还是由收贡处加入的无从可知,当然也有可能贡入之前就已加入。而根据见过此画修补之前和之后的顾闳中所述,此画很可能是在修补过程中被动了手脚。但是修补之后的存放、进宫这些过程中都是可以做些手法伎俩的。而且顾闳中虽见过此画修补前后的差异,却是没亲眼见到萧忠博如何修补,也不能确定萧忠博做过手脚。另外,顾闳中见到修补之后的画作是在公公取画入宫的时候。从修补画作至临时存放再到取画入宫,这足有近一个月的时间,这段时间里什么样的事情都可能发生。所以不管是不是萧忠博所为,他都没有必要逃走。别说现在那幅画儿已经被人抢走,就算没抢走也没有实据将罪责落在他的头上。所以萧忠博的失踪是很奇怪的。"韩熙载思虑周密,分析得步步到位。

"如果,我是说如果,如果这画中手脚确实是萧忠博所为,那他可能是出于何种目的、何种动机?"李璟很好奇这一点。

"没有目的、没有动机,真要是他所为的话,唯一有可能是被威逼或利诱了。"

"韩大人的意思我也同意,这萧忠博不是傻子,不会莫名其妙地做出对皇上不利的事情。应该有什么人在他背后操纵才对。"冯延巳难得和韩熙载说到一块去的。

"冯大人的意见有点断章取义,我未确定是萧忠博所为,皇上也只是说的如果。因为此画牵扯方面很多,除了画院处疑点最大外,还有收贡处、宫检处、内务公公等方面,另外,冯大人刚才还提到万雪鹤、顾子敬和齐王。所以很难确定是谁下的手。"韩熙载并没有因为冯延巳同意自己的意见而给他留面子,同时他一下将这么多人牵扯进来,其实已经是在点醒李璟了。

"韩大人不愿确定萧忠博为画中做手脚的元凶,是出于其他考虑和顾忌吧？"冯延巳的眼珠如灵狐般盯住韩熙载。

韩熙载一下子愣住了，他这么做果真是有想法的，却不知道冯延巳是如何揣摩出自己心思的。

"据我所知，萧忠博与外人并无什么交往，平时深居简出，几乎所有时间都待在画院里。特别是修画那段时间中，他没有一点异常举止。"既然韩熙载不给冯延巳留面子，冯延巳便也毫不客气地给韩熙载挑漏儿。

"冯大人自己职责不尽心而为，反倒是很关心在下的追查对象啊。"韩熙载虽然嗤之以对，语气中却是少了些自信。

"但这些只是现象，是我们这种不通辨查之人所能见到的。我想像韩大人这样的俊杰之才，又引领了一帮高手能人，应该可以从现象中找出实质来吧。"冯延巳步步紧逼，从他语气中听，似乎是已经掌握到韩熙载的什么把柄。

韩熙载是个聪明人，他当然能从冯延巳的话语里听出余音来。而韩熙载更是个智慧的人，智慧比聪明更高一层的区别是在随势而转上、在见机行事上。所以韩熙载的话头陡然发生了变化，他只能将自己不愿说的隐情说出来。

"皇上，我刚才所说都是明显的现象，但真正的关键点不会在明显的现象上，而应该是在别人无法觉察、无法理解的细节上。这和冯大人所说的萧忠博一样，他的一些行动是掩盖在他平时的正常状态中的。只是，这牵扯下来便又是一个卡阻处，深究不下去了。"

"又一个卡阻处？你说来我听听。"李璟皱了皱眉头。

韩熙载看看李璟，又看了看冯延巳，然后才轻叹一声说道："萧忠博确实如冯大人所说，但是就在此画入宫之前，他却很特别地出行了一次，去往落霞山卧佛寺与慧悯大师密谈了半天。"

"慧悯大师，就是那个听懂泥菩萨说话的和尚吧？"李璟插问一句。

"对！就是他。慧悯大师平时最为交好的人是吴王府的天机教授汪伯定，两人常常在一起聊命数推天机。而萧忠博只有那一次与慧悯交流了一番。"

第十章 三重计

"你的意思我明白了，那慧悯其实只是个中间人，他是在替汪伯定向萧忠博授意一些秘密的事情。"冯延巳一副恍然大悟的模样，但他马上眉头一挑又提出了问题，"不过真要是想刺杀皇上这样的大秘密，又怎么可能用个中间人来授意。"

"最初发现到画作中存在蹊跷后，顾闳中曾指点我去找慧悯求解。而就在我快见到慧悯之时，他却被人刺杀了。"

韩熙载说到这里后，御梅阁中的三个人都沉默了。一直过了很久，冯延巳才嘟囔了一句："刚刚指责我只敢严讯万雪鹤，不敢直问齐王详尽，却不料也和我一样，最终还是被堵在太子吴王那里了。"

这一次韩熙载没有反驳，一则自己的确是被卡在此处了。再则他知道自己反驳之下的话，脸面最为难看的会是元宗李璟。而且他觉得让冯延巳说出这话来也没什么不好，李璟现在应该有所意识，一个是自己的弟弟，一个是自己的儿子，追查下去，最后伤的不仅是面子还有里子。

捉飞星

李璟此时脸色已经是很难看了，他没想到追查刺杀自己的主谋，结果最后将疑点推到了自己的弟弟和儿子跟前。这对于他来说是一个打击，一个痛到心底的打击。

"皇上，这事情可能之处还有许多，到最后完全查清时，结果也许完全是另外一种情形。"韩熙载见李璟脸色难看，便赶紧出言安慰。

"那该用何种方法彻查清楚？"李璟问道。眼下就他的心情而言肯定是难开窍眼的，所以心中依旧执着地认为这是一个必须解决的答案。

韩熙载没有说话，因为他的本意并不希望追查下去。

其实从那次顾闳中告诉他吴王府的德总管突然赶往蜀国，他已经觉出一些不对劲来。韩熙载的职责是护卫南唐基业的稳定，而如果发生的事情真如想象中一样的话，南唐朝堂肯定会大乱。如果在内部争夺皇权的同时再有外强侵扰，那么南唐基业真的可能毁于一旦。所以他要想尽一切办法将可能的纷乱消于无形。

韩熙载是这样的心思，而冯延巳却是另一番心思，而且是大谋略、大计划的。只是这些都藏于心中没一个人知道，至少是现在没一个人知道。

"我知道你们自己出面已经是无法继续查下去的，那么你们两个就想个妥善办法由其他途径找出真相，或者让真相自己暴露出来？"李璟很体恤韩熙载和冯延巳，但他提出的要求却又对这二人非常苛刻。

虽然韩、冯二人心中是各有自己的想法，出发点和目的也各不相同，但这次提出的办法却完全相同，或许因为这是唯一的办法：用合适的手段逼讯或诱供被擒刺客，从其身上找出线索，确定主谋之人。

"只有从被擒刺客身上入手了，这是个第三方，逼出的信息应该比较客观。问题是应该由谁来审讯这刺客，最好也是第三方的人，比如说从南平请一些刑讯高手过来。顾子敬不是正好还在南平王都荆州嘛，可发飞信让他来办此事。"韩熙载这样的提议从表面上看很是合理公正，而实际上这又是一个可以说不清结果的做法。因为谁都无法保证没有利益关系的第三方会不会负责任地去做这事情，还有逼审中会不会有偏向谁的做法，所以到时候嫌疑人还是可以找理由推卸。

"不可不可，第三方逼审难保能尽心尽责，再有如果那刺客很刚强的话，直接逼审是无法查出一点相关线索。"冯延巳连声阻止。

"那么冯爱卿有何更好的方式？"李璟问。

冯延巳胡须一抖，狡狯地笑一下："将这个刺客交给齐王和吴王二人同审，然后我和韩大人协助。这过程中可直接获取刺客所吐，也可间接观察一些人的反应作为推断条件。"

韩熙载听这话后暗叹一声："真够阴绝！"

齐君元一行人是从楚地的岳州进入南唐境内的，过了边界营总镇后，他便立刻安排大家分散而走。"一叶秋"的指令是齐君元接的，其他人都不知道具体刺活儿是什么，因为齐君元觉得还没有到告诉他们的时候。但也正因为不知道是什么刺活儿，所以对于齐君元的安排其他人都无法提出异议。

第十章　三重计

只有齐君元知道这次是进入南唐刺齐王李景遂。这不仅是个大刺活儿，而且难度很高，应该是他接刺活儿以来最难的一次。去往南唐的皇都刺杀一个将会成为南唐皇帝的人，这过程中的艰难和可能出现的危机可想而知，所以之前的所有细节都要十分注意。

刚离开楚境清平村时，齐君元运用了各种出乎别人预料的行动和行程来摆脱后面可能存在的追踪。离恨谷中管这叫"抖翅"，其意就是要消除踪迹、摆脱坠上的尾儿。离恨谷中要求一项刺活儿做完或从某一个可能留迹的环境进入另一个刺活儿前，都必须使用这个程序，以便将自己再次变成一个没有影子的人。

而进入南唐境后，就相当于进入了新的刺活儿环境中，这时要做的是"伏波"。"伏波"就是潜藏，但不是躲在哪个角落里不动，而是将自己的形象、表现尽量与周围环境合拍，融入到普通人群中，特别之处出现得越少越好。

而这时候分散前行是非常明智的决定，因为不管多优秀的刺客、不管多巧妙的掩饰，始终都会有极少、极小的特别处存在，只是因为极少、极小才被人忽略。但是如果几个人聚在一起，极少、极小的特别处就会几倍地增加和放大，那样的话就很容易被别人注意到。

齐君元他们虽然分散而行，但他们相互间的距离并不太远，差不多都在一里路的样子。这样做首先是可以不让别人看出他们之间存在关系，而当其中某个人发生意外后，其他人又可以及时发现并施以援手。

不过这种分散走法也存在一定缺陷。如果有敌人摸清他们的分散规律，然后从最后一个开始逐个解决，走在前面的人一般很难发现自己背后出现的异常情况。但是齐君元他们却不怕出现这种情况，因为他们之间的分散前行除了前后拉开距离外，还有横向的侧应。

横向并行而走的是哑巴，他带着穷唐走在不是人正常走的路径上，却比其他走正常道路的人还要快、还要轻松。所以这个分散队列中，他是一个别人最难以掌控的部分。而且他还有穷唐为助，可以及时发现多处异常并向同伴示警，需要时还可以远距离实施攻击救助同伴。

当然，齐君元也不会将所有人的安全都寄托在哑巴一个人的身上。如果所带的不是他所指定的这几个人，他也不会安排这种分散前行的方式。这几个人都是刺行中的高手，本身就是对危险有着高度嗅觉和觉察力的凶猛动物。特别是齐君元自己，天性中预感危险的能力可以让他更早发现到危机存在。也正因为如此，他将自己安排在前行队伍的最后一个。

但是就在分散行进后不久，齐君元就发现了危机的存在。

人往往就是这样，几个人聚在一起走时，会因为别人的纷扰或者将对危险的警惕寄托在别人身上，从而放松自己的警觉性。而当只留下自己独自行动时，那么他所有的思维和神经都会调整到一个最为敏感的状态，警觉性、发现力也都会达到一个自己都无法限定的高度。

齐君元就是在这种状态下发现到危机存在的，而且非常精准地确定这危机不是针对的自己。但让他非常想不通的是，危机的来源竟然是紧盯着和大家行走路径完全不同的哑巴。

齐君元不知道这个危机是从什么时候开始的，但他觉得应该是在进入南唐境分散而行之后，心中也希望真是在这之后。因为如果是在进入南唐之前就被盯上的，那么当时自己几个人是聚在一起同行的，盯上一个也就盯上了所有人。但是也不排除另外一种可能，就是自己这些人确实都被盯上了，不过盯上的人却只认为哑巴是最重要的。或者认为哑巴身上携带了什么极为重要的东西，而别人盯住哑巴就是为了那东西。这样的话，即便自己几个人是聚在一起时被别人盯上，他们也是会始终盯住哑巴不放。只以为自己这几人分散而行是为了转移他们的注意力，从而保护哑巴和他所携的重要东西。

哑巴身上会携带什么重要东西吗？他向大家隐瞒了什么重要信息？他会不会也像王炎霸、秦笙笙一样突然间就转换了身份？此次前往南唐金陵刺杀齐王李景遂，会不会又像在濉州和烟重津那样？明明是自己主持的刺局，背后却偏偏如芒在背的一双眼，有搅乱刺局的一只手，甚至还有将自己踹入不复之境的一只脚。

顽铁久锤打，终能成精钢，更何况齐君元本就不是一块顽铁而是一块精钢，更何况最近几次对齐君元的锤打是那么的劈头盖脸。所以在连续遭遇到

第十章　三重计

许多不可思议的意外之后,齐君元知道自己也应该做些不可思议的事情。很多时候打破常规才能掌控全局,牺牲皮肉才能窥得真骨。因此虽然发现到哑巴被人盯上,他却没有提醒,只是更为严密地监视着事态发展。

过了昌东府之后,直到广信府都是宽阔无际的田野。一眼望去看不到山峦和树林,只有一条条大小河流穿插其中。

齐君元估计,盯住哑巴的人如果要动手,选择在这个地方是最为合适的。因为哑巴擅长翻山穿林,速度耐力胜过野兽。如果是在山林之中,他总能借助地势逃出生天。但是旷野之中他这能力却得不到发挥,对方如乘健马多方位追逼,他的双腿最终是跑不过马匹四蹄的。另外,弓弩弹子等远攻的武器在旷野中使用,别人可以一目了然早做防备,失去偷袭和突袭的优势,也没有便宜可占。

果不出齐君元所料,过了昌东才走半天,他就发现到有马队在朝着哑巴的位置逐渐围拢。从人数、布局,以及环境上看,哑巴肯定是要被对方的锁兜拿住的。而哑巴似乎对自己的状况浑然不知,也或者故意装作不知,这样做是为了让对方放松警惕,以便寻到机会逃脱出去。

面对这种情况齐君元没有丝毫办法,因为他们一开始就没能将坠儿甩清,做到无影而行。再者,他有明确的刺活儿,刺杀齐王李景遂,而接活之后的刺客所有行动和目的都要以刺活儿为中心,不惜牺牲同伴甚至自己。所以齐君元决定立刻通知其他人,哑巴已经成为弃肢(离恨谷中术语,出水蜂被其他虫子追捕,或者陷入不能脱逃的境地,它甩落自己的蜂腿来摆脱危险。弃肢是同样的道理,就是牺牲局部保全大局的意思)。

两阵对

但是才过一顿饭的时间,局势陡然发生变化。就在之前几个方位的马队即将对哑巴实现锁兜之时,周围突然又出现几路马队。

对于哑巴而言,盯住他的马队越多他就越难逃脱。但是实际情况却恰恰相反,当后来的几路马队出现之后,之前已经差不多对哑巴实现锁兜的马队立刻改变初衷，转而以攻守兼备的兜形与后来的马队相对。

由此可见，前后出现的马队是两路人，他们都以哑巴为目标，都想从他身上得到些什么。但是这两方面的人马实力应该相衡，也可能是相互摸不到底细。所以当双方同时出现时，他们都不敢轻易对哑巴下手。生怕螳螂捕蝉黄雀在后，自己一番搏命最后替别人做了嫁衣。

他们双方现在最好的做法就是先放弃哑巴，解决好双方的矛盾再确定谁有资格对哑巴下手。当然，解决矛盾的方法可以协商，也可以用武力，这主要取决于他们对自己条件和对方实力的权衡。

但就在双方人马相互靠近，还未曾有丝毫接触的时候，哑巴动了。

哑巴的速度真的很快，就像一阵风刮过原野。但是哑巴并非最快的，在他这阵风的前面还有一道闪电，黑色的闪电，那是穷唐。他们两个一前一后飞速狂奔，不过不是要逃走，而是以一条曲折难料的路线扑向其中一方的马队。

穷唐从草丛中突然飞蹿而出，带着股凶残而兽性的味道，一下就将一匹马连同马上的骑手扑倒。没有被扑倒的马匹全惊跳起来，有两匹反应快的没等骑手有任何指示就已经蹿奔出去，胆子小些的则原地前蹄高抬，嘶鸣连连。而最为愚钝的一匹是被扑倒在地的马撞到，横着两步趔趄，差点就跌倒在地。

哑巴是在穷唐之后出现的，当他站定时，正好是在两匹前蹄高抬的健马中间。只见他双臂一伸，左右手各抓一只骑手的脚踝，将那两匹马上极力想将身形稳定的骑手拎了起来，然后随手给远远地扔了出去。紧接着前甩单腿，身体扬飘而起，轻悠悠地就坐到一匹马的马背上。再双腿紧夹马肋，合右手拇指、食指重重地一按马颈根部的背叉骨，那马身体往前一伏，一下就蹿纵了出去。而就在这匹马蹿纵而出的同时，哑巴左手探出，捋住旁边那匹马的缰绳，将它一同带了出去。两匹马才并驾跑出三步，旁边的穷唐几下急蹿猛跳，身体掠飞而起，落到了另外那匹马的马身后部，一口咬住马鞍后档，让自己稳稳地趴在颠簸的马背上。

事情发生得很突然，谁都没想到看似曾有觉察的哑巴会反冲过来夺取马匹。事情发生得也很怪异，一只长相像狗的怪兽竟然能骑马而行。在场的所有人都是第一次见到这情景，无不瞠目结舌。所以这些原来做好准备要拿住哑巴的人一时间成了最没准备的人了，完全不知道该怎么应对面前发生的一切。

其实凭着哑巴和穷唐的警觉性，他们早就发现到自己被尾儿坠上了。但之所以没有急匆匆做出反应，是想看清这些人到底是什么来路，又有什么计划。

当发现这些人想利用旷野之地拿下自己时，他已经想到自己唯一逃出的办法就是夺马而逃。哑巴这个想法是完全正确的，虽然夺了马匹后也不一定能甩掉那些人，但至少可以保证自己与那些人的脚力相当，不会被他们就此拿下。而一旦马匹跑不动了，双方都舍马而行时，他很自信对方没有人可以比过自己和穷唐的脚力、速度。另外，他还考虑到马匹奔跑追赶之中，自己手中的弓弩、弹子的长距离攻击特点可以发挥出最大作用。

当两批马队的人全缓过神来后，他们意识到此刻不是争夺目标的时候，首先应该做的是不能将目标丢失了。于是两股人汇成一道，朝着哑巴奔逃的方向追赶过去。

齐君元离得很远，但把发生的一切都看得很清楚。他看出哑巴不是个头脑简单的人，他奔逃的方向明显是想将坠住他的尾儿全都带着远离齐君元他们行进的方向。他也知道哑巴是个守信的刺客，一旦他甩落危机确保安全之后，肯定会马上调转回头继续前往金陵寻找自己。而凭着穷唐的鼻子和哑巴辨查踪迹的能力，再加上自己沿途留下些遗留物和记号，他们两个肯定能及时找回来。

看着哑巴和两批人马一前一后离开后，齐君元并没有马上从不算隐蔽的掩身处出来。因为他发现自己所构思的意境中还有危险存在，并没有随着哑巴的离开而离开。

齐君元等了一些时间，他觉察到的危险始终不曾消失。所以齐君元决定采取行动远离危险，这倒不是因为他的耐心不如别人，而是因为像他这样身负刺活儿想消了影儿的刺客应该表现得平常一些。看到江湖争斗、马队追逐躲避到某个并不太隐蔽的角落对于平常路人来说是很正常的现象。但是争斗结束、马队追逐离去后，如果依旧很耐心地僵持原处不动，这就相当于告知别人，自己不是一般人，自己已经发现到对方的存在。在没有确定对方是什么来路又怀有什么目的之前，这样做肯定是非常愚蠢的。

齐君元很果断地离开了，动作仓皇得和一个无意中碰到了贼匪的路人一模一样。但是他虽然自信自己所有的动作细节没有一点瑕疵，却依旧预感到不会逃过别人的法眼，背后的危险终究是会追上来的。所以他决定绕开一段路甩掉背后的危险，然后再往广信方向追赶其他人。

这一次齐君元的判断也许错了，危险虽然依旧存在，但是却根本无暇顾及他。就在距离齐君元两箭步开外，有一片过人高蒿草丛。此时草丛中有两队高手在自己首领带领下各执杀器对峙，从他们的状态看应该是无意中撞上的。

手持杀器的高手本身是危险的，但当他们觉得对方危险时就会更进一步地提升自己的潜力，将自己变得更加危险。而这两伙对峙的高手都是这样的状态，那么此处战团蕴含的危机能量就可想而知了。特别是为首的两个人，他们所有的心力都贯注在对手身上。每一回气息的运转，每一处肌肉的收缩，甚至于每一次的眨眼、每一次的心跳，都是为了应对对手随时可能会发起的攻击。

齐君元发现到危险的存在，却并没有发现到是如此强大的危险，也始终无法判断这一处危险是针对何人。其中原因有两个，一个就是他发现到的是两股相对的危险，它们之间已经有了很大的抵消而使得能量的目标显得模糊。再一个就是他所发现到的危险可能根本就不是这两伙高手带来的，而是隐藏在他们这两股危险的背后或附近。

对峙一方的头领是蜀国不问源馆的丰知通，另一方则是南唐夜宴队的梁铁桥，两人的身后都带有很多精挑细选出来的江湖高手。双方不但刀剑出鞘、斧钺亮刃地蓄势以对，而且在占位上也已经布设成攻守兼备的阵形。

不问源馆占位而成"落瀑流沙"的冲兜相，这是要冲破阻挡四散而入的企图。夜宴队这边是"天壁断江"的困兜相，其势是要挡住丰知通这些人。

第十章 三重计

但是双方心中也都清楚，真的动起手来，不问源馆的"落瀑流沙"不可能全冲过去，夜宴队的"天壁断江"也不可能将对方全挡住。

很明显，刚刚想要拿住哑巴的是不问源馆和夜宴队。而能让这两股秘行力量同时出现、一起下手，则说明了哑巴的重要性，或者说是他所带东西的重要性。

前些时候，丰知通带着不问源馆的人被楚地官兵、衙役，以及一众聚义处的人团团围困。但他们仍是一路突围，到达永顺府界内的清平村。因为事先有密信传递说内宫防卫总管华公公会带大内侍卫和九经学宫高手前来接应自己，但是当他们刚刚聚集到清平村，就得到一路突围小队带来的消息，说前一日有人见到一个哑巴带着只小老虎模样的怪狗在玉鞭路的翠槛楼喝酒，随后便一路往东了。这正是丰知通要找的目标，虽然并不清楚那哑巴是什么人，真哑假哑，但这只狗却是不会错的，天底下这样的狗恐怕就此一只。于是他们未曾等待华公公，只在隐蔽处留下个标记，随即带着人突入重围，一路往东追赶。

梁铁桥是发现到不问源馆的人重新调头往东才跟过来的，本来他们也想一举歼灭不问源馆的人，夺回宝藏皮卷。但是见不问源馆的人明明已经逃至蜀国边界却又调头往相反方向而去，觉得事情蹊跷，于是梁铁桥决定暂时不动手，先跟在背后看个究竟。

最终两国秘行力量都坠上了哑巴，当发现不问源馆追踪的是哑巴和穷唐后，梁铁桥想通了这些事情。因为他曾在上德塬见过铜甲巨猿害怕穷唐的情形，那么铜甲巨猿在天马山前抢到宝藏皮卷后会不会被这只怪狗撞上，将皮卷夺了去？否则不问源馆人马不顾危险追这一人一狗干什么？但是梁铁桥此时反不着急了，因为他已经摸出了端倪、理清了关系，也因为现在已经进入了南唐境内，到了他的地盘。

箭音去

终于到达一个地形合适的位置，而梁铁桥又不着急，所以今天是不问源馆抢先一步对哑巴和穷唐下手的。夜宴队虽然晚了些但仅仅晚到了一步，而且很巧的是他们和不问源馆采用的是同一种方法对哑巴和穷唐下手。

两股秘行组织首先撒出的是马队。这马队就相当于兜网，先大范围布局，然后慢慢收拢。其目的主要是用来阻拦哑巴逃跑，搅乱他对逃跑路线的判断，消耗哑巴的体力和武器数量。而最终真正对其实施围捕的是在马队之后占据各关键位置的高手。如果不是两国秘行力量相互干扰，如果这样的计划能得以实施，那么哑巴想要逃走可就不像刚才那么容易了。

正当不问源馆的马队刚要形成兜势，却突然发现又一批的马队出现。而夜宴队的马队出现之后，也才发现不问源馆抢在自己之前要对哑巴实施同样的企图。面对这种意外状况，双方马队马上转移目标，试图阻截对方。原因很明确，要想得到一件东西，首先要保住这东西不会被人抢走。马队之后的高手则立即收缩阵形，不敢轻举妄动，但也要做好一切轻举妄动的准备。而双方主持此次行动的头领则在第一时间内找到与自己同一目的的对手，于是便有了梁铁桥和丰知通的直接对阵。两股高手谁都不敢轻动的状态，给了哑巴夺马逃走的机会，也让齐君元很幸运地未被盯上。

梁铁桥将手中刀一横，左手食指、中指、拇指轻捏住刀头，再整个往前微微一推。这是江湖中刀剑相向时使刀人常用的致礼方式。

"丰大侠来我南唐境内，是我南唐江湖道上的幸事。只是自家之事自家理，有些活儿劳烦不起丰大侠。我让手下在西边驿亭备美酒肥羔款请丰大侠，酒酣肉饱之后恭送大侠离唐归蜀。"梁铁桥说话很客气也很豪气，言外之意是丰知通只要不和他争夺哑巴，他将把他当贵宾对待。

"梁大把头现在还说得江湖道的话？梁大把头又是何时当了南唐国的家？呵呵，其实尊驾现在已经两头都够不上了，只能是阴暗处打理些杂事而已，没名没分的又是凭的什么身份把我往外赶？"丰知通明嘲暗讽。

梁铁桥听出丰知通话里损他，于是眼珠一瞪，掌中一紧，那厚背薄刃的割缆刀陡然发出一声亮音。

丰知通表情未变，手中剑尖却是微微颤动，发出轻声的嗡响。

"在此处只轮到我拔刀哪轮到他人说话。你不用管我凭什么身份，只需知道我手中刀何等锋利即可。"梁铁桥向来是个狂妄不让人的人，刚才对丰知通一番话已经是难得的客气，未曾想却招来一通嘲讽。如果此时仍在楚地的话，他这个江湖枭雄还是会权衡周围关系和自己处境利弊等因素，说不定也就忍了。但现在是在南唐境内，是在他自己的地盘上，那么这口气怎么可能忍下。于是立即凝神运气抬臂提步，刀划偏锋就要动手。

丰知通早就全神戒备，他预料到梁铁桥会动手，他也希望梁铁桥动手。虽然两边力量相当，但打一场下来无论输赢自己这边都会折损严重。对方是在自家境内，有什么折损伤残可以快速得到救治。而自己这边就算冲破对方的阻挡，也只能丢下所有逃不走的人逃走。不过他更担心梁铁桥和自己比耐心，僵持这种对峙状态。暗中却去调集官兵过来围堵自己，到那时自己这边能顺利脱身的人就更少了。所以丰知通要激怒梁铁桥，让他主动出手，动手比不动手要好。因为梁铁桥的"天壁断江"适用于防守，自己的"落瀑流沙"适用于攻击。如果能激得梁铁桥以"天壁断江"来主动攻击，天壁移动，又如何能够断江？那么双方兜势对击之下，自己便会大占便宜。即便仍有损伤，但绝大部分人应该可以顺利从不合正常兜形的"天壁断江"中冲出。

但就在梁铁桥以小劈刀式朝丰知通冲过去时，从附近的某处突然飞出一声尖利的长音，就如同恶鬼被投入炼狱时的惨呼。梁铁桥、丰知通都是久走江湖的老手，所以马上反应出这声音很像是匪家的响箭。

梁铁桥猛然止住了自己的攻势，转头朝着响箭发出的方向看去。丰知通也撤剑连退几步，将自己放置在一个相对安全的位置，然后也和梁铁桥一样扭头看去。此刻这两个绝顶的高手心中都在不停地扑通乱跳，他们没有想到离着自己这么近还有第三股力量，而且是自己没有发现的力量。不会又是大周的鹰狼队吧，上次在上德塬他们躲在一旁自己没能发现到。

但是第三股力量始终都不曾出现，发出响箭的位置一直平静如常，就连个叶飘树摇的雀儿飞都不见，更不要说人了。那里不像一个躲藏了好多人的兜相，这么多的高手辨别查看仍看不出爪子的具体位置，那么这第三股力量绝不会超过三个人。

就在丰知通和梁铁桥再无法耐心等候，准备指挥身后人往那边包抄寻找过去时，几乘马匹狂奔而来。马匹有不问源馆的也有夜宴队的，马上的骑手离得很远就已经在大声呼喊，而且呼喊没用不问源馆的暗语和一江三湖十八山的哨语，由此可见事态的紧急。

"不好，标儿被一众聚义处的楚娃儿套了！"这不是暗语，只是用了很多江湖术语。其意思就是他们要拿的目标被楚地一众聚义处的高手们捉走了。

丰知通反应很快，立刻低声问一句："方向？"

"昌北道顺着起雁河往西，估计是想要绕过岳州入洞庭，再折转回潭州。"有人答道。

"走！直奔西北，截杀岳州城。"丰知通说完后手一挥，身后的高手立刻行动。而他自己则在所有人走得差不多了，这才收剑回身奔走。

丰知通走了，最终没有和梁铁桥做一次惨烈对决。而他走出才十里不到，立刻往西南直扑昌北县。昌北道的尾端就是昌北县，他要在那里截住周行逢手下一众聚义处的人，夺回哑巴和穷唐。而刚才那些截杀岳州城的话只是说给梁铁桥听的。

不知道梁铁桥有没有听到丰知通所说的话，但他却是站在原地久久未动。可能是反应比丰知通慢，一时没有反应过来状况，需要理一下思绪。也可能是他发现到其他什么更重要的事情，所以现在已经将抓捕哑巴的事情丢到一旁。而其实此刻他的思维比别人想象的还要滞后，到现在都未曾从刚才那支响箭里拔出来。

"响箭不知何人所射，但绝不会是莫名其妙的行为，其中必有一定含义。对了，从刚才箭哨划空的方向上看，响箭所指是哑巴逃走的方向。哑巴为什么要往那个方向？相比之下，那个方向并没有任何有利于逃跑的地势、地形。像这个如同野兽般的汉子对周围自然环境最为敏感，他为何会出现这种低级错误？对了！不是错误！而是圈套。他逃走的这方向是与前往广信府的官道相悖，这样做是故意引着我们往那边走。因为有与他有关的人是要往广信府那边去，而那些人肯定是身负重要的事情，或者他身上的重要物件已经转移到那些人的手中了。"

第十章 三重计

梁铁桥是江湖帮派中的大瓢把子,当然比任何人都熟悉响箭在匪家的作用。响箭是发现目标后给大队发信所用,但响箭的发信方位是朝着远离目标的方向,这是为了更少地引起目标注意。所以匪家有"响箭走空向,盗旗去财方"之说。

"发响箭的人可能是要误导我们,让我们往哑巴逃走的方向去追。也可能是为了给我们指引,但这个指引的方向却是相反的。必须知道响箭的特征才能找到正确方向。"

梁铁桥在思考,但他始终没有重新回忆一下刚才的响箭声,那声音其实仔细琢磨下会发现和一般匪家的响箭是有区别的。另外,他也没有试图再去找发出响箭的人,因为不管那人是误导还是引导,能如此放肆毫无顾忌地射出响箭,说明他早就已经做好了进退自如的准备。

站在原地没有动,但梁铁桥的思绪其实已经纵横来回好多回,并且已经到了完全贯通的地步。所以当他再次移动身形时,发出的命令已经和丰知通完全不同:"不管原来的标儿,往广信追下去,沿途注意找出异常的新标儿。"

这话说完,几个马队成员率先朝齐君元离去的方向追了下去,然后众多高手蹿纵跳跃,很快消失在荒芜的旷野之上,以各自的方式追赶下去。

丰知通和梁铁桥都走了,此时如果齐君元还在的话,他会发现自己之前感到的那个危险依旧存在。也就是说,那危险和丰知通、梁铁桥无关,而是来自第三方。

丰知通和梁铁桥都没有追踪响箭的来源,转而去追寻新的目标了。这是聪明的做法,面对不见其形不知其力的对手,采取不去招惹的方式是最正确的。更何况别人也确实没有招惹你,只是放了一支不明原因的响箭而已。所以他们不知道放响箭的是谁,不知道放出的响箭其实是一支很短、很短,短得就像一个箭头的响铃袖箭。

至于齐君元,他虽然也隐约听到了响箭的声音,但他认为这是危险的,更加不会好奇地回去查辨清楚是怎么回事。好奇是刺客的大忌之一,更何况是在身负重任的情况下。

第十一章　密网拖虾

序颠倒

　　齐君元为了甩掉可能尾随的危险，他绕了些路。也就是在他绕开原路的这一段时间中，夜宴队一部分的骑手从他走的原路追赶过去了。当他重新回到原路时，夜宴队的一部分高手从他身边追过去。但是齐君元的装束气质没有一点特点，就像一斗豆子中的一颗。他这样子即便是卜福那样的捕行高手都很难辨别出，夜宴队那些匆忙而行的爪子又怎么可能辨出他？

　　齐君元也没意识到这些高手是针对他们几个人追赶过来的。只以为哑巴顺利逃脱了，那些马队既没能追到哑巴又无法确定哑巴的准确去向，所以只能往哑巴原来要去的方向继续赶。因为哑巴原定的目的地没有变，他迂回也好、绕道也罢，早晚还是要回到原来方向上的。所以抢先赶到前头设兜等着目标也算是一个好办法。

　　当齐君元到达广信城城门口时，他立刻发现城里的情况有些怪异。不仅城里异常，就连自己分散行走的几个伙伴也都出现了异常。

　　城里的异常是因为城门口多了许多守城门的官兵捕快，而且还专设了一

第十一章　密网拖虾

个守城郎将带领，这在以往只有边界军防重城才会这样设防的。然后从城门洞往里看，城里面到处是列队巡走的军卒和铁甲卫。广信府处于南唐国境腹地位置，虽然也关联着几条重要道路，但在军事上算不上要冲，按理不应该进驻这么多的官兵守卫。

齐君元在城门附近的大车店前面停住脚步，很随意地坐在一辆卸了辕马的大车杠上。然后脱下鞋子，倒出里面硌脚的沙土粒。在这个坐下、脱鞋、倒沙、穿鞋的过程中，他先提起耳朵搜索了下周围的声向。

"听音析情"，这是离恨谷刺客的一项基本技能，除非是听觉有障碍的才可以不学。齐君元虽然听力上无法和秦笙笙相比，也无法与他自己的眼力和感觉相比，但他还是先走了一下"听音析情"的程序。因为这可以让自己的状态在完全自然的情况下对周围的情形做出一个初步的判断。

周围的声响很杂乱，有叫卖声、招呼声、车马的走动声。而最突出的一处声音是在城门口一侧的城墙脚处，有一个衙役正站在高凳上大声宣读将要张贴的官府布告，在他周围围了一大群凑热闹的人。齐君元静心听了下宣读的内容，是说广信周边驻军全部撤入城中守防，让城外里管、保户，以及零散供应将日常提供驻军的需用直接送入城中。另外，城中守军增多，安置物资短缺，过往客商可将运转货物直接与衙门物用处或军备营交易。

原来是外驻军收防入城了，难怪城里会有那么多的军卒、巡卫。可是又因为什么缘故要将外驻军撤入城中呢？难道南唐境内有战事吗？这情况和自己刺杀齐王的活儿有没有关系？

正想着，那边衙役已经结束宣读，一记醒锣之后将布告张贴在墙上。于是齐君元也暂时放下拉长的思绪，定神聆听。确定周围没有异常的声音后，他微微抬头，目光迅速在各处位置寻找自己的同伴。

首先看到的是在茶摊旁边提着篮子卖鸭蛋的唐三娘。这次唐三娘没有挑着面担子，因为面担子在蜀国是个极合理的掩饰，在楚地也还说得过去。蜀国、楚地参差交界，有很多民情民俗、生活习惯是差不多的。但是南唐的情况却和蜀国相去甚远，如果是个妇人挑着个面担子沿街叫卖，会惹来很多人围观、议论。

随后看到的是挤在城墙脚下人群中假装看官府布告的六指何必为。六指满身的木屑、尘土，神情呆滞，满脸懵懂。那样子完全就像一个在附近做活儿的匠人，被衙役宣读声吸引才好奇地过来看热闹，但最终对衙役读的什么却非常茫然。

没有看到范啸天！齐君元心中一紧。马上又将周围扫视一遍，仍然没有发现范啸天的人影。

范啸天去哪里了？难道他使出融境之术躲在什么角落里？不对，这大白天的，又在人来人往的官道城门之处，使用虚相儿反有可能暴露自己。范啸天是个循规蹈矩的人，到哪里都严格按离恨谷的规定使用技艺。离恨谷中有警告："人多杂乱之地不宜盲目使用技艺。"如果范啸天现在真是用融境之术将自己藏在什么地方的话，那他肯定是有某种目的。

就在齐君元疑惑之时，远远看到一个身影急走而来，脚下带起一串轻微的扬尘，是范啸天，而且是显得有些慌乱仓促的范啸天。他刚刚才赶到，可奇怪的正是他为何刚刚才赶到，而且是在齐君元的后面赶到？

分散行走后的排序是六指开路，唐三娘跟在其后一里左右，然后是范啸天，也差距一里左右，最后是齐君元。而侧翼或前或后呼应的是哑巴，他与四人中至少一人保持在一里左右（古代一里三百步，一步六尺，一尺0.231米，折合下来，一里大约415米）。

对于分散行走而言，这是个恰到好处的距离。既可以表现出相互间没有任何关系，又能在同伴发生异常情况后及时发现并做出正确反应。这就像江湖中防止高手突袭而保持的十步距离一样，是长久的经验积累和精确计算才得出的距离。

范啸天在唐三娘身后一里，在齐君元前面一里，如果他发生什么情况的话，前面和后面的人都应该能觉察到。即便是遭遇突袭，未能发出大的动静，但总会有些异常痕迹留下来。而后面是个能凭意念构思出异常的刺客高手齐君元，他没理由不发现到前面一个同伴正常行进痕迹中的突变。难道是齐君元绕路那一段坠后了？可如果是那一段坠后的话，他也应该发现到齐君元不见了，应该赶到前面向唐三娘和六指示警呀。

第十一章　密网拖虾

所以现在事实很明显地摆在这里，范啸天没有按着分散的排序前行，甚至可能根本就不在他们散走的队列中。没人知道他是什么时候采用什么方法改变位置的，包括一直以为自己跟在他后面的齐君元。而更为重要的是他到底出于什么原因才改变位置坠到最后的，这一点可能只有他自己能说清。

齐君元看到急急赶来的范啸天后，立刻起身便走，并且是直接向城门走去。他是要进城，他更是要远离范啸天，不让他靠近自己。

范啸天不但散走的位置顺序发生了变化，赶到的时间也完全出乎了齐君元和其他同伴的预料。而且是急急赶来，不顾脚下扬尘，这种状态很容易被别人注意到。如果注意到他的正好是有些经验的江湖高手或捕行中人，立刻就能看出他的行迹异常，马上就会盯住他。所以齐君元不能让这样一个人靠近自己，让他靠近会连带自己一起暴露给可能存在的对手。

齐君元当机立断，与其让失态的范啸天在这种环境里很明显地靠近自己、暴露自己，还不如先直接进入城中躲开他。等到了人流熙攘的地方，再与他暗中接触，那相对而言能安全许多。

齐君元走向了城门，和许多要入城的人一起。但是就在齐君元走近城门时他感觉出些不舒服来，因为两边几乎所有的兵卒、捕快都在盯着进城的人看，不放过任何一个，这其中当然包括了齐君元。

"他们好像是在找什么人，是敌国细作？还是……"齐君元心中猛然打一个哆嗦。"他们会不会正是在找自己这几人？上次濠州刺杀顾子敬就有人提前透露出消息去，这背后真相至今还是谜。而这一次来南唐刺杀齐王李景遂，仍是会有被人提前出卖的可能。而且这次的刺标是南唐齐王，未来的皇上。所以让各州各府提前在城隘关口查寻拦截刺客根本算不上兴师动众。"

这时候齐君元其实很想转身往回走，但他强行抑制住这个欲望。普通刺客与优秀刺客的差距好多不是因为杀人技法，而是对自己欲望的控制，在于对一些外来心理压力的调整。

齐君元是优秀的刺客，所以他依旧在往城里走，步伐节奏、神情动作没有丝毫变化。而这样做让他显得比一个平常人还要平常，就凭那些城门口的军士捕快根本不会注意到他的。

就在走进城门洞的那一刻，齐君元再次感觉到异常。齐君元行走的动作仍然没有丝毫变化，但是他的思想却一下变得空灵，就像一张空白的画纸，一件待描的瓷胚。于是当思想勾勒出眼前现有的画面时，他从画面的更深处发现到了危险。

发现到的危险也是因为目光的盯视，但这盯视的目光和那些兵卒、捕快不同，锐利而凶狠，像锋芒、像刀刃。不过和齐君元在灌州感觉到的秦笙笙的目光相比却是两个层面。秦笙笙目光中是直白的凌厉杀意，是肆无忌惮的逼迫。而此处的目光是谨慎的审视，严密的剖析。在这种目光下，人们有种赤裸裸的感觉。不，不止如此，是被剥了皮、剔了骨的感觉。

齐君元又往前迈了一步，这过程中他发现异常的不是一道目光，而是一群目光。这目光的位置应该是在城门洞的里侧，也就是瓮城内侧的空场处。那里四散着一群人，这些人都是江湖人的装束打扮，有坐的有站的，有倚的有蹲的，唯一相同的是这群人的眼睛全部有意无意地瞟向城门洞。

这也是一种兜子，江湖中叫辨兜。兜相的布设是将众多爪子巧妙地安排在各种不同位置，这样就可以从不同角度来审视每个经过的对象。

这个兜相就如同一张过滤的网，因为不管如何懂得掩饰自己的人都有可能会有顾及不到或疏忽的地方。这些地方都是身体的末梢位置，有时候甚至连自己都会忽略，比如说手脚、颈部、腋下，等等。但在一旦进入到这个辨兜之中后，这些身体末梢部分的失误都是逃不过别人的眼睛的。兜相设置中会有专门的爪子负责辨查这些末梢部分的细节。

巧回步

齐君元下意识间想停下脚步，这已经不是心理调整、欲望抑制的问题，而是实实在在的危机。因为即使自己是一斗豆子中的一颗豆子，也难保不会被一斗豆子那么多的眼睛看出差别来。而且这一斗豆子都是和他很相似的豆子，他们对某些差别的捕获更加敏感、更加准确。再有，即便自己这颗豆子有信心躲过一斗豆子的目光，那么其他人呢？唐三娘、何必为、范啸天，他

第十一章　密网拖虾

们都没有发现到危险，而自己一旦进城他们肯定会毫无戒心地紧随自己之后进去。这三人中只有六指何必为的"随相随形"之技可以从这么多豆子的审视中蒙混过关，至于唐三娘和范啸天，基本可以断定会在这辨兜中被看出异常的。

到现在这个时候、现在这个位置停下脚步，无疑是在告诉那些布下兜子的人，自己是个他们应该引起注意并需要立刻拿下的对象。但是如果不停下脚步，自己的同伴就要落入别人的兜子之中。

齐君元感觉自己的心在剧烈地跳动，呼吸也开始不那么均匀了，这是急火冲脑的表现。也难怪，因为他必须在几步之内做出一个决定。

就在要迈进城门口的刹那，齐君元果断地停下了脚步。不但停下了脚步，而且还转了身。不过只转了一半，并非调头试图离去，而是朝向旁边坐在那里的守城郎将。

"老爷，问一下军备营是在城东还是城北？"

"都不是，在城南，你问这个干什么？"那守城郎将根本就没搭理齐君元，而是他旁边的旗牌官搭的腔。

"哦，我家老爷从南汉收了一批番果（唐代时称作番果的水果很多，但典籍记载中描述的番果很像是菠萝），本想运到大周发笔财的，可没想到才到南唐境内就开始烂了。没办法，想就地低价卖了收点本钱回来，所以让我到城里来找买主。刚才听布告上宣读说城里军备营正大量收东西，我想去谈谈价钱，要是合适的话就把番果都卖给军备营。"齐君元说得很认真。

"混账东西，快给我滚蛋。竟然想要把番果卖给军备营，我们要那番果有什么用？让我们天天拿烂番果当饱？"郎将在一旁发火了，他很难得遇到这么傻的一个蠢蛋。

"不是，老爷，你听我说。我们那番果要卖不完就惨了，你们人多，大家将就着吃上几个，那我们这番果就都解决了。"齐君元没有走，他继续坚持着自己的想法。

"来人，把这蠢货给我赶走。"郎将真的懒得和这种傻子多说半个字，直接吩咐手下给赶走。

于是有军校过来劈头盖脸就是一顿鞭子，齐君元先是抱着头东躲西藏，转了几圈后最终被赶出了城门口。

看到这个情况的人很多，包括那些以目光布下辨兜的江湖高手。但是没有一个人注意到齐君元，因为谁都想不到他们要找的标儿会主动招惹守城门的将军和兵卒。齐君元闹的动静越大，他们越是注意着其他进城的人，生怕要找出的标儿会趁着这乱劲混过去。

这应该是一个急切间能采用的最佳办法，齐君元在兵卒的鞭打驱赶中顺利离开了危险的区域。而且不仅他一个人离开了，他在城门口这么一闹，也一下提醒了其他三个同伴。虽然并不清楚发生了什么事，但他们都知道正常情况下齐君元绝不会和守城兵卒发生纠葛。不，正常情况下齐君元不会和任何人发生纠葛，更不用说兵卒。对于"盘巢"（离恨谷以出水蜂特性为行动暗语，所谓盘巢就是指向刺标接近的过程）的刺客来说，任何纠葛和张扬都会导致刺活儿失败，并有可能陷自己于不复境地。而一个优秀的刺客在自己顺利的"盘巢"过程中出现反常状态，这只能说明出现了问题，出现了让一个刺客必须改变原有状态来应付的问题。

范啸天仿佛是被惊醒过来，他立刻停下进城后几乎铁定会暴露的仓促脚步，拦住一个从身边经过的卖饼挑子，拿出几文钱假装买饼，却又唧唧歪歪又挑又拣。

唐三娘则马上提起篮子缩到茶摊背后蹲下，利用茶摊的挡风茅席遮住自己。没人会怀疑到她这个举动，因为一些行路的女人便急时都会这么做。

六指则一边从人群中钻出来，在身上抹两把，把头发抓散些，然后屁股一顺就坐到一辆运粪出城的大车尾上，渐渐远离城门口。也没人怀疑到他，就他拢手耷眉的样子，怎么看都该是个运粪的。刚刚还像个做活儿的工匠，转眼间变成了运粪的，这便显现出他所修"随相随形"的功底来了。

齐君元被赶之后立刻沿城墙往南走，虽然顺利从一个危险的兜子前面脱身而走，但他并不自信就此消影儿。毕竟当时自己显声显形了，而自己面对的兜子中不乏高手。还有，布下那个巧妙辨兜的主持者应该也在附近。如果自己刚才的那番表演落在他的眼中，那是很难侥幸逃过他眸尖

第十一章 密网拖虾

子的。

齐君元这一次的担心一点都没错，就在他又叫又闹的时候，有人听到了他的声音，并且觉得这声音印象深刻，不止在一处听到过。

"那人是怎么回事？怎么被兵卒打跑了？"从布成辫兜的高手们背后走出一个冷漠坚挺得就像一把厚背薄刃利刀的男人，看着齐君元被赶走的背影开口询问手下人。

手下人没有回答，而是快步跑向了城门。这就是训练有素的表现，上司问的问题如果不知道答案那就赶紧去找，而不是支支吾吾回答不知道后再在上司恼怒的命令下才跑过去问清究竟。

"那人向守门将军打听军备营在哪里，他想把从南汉贩运过来的番果卖到军备营去。"手下人很快回来，并且带回了答案。

"不对，那人的装束打扮不是远行的商贩。精明的远行商贩又怎么会傻愣得要将番果卖到军营去。"那人一语就点出了齐君元的破绽来。"这人应该是个高手，他发现我们在瓮城内侧布下的辫兜，所以当机立断耍个花尾儿调头要溜走了。他现在应该会离开大道往北或往南潜走。追！现在追还来得及。然后飞信告知南城门和北城门的人手包抄堵截。"

不但看出齐君元的破绽来了，而且还将齐君元的逃走路径分析得很清楚。因为他正是提前赶到广信城布下辫兜的梁铁桥。

梁铁桥从其他路径赶到齐君元他们的前面到达广信，然后他坚信哑巴用夺路而逃来掩护的人会由西而来进入广信城，所以在西城门口的瓮城里面摆下了辫兜。而他真就凭着这辫兜发现到了齐君元，虽然未曾能够直接将齐君元锁入兜中。

齐君元抬头看到一只黑鸽沿城墙头子飞过，他心说不好，自己还是被人锁定了，这肯定是要从南边调人包抄围堵自己。

往西是广信河的一段，河水宽阔水流湍急，平时连个摆渡的都没有。自己要想过河，除非是重新回到西城门口的官道绕过去，但是现在自己背后肯定已经有追踪而来的大批高手，回去已经来不及了。往前走有个小岭还有片杂树林，但是过去后就是平坦的田野，南面人马包抄过来后自己仍是无处可逃。现在唯一的办法就是在小岭、杂树林，还有沿广信河的芦苇地里和后追前堵的人周旋。

幸好自己是在离开城门口时留下了一个信号，所以只要是坚持过一个时辰，情况或许就能有所改变。当然，这改变还必须依靠其他的同伴才行。

看到齐君元反常而走，范啸天已然懂了，买了几个饼子站在原地啃咬。当看到城里有大批人出来，朝着齐君元离开的方向追去时，范啸天才有些醒悟。他心中确定自己应该进城，齐君元将这么多人引走，可能就是为了让自己进城。

范啸天没有管唐三娘和六指在哪里，也没管那两人会不会进城，总之他是要进城的。但是就在齐君元被兵卒鞭打的地方，他看到了一个标记，一个让他觉得自己不该急着进城来的记号。

城门生铁打制的大铺首上有只很不显眼的小钢钩，钢钩硬生生勾卡在铺首的铁环上，这应该是齐君元被皮鞭抽打得抱头乱窜时乘机留下的。这标志其实一般人是不会发现到的，但是离恨谷中训练时就有规定，多人同做刺活儿，当其中一人出现意外情况时，其余人在经过他出意外的地方都要刻意搜索一下，因为很有可能出意外的人会在这里留下很重要的东西和讯息。特别是一路刺活儿的主持出意外的位置，他可能会在这里将没有来得及告知大家的刺活儿以及刺标用合适方式交代给其他同伴，这样才能继续把刺活儿做完。

范啸天是个守规矩的人，所以他在经过城门口时刻意偷偷四处察看了下，所以他看到了那只钢钩，所以他后悔自己这么急匆匆地进来。

铺首就是我们现在所说的门环，民国版的《宅居生气物》中对其有专门的介绍。其中说铺首最初其实是风水镇物，是仿造传说中给太上老君衔金刚琢的押门兽所制，可以用在风水上有枪煞、割脚破等不好的门户上的。后来出于大众化的求吉心理，不管风水好不好只要有经济能力就都在门上做铺首。只是形状上已经有所改变，因为其作用不完全是为了改善风水，更多的是为了美观和实用。

第十一章 密网拖虾

古代的铺首造型普遍采用六角、圆钵等形状，边缘打制各种花纹，中间穿过一只圆环，既美观又耐用。但是古代官家、皇家则一般还是以一个兽头口中衔着一只圆环的造型居多，这和最初时的风水镇物很像。只不过兽头形象已经不仅仅是押门兽，而是发展成了很多种，但一般都是龙、貔貅、狮子、老虎、螭等灵兽、吉兽的头像，以此来显示威仪和镇凶驱邪。

但是在离恨谷的暗号中，铺首却是有着另外一种意思。宅居的铺首代表着一家之长，衙门的铺首代表着此衙门中的坐堂官员，城门上的铺首代表着这座城里的最高级别的官员，如此类推，皇宫宫门上的铺首就代表着皇上。

钢钩是齐君元的杀器，杀器在城门的铺首上，这个指令是让看到的同伴去刺杀广信城里最高级别的官员。但如果仅仅是这样一个指令，范啸天还不至于后悔进来。因为他本就是个刺客，生命的意义就是为了杀人。而这次来到南唐也是为了杀人做刺活儿，齐君元留下这个指令说不定正是此行的任务。但问题是那只钢钩并非钉在辅首的那个部位上，而是准确地卡在圆环左下角的弧段上，这才是让范啸天觉得后悔的关键。

在离恨谷的约定中，铺首圆环是对应风水盘上时盘的，简单地说，就是每一段的位置对应一天中不同的时辰。钩子卡在圆环上，代表齐君元不但指示接到指令的同伴去刺杀广信城中最高级别的官员，而且还限定了时间。卡住圆环的位置是在左下角，这在时盘上是申时的位置。但是现在已经是未时，也就是说，齐君元给的刺杀时间只有一个时辰。

一 时局

范啸天顿时傻了，他不知道自己该怎么去完成这个刺活儿，但他又不敢不去完成这个刺活儿。离恨谷中的规矩，群出做刺活儿，主持者便代表着执掌、代表着谷主，所发出的指令在他带领的这群人中必须没有任何理由地执行。如果违背，会被衡行庐治罪。所以范啸天后悔了，这对于他来说是个难度太大的刺活儿。

不管难度有多大，不管能不能做成，有些事情临到头上那是必须做的。范啸天知道规矩，范啸天遵守规矩，所以他只是心中忐忑了几下，表情纠结了几下，随即便立刻快步朝城里走去。

范啸天一边走一边在琢磨，他首先必须确定一个刺标。广信府这样的大州城派驻的最高官员应该有两个。一个是州府刺史，这本该是一州的最高行政长官。但如果城里有兵部安排下的驻守防御使或者是一道区域的行营都统，那就难说谁高谁低了。防御使是负责一州或者几州的军事长官，而行营都统则是专门为镇压、讨伐一个区域的军事统帅。从现在城里来往的官兵数量来看，广信城里肯定驻扎了防御使或者行营都统。而不管是哪一个，他们与州府刺史在一文一武两个层面上都算得上城里的最高官员。这在《唐宋官职序列》中都有记录和职务解释，但品级上却没有比较，因为同一职务在任命的品级上却不一定相同。这就像现在一个科长可以是副科级、正科级、副处级是同样的道理。

一般而言，人们都会觉得防御使身边兵将众多，全副戎装纵马而行，将其作为刺标很难下手，即便得手也很难脱身。而刺史大人身边只有侍卫衙役，讲究些的，在出府时会增调少量兵卒和捕快开道保护。然后又是乘轿而行，目标相对稳定，所以对刺史下手应该容易些。

但这是刺行中一般刺客的见解，离恨谷的刺客却是完全相反的看法。刺史是文职官，做事细致，很注重自己的安全。身边虽然没有众多兵将保护，但会在招聘府衙侍卫、六扇门捕快时特意招入一些高手，而且有些刺史还会私聘一些江湖高手专门负责对自己的保护。这些侍卫、捕快也好，私聘高手也好，都是精通江湖上各种手法伎俩的，对辨别异常人色、诡异兜形都有自己独到的一套。还有，知府坐轿虽然行走速度慢，但是却无法看到轿内刺标的准确状态，这对一杀即成的目的也是增加了很大难度。

而防御使自身便是能征惯战之人，身边又有许多精通技击的手下，所以对自己的安全会比较大意。虽然骑马而行处于快速移动中，但是在离恨谷的刺杀技艺中，这种移动速度完全可以忽略不计。而且有必要时，刺客完全可以采用某种设计让其停下来。再有防御使即便是戎装而行，除去盔甲

第十一章　密网拖虾

也再无任何遮挡，他身上显露出的所有无遮挡的位置都会成为离恨谷刺客绝杀的目标。

范啸天最终确定自己刺杀的目标为广信城防御使还有一个原因，就是在这申时的一个时辰中，刺史大人基本都是在府衙内批改文案。要想接近必须一路杀进府衙之中，这基本上是没有可能的事情。另外，就算闯进去了，要在偌大的衙府中找到刺史，所花费的工夫也足够那些高手将自己围杀数十次了。而防御使则不同，按照南唐吏部的官职规定，应该是在上午解决来往文案和辖下事务。在每天的未时之后，则应该巡查各处城防设施和军营训练。像广信这样的城池，草草地巡查一遍应该在一个时辰的样子，仔细些的话则不可计算时间。

范啸天心中其实希望广信的防御使是个不守规矩的人、不尽职责的人，那么就有可能偷懒不出府巡查，那么自己也就没有办法找到他刺杀他，那么这个刺活儿即便不能完成也无法将罪责落在自己头上。

范啸天在街上急急地走着，他已经沿着城墙内侧转过半座城了，始终都没有找到城防使的踪影。时间不早了，申时已经过去有一半了。范啸天其实在心中觉得这是一件好事，他真的不愿意做这样一个根本没有心理准备也没有实质准备的刺活儿。

路上走过了几队巡街的兵卒和铁甲卫，从他们的状态来看，范啸天知道自己没有那种好运气，这件刺活儿自己必须去做。现在即便自己站在原地不去找防御使，那防御使也会走到这里来。

范啸天的推断很正确也很简单。因为这时候他的所在位置是一处敞开式的城防军料堆场。在此处有设置好的守城设施，也有一些临时堆放的守城器物。如听音水缸（防止敌人挖地道攻入城中，将水缸齐沿埋在土中，可听到地下挖掘的声响），滚木堆、擂石堆（守城的滚木擂石平常时不放在城墙头上，而是在离城墙几十步开外的地方，需要时用斜木架拖上去），油桶棚（带盖木油桶，不能露天放，会有专门的木棚子），吊油架（守城用烧热的油浇下攻击敌人，油是在城墙下烧热的，然后用横担式吊架和滑轮把装了热油的大锅直接吊上去，再拿长柄斗勺舀了往下浇）。而此时从这个军料堆场旁边街道上走过的，不管是列队的兵卒还是三两个并排过街的铁甲卫，他们全是朝着一个方向行走的。他们在行走的过程中很认真、很仔细地注意着周围的情况，特别是到了这些城防设施的位置上，就是有个步伐蹒跚的孩童在这里玩耍也会被兵卒和铁甲卫赶开。迹象很明显，防御使正在进行守城设施的巡查，而且估计没多久就会要查到这里。那些兵卒、铁甲卫是怕防御使看到一些情况不满意而承担罪责，所以赶在防御使到来之前先将要巡查的位置过一遍，以免出现纰漏。

其实这些守城的设施在没有战事时都是形同虚设，更不会让堂堂一个防御使每天都来检查一遍。但是自从李弘冀下令南两线军队收缩固守城池后，这就相当于给了各地镇守将领一个很明确的信号：战事随时可能发生，所以两线上各州府县城的镇守将领纷纷做好守城准备。对于他们来说，丢失了城池不是被敌军所杀就是被皇上所杀，全力守住城池就是全力守住自己的脑袋和身家。

"不用继续往前找寻防御使了，他自己很快就会过来。"范啸天心中暗自对自己说。"已经来不及仔细点漪（踩点）了，现在重要的是要找到一个合适的地方伏波（掩藏），至于出浪（攻击）方式，只能是等到防御使出现之后根据其状态临时而定。只求一举击杀，至于顺流（逃跑）的线儿只能听天由命了。"

范啸天想了很多步骤，其实总结一下只有一句话："先找个地方藏身"。至于怎么出杀招、出什么杀招，一杀不成的话怎么办，杀成之后怎么逃，他都没有任何实际的计划。

"伏波在哪里最合适？"这对于范啸天来说已经变成了最关键的问题。虽然总结下来他只是想找个地方藏身，但是刺局中的藏身位是有讲究的。它不是平常人所理解的只是将自己藏起来不被发现，而是开始时不被刺标以及保护他的手下看到，一旦刺标进入到有效攻击范围内后，他可以突然杀出给刺标致命一击。这样一来这藏身位的要求就高了，一是要能将自己的身形掩住，二是这位置要在刺标经过路线的附近，要让刺标能进入到自己有效的攻击距离。再有，这位置必须没有妨碍自己出手的因素，要让自己能流畅地实施杀招。

视线扫过之后,范啸天首先看到了那几个听音水缸。水缸都很大,每个都足以将范啸天藏入。但是水缸离道路太远,现在又不是守城拒敌的时候,估计防御使也不会每天巡查都跑到那里去瞧瞧水缸。

于是范啸天的视线又转到了擂石堆上。躲在擂石堆的背后,当防御使到来时推倒堆在最上面的擂石砸向防御使和他的手下。而自己可以石相外装将自己扮作石头一样,随着滚落的擂石一起滚下。然后不等防御使和他的手下有丝毫反应,一记杀招击杀他。可是自己随擂石一同滚下的过程中,能否控制好位置和角度?还有自己滚下之时,后面的擂石块会不会继续砸下。那样的话还没等显形出手,自己就要被砸在擂石堆下了。

范啸天此时心中真的很着急,是因为防御使随时都会到,可他连合适的藏身位都还没有选择好。同时他的心中还很郁闷,自己听说过许多其他刺客布设的刺局,特别是齐君元,曾给他讲过多个刺局的细节,包括灌州那次没成功的刺局。仔细想想,相互比较,别人的刺局是环环相扣、步步精妙。而自己连找个藏身位都找不好,种种想法显得很幼稚。

"藏身位一定要选好,这是做成刺活儿的前提。位置必须是防御使经过的范围,可以尽量接近到防御使而不被他和他的手下发现。而且要考虑好意外问题,如果防御使不接近藏身位,那么自己应该有另外的办法诱使或迫使他过来。"范啸天这样的思路是正确的。

"然后不能盲目地突袭刺杀,突袭刺杀在各种刺杀方式中的成功率是最低的,特别是对一些身怀武功并带有很多护卫的刺标而言。就眼下刺活儿来说,如果防御使的手下护卫中有反应快、动作快的高手,抑或防御使自己就是个技击方面的高手,那么很有可能自己连完整杀出一招的机会都没有。所以应该想出一个可靠且巧妙的方式,让防御使在毫无防备的意外状态下被一招击杀。"

网拖虾

范啸天虽然以往只是个被闲置一旁不派刺活儿只做杂活的谷生,但他心气却是非常高。他对自己的杀技很自信,他对自己的智慧很自负,所以虽然面对的是个时间紧迫、难度极高的刺活儿,他却不想像功劲属的谷生、谷客那样以最没有技术含量的方式杀死刺标。他觉得自己怎么也应该算是诡惊亭下少有的高手,刺杀技巧就算不是独特超凡、神乎其神,那也是最上乘的。所以他要像齐君元他们一样,让刺杀成为一种艺术,而不是为杀而杀。

"今天这刺活儿自己如果没接着当然是好的,但现在既然没奈何地被齐君元拉的这泡屎掉脖子里了,那就只能尽心尽力去杀。而且还要杀得精彩,杀得惊艳,杀得惊世骇俗,杀得可以津津乐道。"范啸天沉浸在自己成功的憧憬之中了,如果不是远远传来的几声马匹嘶鸣,他还不能从那种假想的状态中拔出。

"这么快?!这么快就到了!可是自己的藏身位应该在哪里?自己该怎样去刺杀防御使?"范啸天这一刻没有慌乱,因为刚才他已经混乱过了,而且形势和时间也不再允许他重复只会起到反作用的慌乱。

不慌乱便能稳住心,稳住心才能沉住气。而沉住气之后,有些刚才没看到的就能看到了,刚才没想到的也就想到了。

想到了也就该行动了,齐君元给的一个时辰时间已经所剩无几,远处瓦檐之间隐隐有旌旗摆动,应该是防御使带着副将和卫队在朝这边移动。再放眼四顾了下周围,刚才那些兵卒和铁甲卫一个都不见了。赶在巡查者之前来打理状况的人是不会让巡查者看到的,所以他们的消失正说明了防御使真的就快到了。必须行动,再不行动的话,灵光突闪想出来的杀招也将会泡汤。

范啸天行动了,最先动的是脑子,脑子里再次快速地将几个条件进行梳理和排布。然后是眼睛,目光在几个点上跳动,是瞄准角度距离,也是寻找还差缺的一些器具。最后才是动的手脚,放油、拉绳、垒石、垫木……

梁铁桥的追踪搜捕方法很单一,但很实用。他原来是绿林出身,是江湖

第十一章　密网拖虾

上大帮派的总瓢把子，而且是从江湖最底层一步步打杀出来的。虽然没有很高的门派出身，也没有很正统的技艺传承，但他完全凭着实战经验逐渐总结提炼而形成的野路子，有时候比那些正统技法更具实效。

比如说他在瓮城里设下的那个兜子，江湖上给起了个名字叫"遍地天眼"。其实这兜子里根本没有什么玄妙理数，也没有什么奇门天机。他就是让足够的人手分布到所有能想到的位置，然后从不同的角度查看别人身上的细节反应是否正常。这就像是用视线组成了一张网，将人从网中过滤一遍，从而找出那些乔装改扮得只有一丝一毫破绽的对象。

再比如说梁铁桥现在让手下以菱形状排列组合连接成围子进行搜捕，这困兜真的就是一张网。兜子的名字叫"密网拖虾"，江湖上也有叫做"披网捉虾"的，它的确是从渔网形状联想得来。

整个兜形中围捕的人马按连续的前后左右交叉点位分布铺展开来。一趟走过去，不但搜捕线路密集，根本不留下任何遗漏空隙，而且可以做到前后多人对同一块范围反复搜查。同一位置不同人的反复查看，常常会因方式方法及经验习惯的不同而带来意想不到的效果。也只有这样将径直线路、点状分布和多人重复等招数综合运用，才能让搜索范围之中的一粒虾子都不会漏过。

齐君元东奔西突，他原想着在对方的围子上找个缝儿钻出去的，但几个方向跑下来后发现，对方设的围子滴水不漏，根本没有可钻出去的缝儿。

说实在的，齐君元感觉这一次遇到的围子比在烟重津还要严实。烟重津最后将他和秦笙笙困住的有许多高手，但更多的是刀盾兵卒。基本上是以兵卒组成盾牌墙来实现围堵，那些高手只是占据关键位置。因为当时树林中大雾，然后又被秦笙笙拉到绝路，陷入的境地没有太大辗转的空间。所以最终只能拼死跃下悬崖，以免被对方活擒。但如果提前知道对方的围子形式，其实可以围堵的范围还很大，刀盾兵卒组成的墙体还不严密时偷偷钻出。即便围子的盾墙已经合实，也是可以设法悄悄打开个口子的。

但是今天的围子却不行，首先从身形、步伐上可以看出，组成围子的人都不是弱手。其次这是一次从点、从线、从面全方位的覆盖式搜索，虽然组成的围子看着结构稀稀散散的，但其实他们人与人之间相互呼应、相互配合的关系非常严密，完全就是一个整体。再有这些人之间并不是简单的左右或前后两个人存在的线性联系，而是前后左右四散延伸的群体关系。一个人出现了什么状况，最少会有三个人可以发现。而且只要动了其中一个人，那么原来看似松散的结构就会立刻快速运动起来，朝着出现状况的位置收缩缠裹过来。

齐君元从围子兜形的组合结构上就已经很清楚它的运作特点。因为他擅长用钩，知道一种网钩，只要是被网钩上的一只钩子钩住，便会导致其他钩子都缠绕过来。越挣扎，上身的钩子和缠住的丝线就越多。而现在他面对的就是与此类似的一种围子，首先是不能主动去碰，然后还不能让其中某个钩子钩住自己。拿这围子来说，就是不能让任何一个点位的爪子发现自己，发现了就被钩上了。

齐君元从东奔西突变成了东躲西藏，他在很短的时间里尝试了多种方法。树上、草堆里、荆棘丛中，甚至是枯苇草下的淤泥里，但这些地方先后都被他自己否定了。从逐渐逼近的围子的搜索方式和力度来看，这些地方都是无法躲过对方搜索的。

趴在一个被杂草遮掩的土坑中，齐君元已经开始喘息了、淌汗了。此时已经不用构思意境来发现危机，只凭正常的感官就能知道自己已经陷在了危机的中心。

齐君元在坑里的几处抓些泥土在手中搓捻了几下，并最终顺着指缝洒落下来。他是烧瓷人家出身，所以能通过这个动作敏感地辨别出坑中几处泥土潮湿度的不同，并由此判断出正阳正阴面。然后抬头看了一眼太阳的方向，由此推断出现在大概的时辰。

两下判断后，齐君元得出此时申时刚刚过半。他心中有些后悔了，要早知道自己会被这样一个密不透风的网围住，他肯定会将指令的执行时间再缩短一些。

第十一章 密网拖虾

但现在后悔也没有用了，齐君元只能在心里祈盼收到指令的同伴动作再快些，尽早闹出大动静让对手觉得自己判断错误而全数转回城里或者部分转回城里。还有就是祈盼围子搜索的速度再慢些，给自己多留出些回旋的余地。

但是城里收到指令的同伴在怎样行动齐君元无从知道，而随着搜索范围的减小，围子收缩的速度变得越来越快，这却是齐君元可以亲眼看到的。

广信防御使楚东道大将军吴同杰在冒汗，莫名其妙地冒汗。今天虽然有个好日头，但天气一点都不热，还有些稀溜溜刮过的小北风。可不知道为什么，从出了防御使府之后，他就一直在冒汗，就像一直靠紧了火炉子在烘烤一样。

不过吴同杰很快就给自己这状况想到了几个原因。一个是中午时多喝了两碗蜜黄浆。这蜜黄浆是西城醉花阴老酒坊酿制的一年陈酒，是他们家的一绝。这酒酿熟后只能陈一年就必须开坛，欠了则少了香醇，过了则多了酸涩。今天就是醉花阴老酒坊最新开坛了十坛蜜黄浆，府厨给弄来一坛给自己尝鲜。蜜黄浆入口香醇甘冽，劲头来得又猛又足。一杯酒下去，一路滑爽到肚，随即便如同一团烧热的油四散淌流开来，几股热力往周身四肢铺散开去。或许是今天的酒特别些，酒劲始终未消，这才让自己热汗直淌。

再一个是中午时刚刚有金陵传报下来，是盖了兵部符印和吴王印双印的传报，由此可见事态紧急。传报中说，大周方面有兵马偷偷在汝宁府与颍州府之间、信阳州至庐州府之间运动，从情形上分析，是要由陆路、水路同时突袭南唐，夺取淮南秋粮。现淮南一带已经增派边关驻守的人马，而楚东、浙西、安南一带则应该密切注意吴越动向，防止吴越出兵配合大周，协攻南唐。同时还要提防楚地兵马趁火打劫。所以各州府一定要做好收缩严防的准备。

吴同杰见到这传报并不十分意外，饿疯了的人连人肉都吃。所以大周咬南唐一口那是早晚的事情，而吴越是大周的狗，陪着大周一起咬南唐也是情理中的事。这都是朝中一些奸小贪图眼前小利，最终是将自己这样的京外武将送上了被咬掉肉的战场。而现在南唐兵将的战斗力他们这些防御使最心知肚明，所以真要起了战事，不仅是要被咬掉肉，甚至还会咬掉脑袋。一想到这些，吴同杰觉得流淌些冷汗也是正常的。

而刚才吴同杰已经半座城转了下来，前几日查出的一些问题到现在都没能完善。如果此时真的有吴越的兵马或者楚地的兵马突入南唐境内，凭着现有的设置和准备真的无法将对方挡住几天。而现在也真的没有太多钱物来做这些事情，周边外驻营兵卒撤回临近城池驻守，军备营、州府物用处都是在忙着这些撤进城的兵马的吃住。不过那也应该算是一件很重要的大事，如果没有吃住，或者与城里原来的兵将有差别，那么这些武夫莽汉是可能闹出兵乱来的。不过这部分钱物一出，城防设备的完善和增加就捉襟见肘了。所以吴同杰一路巡查，越看越急，越看越火，已经连着在几个地方对手下守城的将官、兵卒大发无名之火。这身汗很大可能就是这样急出来的。

现皮卷

地方州府的官员本来事情就多，这一点不好和京官相比。京官那都是动动嘴皮子、摆摆笔头子的事情，而地方上的官员什么事情都要亲力亲为，出个差错被巡查的钦差或上级官员发现倒还是小事，要是真的来了战事或者在百姓中闹出什么乱子，那可是关乎脑袋的事情。

前两天来了韩熙载大人手下的夜宴队持"覆杯牌"（南唐夜宴队外出执行任务表明身份的牌子，用覆杯代表不再赴宴喝酒，而要外出做事）前来，当时吴同杰就吓傻了，还以为自己犯了什么事夜宴队前来查证执法。后来为首的梁铁桥要他协助查寻过关的异常人色他才清楚不是自己的事儿，但肯定是大事。因为除了要求加强城门处的盘查外，夜宴队还在瓮城之中安排人手，加了双道的寻查关卡。说实话，吴同杰不属韩熙载辖领，所以只要自己不犯事完全不必把趾高气扬的梁铁桥放在眼里。但梁铁桥偷偷告诉他，此举是为了一个可找到巨大宝藏的皮卷，关乎着南唐的国力国运，皇上李璟也时

第十一章 密网拖虾

刻关注此事。听到这话后吴同杰立刻铆足了精神，他久经官场，知道梁铁桥透露出的这个信息是个难得的立功机会。要是运气好，自己将要找的人找到，把要得的皮卷得到，说不定就能借此加官晋爵调回金陵做京官。一般来说，人的心中有了欲望就会有火气，所以此时的吴同杰多流点汗也是正常的。

范啸天也在冒汗，汗水已经将衬衣湿透。要做的事情太多，这是累出的汗，做事情的时间太急，这是忙出来的汗。但更多的汗是因为紧张，防御使马上就要到了，自己能不能赶在他到来之前把所有布设都完成？自己在这些城防器械间忙来忙去，会不会又有巡查的兵卒和铁甲卫出现，将自己撞个正着？自己的布设在角度距离上是否准确合适，到时候会不会哪个环节出现差错而功亏一篑？这是范啸天第一次真正地设刺局做刺活儿，而且对自己又提出那么高的要求，紧张些也是正常的。

范啸天布设刺局的位置离街道不远，这处街道虽然行人不多，但还是会有一些人走过的。有不少人看到范啸天在这里转来转去乱翻乱弄的，但是谁都没有想到他这么搬石拉绳地折腾是在准备杀人，更没有将他那些莫名其妙的行为和刺杀防御使大人联系在一起。只以为是一个脑子不正常的，也像那些贪玩的孩子一样把这里的石头堆、木头堆、水缸当成好玩的玩具了。

但是路有闲人便有闲话，那些走过的行人虽然没有阻止或打扰范啸天的行为，却是有几个行人在前面遇到巡街兵卒和铁甲卫时，都讨好似地将范啸天在这里瞎折腾的事情告诉给了兵卒和巡卫。于是几队兵卒和铁甲卫立刻疾奔而来，分别从几条岔道往这边聚集。他们是要赶在防御使大人吴同杰到来之前将这发疯捣乱的人给弄走，否则被防御使大人撞到，自己这些人又得被治罪责罚了。

终于，范啸天在急赶慢赶中将大部分设置完成了。剩下一些没做的都是现在还不能做，必须是防御使到了之后，才能抓准时机完成的。范啸天看看路的那头还没动静，就慌慌张张地将刚做好的布设又检查了一遍，确定没有问题后这才准备进入藏身位。

离恨谷的刺客在刺局中预留的藏身位，既等同于兵家的攻袭位，又等同于坎子家的操杆位。其实准确些说的话，是集合了这两家的特点。因为刺客的这个位置不但最终要像兵家一样合身杀出，而且还要能操控之前一系列的布设，来保证合身杀出。

范啸天选择的藏身位是几只听音水缸中的一只。这水缸足够大，藏他进去绰绰有余。而这个水缸的位置最靠城墙，其余水缸是四散分布在这水缸与旁边街道之间的范围中。再有这水缸是和擂石、滚木、油桶棚、吊油架呈斜四角状，范啸天在这里可以顺利达到操控自己那些设置的目的。

但是他怎么都没想到，自己才蹲入水缸，还没来得及擦把汗，就被几个人从里面拎了出来。这是几个魁梧有力的铁甲卫，他们一路疾奔而来，正好看到范啸天藏进水缸里。于是相互间用眼色、手势示意了下，然后一起悄悄往水缸前靠近，把范啸天一把给拎了出来。

范啸天是没来得及擦汗，其实这汗擦了也是白擦。这瞬间他浑身上下有更多的水分涌出，差点没把眼泪和尿液也一同带出来。

"完了，都完了！千万稳住了！否则自己也就完了！"

范啸天的脑子里在不停地反复这几句，身体则下意识地在做无谓的挣扎。这状况更加让人觉得他是个傻子，到目前为止还未曾意识到自己这样做完全是在白费力气。

挣扎中，范啸天的衣服都被撕扯开了。于是一些本来很严密地藏在衣服里的东西掉了出来，有钱囊，有汗帕，有一个古色古香的不知用什么皮做成的卷轴。

"那是什么？"有铁甲卫看到掉出的皮卷很是好奇。

"不许动！那是我的东西！"范啸天也在喊。此时他挣扎得更加厉害了，那样子很显然是要阻住别人去动那个皮卷。

但是他的挣扎带来的后果是又多出两个铁甲卫用有力的大手将其按住。而旁边一个铁甲卫队正（官职，统领五十人）很轻蔑地看一眼他的疯狂状态，然后过去弯腰将那皮卷捡了起来。但是那个铁甲卫队正只是捡了起来却没有打开，因为就在此时防御使的护卫马队到了。

第十一章　密网拖虾

防御使吴同杰全副盔甲纵马而行,虽然是在马上,虽然马匹的行进速度不慢,但是路旁军料堆场里闹出这么大的动静他还是马上就看到了。于是缰绳一拉,坐骑转向,几步便奔到了水缸这里。

"怎么回事?"吴同杰最先看到的是被铁甲卫强按住却仍在挣扎的范啸天,然后看到的是铁甲卫队正手中拿的皮卷,于是脑中一颤、心中一喜,立刻高声喝道:"皮卷!快把那皮卷拿给我!"

铁甲卫队正赶紧把皮卷给吴同杰递过去,但是他没走到吴同杰跟前就被斜插过来的两匹马给挡住。这是吴同杰的贴身护卫,在这样一个杂乱的环境里,即便一身装束是铁甲卫队正,他们依旧不会让其轻易接近到吴同杰。那队正只能把皮卷交给护卫,然后再由护卫转交到吴同杰的手里。

吴同杰拿着皮卷心中不由得"怦怦"乱跳,心中不停地在自问:"这会不会就是那皮卷?这会不会就是那皮卷?自己运气不会这么好吧?皇上要的东西这么轻易就落在自己的手上。"

不过吴同杰虽然拿到了皮卷却没有打开,因为他不知道这东西能不能打开,其中会不会有什么机栝暗器威胁到自己。另外,梁铁桥也没有说其中是否有内容是皇上忌讳的,打开看了反会惹祸上身。所以他只是手里紧紧握着那皮卷,然后把头转向了范啸天。他想再看看范啸天的反应,看自己拿到皮卷后范啸天的反应会有什么变化。这不是出于某种变态的快感,而是要从别人的反应里先行发现到这件东西中的一些信息。吴同杰官场、战场都混过,他知道有时候直接凭自己眼睛去判断一件事情是错误的,也是没有必要的。其实通过别人的反应便可以知道一些事情和东西的重要性。

范啸天还在挣扎,他的表情和表现都是疯子般的,可以明显感觉到想夺回那皮卷的强烈欲望。但是现在东西在别人手里,自己也在别人手里,就算他已经挣扎得身体扭曲变形,挣扎得骨骼嘎嘣乱响,都依旧是徒劳的努力。

"你想拿回这东西?"吴同杰问道,语气里竟然带着些同情。

范啸天没说话,却是挣扎着重重地点了几下头,这让他身上骨骼又发出几声大响。

"拿回自己东西的办法很多,你有没有自己的办法?"吴同杰又问,但此时语气中已经没有同情，而是无情。

范啸天还是没说话，但是再次挣扎着重重地点了几下头。

吴同杰愣住了，他没有想到这人会用很明确的动作告诉自己有办法。所以他已经确定这人真的是个疯子。

虽然范啸天没有说话，但他点头真的代表他有办法。杀死拿了自己东西的人就能拿回自己的东西，这就是办法。更何况拿了自己东西的人正好是自己准备要杀的人，所以这也是必须实施的办法。

图书在版编目（CIP）数据

刺局 .3, 截杀局 / 圆太极著 .— 北京：北京时代华文书局，2017.12（2022.5加印）
ISBN 978-7-5699-1970-7

Ⅰ.①刺… Ⅱ.①圆… Ⅲ.①长篇小说—中国—当代 Ⅳ.① I247.5

中国版本图书馆 CIP 数据核字 (2018) 第 025294 号

刺局3：截杀局
CIJU3：JIESHAJU

著　　者	圆太极
出 版 人	陈　涛
责任编辑	周　磊
装帧设计	程　慧　迟　稳
责任印制	訾　敬

出版发行｜北京时代华文书局 http://www.bjsdsj.com.cn
　　　　　北京市东城区安定门外大街 136 号皇城国际大厦 A 座 8 楼
　　　　　邮编：100011　电话：010 - 64267955　64267677

印　　刷｜三河市兴博印务有限公司　0316-5166530
　　　　　（如发现印装质量问题，请与印刷厂联系调换）

开　　本	710×1000mm　1/16	印　　张	16.5	字　　数	244 千字
版　　次	2018 年 7 月第 1 版	印　　次	2022 年 5 月第 2 次印刷		
书　　号	ISBN 978-7-5699-1970-7				
定　　价	45.00 元				

版权所有，侵权必究